APRENDIZ DE PRÍNCIPE

ARIANNE MARTÍN

YOUNG KIWI, 2022
Publicado por Ediciones Kiwi S.L.

Primera edición, noviembre 2022
IMPRESO EN LA UE
ISBN: 978-84-19147-35-6
Depósito Legal: CS 721-2022
© del texto, Arianne Martín
© de la ilustración de cubierta, @laranna_art
© composición cubierta, Grupo Ediciones Kiwi
Corrección, Merche Diolch

Código THEMA: YF

Copyright © 2022 Ediciones Kiwi S.L.
www.youngkiwi.com

NOTA DEL EDITOR
Tienes en tus manos una obra de ficción. Los nombres, personajes, lugares y acontecimientos recogidos son producto de la imaginación del autor y ficticios. Cualquier parecido con personas reales, vivas o muertas, negocios, eventos o locales es mera coincidencia.

Para Silvia,
por ser la mejor contadora de «llenos de» de la historia
y compañera de locuras.
Te mereces todo lo bueno de este mundo.
Sabes que te adoro.

«¡No te das cuenta de que no importa lo que uno es por nacimiento, sino lo que uno es por sí mismo!».

Albus Dumbledore

PRÓLOGO
¿Había sido la decisión correcta?

6 de marzo de 2022

Rey Estefan III de Estein

Había días en los que era difícil no pensar en el pasado. Días en los que la decisión que tomé, hacía tantísimos años, me pesaba como una losa sobre el pecho que apenas me dejaba respirar.

¿Había sido la decisión correcta?

Nunca sabría la respuesta, porque nunca era la misma.

En ocasiones pensaba que había sido lo mejor para el reino, y otras veces estaba convencido de que había echado mi vida a perder.

Aunque no lo reconociese nunca, ni siquiera a mí mismo, la realidad era que ganaban los días en los que creía que había sido un idiota. A esa conclusión siempre le acompañaba una sensación de suciedad. Me hacía sentir irresponsable y egoísta, por lo que intentaba desprenderme del pensamiento muy rápido.

Me alejé de la ventana, desde la que observaba los jardines de palacio, y caminé por el amplio despacho, dudando.

Esa noche me podía la debilidad. Tenía que verla. No me bastaba con la imagen de su recuerdo. Necesitaba admirar una foto suya. Una o mil. Necesitaba leer sus conversaciones. *Nuestras* conversaciones.

Me acerqué al escritorio de madera maciza y ornamentada, situado en el centro de la estancia e, inclinado hacia delante, tecleé en el buscador mi antigua dirección de correo electrónico. Aquella que había creado para poder hablar con Catheryn.

Contuve el aliento, mientras se cargaba, y permanecí de pie, incapaz de sentarme. Como si aquello marcase una gran diferencia, como si estar cómodo mientras rebuscaba en el pasado fuese de alguna manera peor, una mayor traición para mi reino.

Tenía la tonta sensación de que así todo era menos real. Como si lo estuviera haciendo a medias.

Cuando la aplicación terminó de cargar y un nuevo mensaje sin abrir apareció en la bandeja de entrada, me senté en la silla. O me caí en ella. Sería incapaz de saberlo. Desde luego no fue un gesto cuidado, no como el resto de los que hacía. Un rey siempre era observado. Siempre. Vivir así era sinónimo de no tener nunca reacciones reales. Todas ellas eran siempre estudiadas, planificadas con cuidado para que pasasen por genuinas. Pero, en ese momento, en la soledad de mi despacho, uno de los pocos lugares en los que podía ser yo mismo, ni pude ni quise fingir que no estaba afectado.

Era la primera vez, en casi veinte años, que Catheryn se ponía en contacto conmigo. Dudé durante unos segundos sobre el mensaje antes de abrirlo. Porque sabía que, si existía una persona en este mundo que era capaz de tirar por tierra todos los fuertes cimientos sobre los que estaba edificada mi vida, esa era ella.

Catheryn.

Solo pronunciar su nombre en mi cabeza hacía que un torrente de sentimientos me recorriese. Sentimientos que tenía fuertemente guardados. El deseo, la alegría, el amor. Todo aquello no era compatible con ser rey. No en el lugar en el que yo gobernaba. En esta tierra solo se admitían personas con sangre azul, o por lo menos noble.

Y ella no tenía ninguna de las dos.

Pero era perfecta en todos los otros sentidos. Perfecta para mí.

Puede que fuera el ser humano con el que más había conectado en la vida.

Quizás, por eso, Catheryn me despreciaba tanto: porque nos destrocé la vida a ambos.

Conocí a Cath en mi época rebelde. Cuando todavía tenía la cabeza llena de ideales; cuando todavía creía que podía cambiar el mundo.

Pero lo cierto era que estaba equivocado.

Mi padre se encargó de recordármelo en el momento exacto, para que tomase la decisión correcta.

Con la mano temblando, y con el aliento contenido, pulsé sobre el icono del mensaje.

Las palabras de Catheryn se mostraron en la pantalla del ordenador, paralizándome el corazón.

Estefan:

Seguro que te sorprende que te escriba después de tantos años.

Yo tampoco me lo puedo creer. No del todo. De hecho, he dudado durante días si hacerlo o no.

Lo cierto, es que si te escribo ahora, es porque tengo miedo.

Tengo pánico de dejar solo a Hayden. Te preguntarás quién es él.

No puedo decirlo de manera suave.

Hayden es tu hijo. Bueno…, el nuestro.

Te escribo esta noche porque no soy lo suficientemente valiente para llamarte, aunque tampoco sé si me contestarías.

Estoy divagando, pero me cuesta mucho trabajo encontrar las palabras correctas. Tengo mucho miedo de que se quede solo si no puedo superar esta enfermedad. Es tan dulce, tan bueno…

Es lo mejor que hemos hecho juntos.

Sé que me odiarás por haberte ocultado su existencia durante todos estos años, pero estoy segura de que no puedes hacerlo más de lo que yo me odio a mí misma.

Mañana a las nueve de la mañana me intervienen para extirparme el tumor. Después, hablaré con él para contárselo todo.

En cuanto me recupere, volveré a escribirte.

Por favor, no pagues con él mis decisiones.

Catheryn.

Apenas pude leer las últimas líneas del correo por la cantidad de lágrimas que se acumularon en mis ojos. Apenas podía recordar la última vez que las había dejado caer con libertad.

Estaba tan conmocionado por lo que acababa de leer, que no podía reaccionar.

No sabría qué me alteró más: si descubrir que tenía un hijo o darme cuenta de que el mensaje llevaba más de un año en mi correo.

Capítulo 1
No podía negar que había llamado mi atención

21 de marzo de 2022

Hayden

Cuando la alarma sonó a las siete de la mañana supe al segundo que había sido una mala idea quedarme dibujando de madrugada. Estaba muerto de sueño y tenía un día muy largo por delante.

Me removí para apagar el espantoso sonido que salía del teléfono, procedente de algún lugar cerca de mi cadera, y, a mitad de mi extraña contorsión, estuve a punto de clavarme el lápiz digital en la cabeza.

—¡Au! —me quejé en alto, a pesar de que no hubiera nadie para escucharme.

Abrí los ojos y me incorporé.

Me había quedado dormido en el sofá. No era nada nuevo, pero algún día me iba a hacer un estropicio en la espalda. Tampoco era como si hubiese tenido otra alternativa. Así era la inspiración: llegaba cuando menos te lo esperabas. Era imposible ignorar su llamada.

Después de cenar, me había sentado en el sofá para mirar un rato Instagram, antes de acostarme, y una fotografía de un perro correteando por el parque había encendido la bombilla de mi imaginación.

Pronto, esa imagen se fue tornando mucho más mágica.

El parque dio paso a un bosque espeso, lleno de hermosas flores y enredaderas, y el perro se transformó en un lobo cambia formas. Me encantaba cuando algo que veía disparaba mi creatividad. Era como si un botón hiciera clic dentro de mi cabeza. Era una sensación maravillosa y mágica que no sabría explicar, pero que amaba.

Recordando el dibujo, encendí la tableta, preocupado. Tenía miedo de haberme imaginado el proceso. A veces soñaba que dibujaba, para luego despertarme y ver que había avanzado la mitad de lo que creía. Pero ese no era uno de esos días.

Cuando vi el gran progreso de la noche anterior, sonreí encantado.

Solo por eso, ya merecía la pena el dolor de espalda y el cansancio. No había nada en el mundo que amase más que dibujar.

Salté del sofá, entré a mi habitación y me cambié de ropa. Cuando tuve que rebuscar por todo el armario para encontrar una camiseta limpia, me anoté mentalmente hacer la colada al día siguiente.

Entré a la cocina y me lancé a encender la cafetera. Metí la cápsula y observé mientras el botón de encendido parpadeaba.

Ese día necesitaba café para sobrevivir.

Toneladas de café.

Pulsé el botón cuando el aparato se calentó y me agaché para inhalar el maravilloso vapor que salía, cuando el líquido marrón comenzaba a caer.

—Mmm…

No podía entender a la gente que era capaz de sobrevivir sin café.

Me tomé la bebida de un trago, y me metí en el baño para cepillarme los dientes. Quise aprovechar el tiempo y salí al recibidor para calzarme las zapatillas a la vez.

Muy pronto quedó claro que no había sido la mejor de mis ideas, ya que estuve a punto de caerme al suelo y morir con el cepillo de dientes atravesándome el cerebro.

Me recorrió un escalofrío solo de imaginar semejante escena. Nadie querría abandonar este mundo así.

Volví al baño, terminé con el cepillado y salí disparado a por las zapatillas.

Solo por si acaso, decidí que lo mejor sería sentarme para ponérmelas.

Luego, me marché, contento porque al final me daba tiempo a ir a la universidad sin prisas.

Así que, cuando a mitad de camino me di cuenta de que me había dejado la mochila en casa, todo mi plan se fue al traste y tuve que volver trotando a por ella, para luego correr otro poco más hasta la universidad.

Respiré aliviado cuando por fin, después de tanto trabajo, conseguí alcanzar el edificio.

Sabía que tenía que descansar más, y quizás eso me ayudara a no ser tan despistado.

—Hayden —me llamaron justo cuando estaba descendiendo las escaleras de la facultad.

Me di la vuelta para ver de quién se trataba.

—Ah..., hola, Cristian —saludé con una sonrisa cordial, al ver que era uno de mis compañeros de carrera.

—¿Te apetece quedarte con nosotros para charlar un rato? —preguntó señalando hacia un grupo de personas que estaban hablando en corro detrás de él.

Dudé durante unos segundos.

Por un lado, no me vendría mal la compañía, pero, por el otro, si me quedaba, no tendría nada de tiempo para dibujar antes de entrar a trabajar.

—Mejor otro día —le contesté. Cuando vi que su cara se tornaba algo triste, añadí—: Tengo que entrar a trabajar dentro de poco.

No me gustaba molestar a la gente si no era absolutamente necesario.

La sonrisa de Cristian volvió a su cara tras mi explicación, haciendo que me recorriese una sensación de alivio.

—Perfecto. Otro día entonces —acordó.

Asentí conforme, me despedí con la mano y me di la vuelta para marcharme.

Mi destino era la biblioteca pública de la ciudad. Me gustaba dibujar allí, y no estaba muy lejos del campus.

Como eran las tres de la tarde y no me había acordado de prepararme nada para comer, pasé por un supermercado para comprar una barqueta de ensalada.

Cuando llegué a la biblioteca, me senté en el muro bajo de piedra, que rodeaba el edificio, mirando hacia el parque, en vez de entrar.

Quería aprovechar los tímidos rayos de sol que brillaban esa primera tarde de primavera.

Comí despacio, dedicando un tiempo para despejar la mente. Una especie de meditación, pero con los ojos abiertos.

Era algo que solía hacer muchas veces y que me ayudaba en gran medida a no terminar hasta arriba de ansiedad. Sabía que mantener un trabajo y estudiar una carrera era demasiado, pero tampoco tenía otra opción. Desde que mamá había muerto...

Corté esa línea de pensamiento. Dolía demasiado recordarla.

Cuando terminé, me deshice del envoltorio de la ensalada echándolo en el contenedor para el plástico y regresé a sentarme en el muro.

A mitad de camino, decidí que estaría más cómodo si me sentaba en el suelo, con la espalda apoyada en él.

Abrí la mochila, saqué la tableta y el lápiz, y me puse a dibujar. Volqué todo lo que sentía en esa ilustración.

Mis manos eran un simple instrumento que me permitía trabajar sobre la pantalla. Sentía fluir todo a través de mí. Como si fuese una corriente que necesitaba escapar de mi mente y ser plasmada sobre un lienzo. Cuando dibujaba, todo lo que tenía a mi alrededor desaparecía y solo existía la sensación de perderme, y dejarme llevar.

Cuando la alarma de mi móvil comenzó a sonar, regresé a la realidad de golpe.

Saqué el aparato y vi que eran cerca de las cinco de la tarde.

¿Cómo era posible? Tenía la sensación de que solo llevaba dibujando unos minutos, a pesar de que había pasado más de una hora.

Apagué la tableta, y la metí corriendo en la mochila. Me levanté del suelo y miré a mi alrededor tratando de centrarme en no olvidar nada. Cuando estuve bastante seguro de que tenía todo, salí disparado. La biblioteca estaba a más de un cuarto de hora de mi trabajo y solo quedaban ocho minutos para que diesen las cinco.

Ir corriendo a todos lados era la historia de mi vida.

Traspasé la puerta del bar y me acerqué al galope a la barra.

Podía ser que, si tenía mucha suerte, el encargado no se diese cuenta de que llegaba unos minutos tarde.

Traté de pasar desapercibido, que era algo que se me daba realmente bien.

Mi mira estaba puesta en la barra: si conseguía alcanzarla, y pasar por el lado izquierdo muy rápido, podría entrar en el vestuario para cambiarme antes de que nadie notara mi retraso.

Las cosas no salieron como había planeado.

Debería haber sabido de antemano que nada en mi vida era tan sencillo.

Lo comprendí segundos antes de comenzar a caer.

No me dio tiempo a reaccionar, ya que un chico se levantó de su taburete para recogerme antes de que aterrizase de cabeza en el suelo.

—Gracias —dije cuando paró mi caída, notando que las mejillas me ardían.

No solo por haber hecho un ridículo espantoso sino porque había sido precisamente su imagen la que había provocado que me tropezase con mis propios pies.

—No hay de qué —me respondió él en un tono cordial, que hizo que lo mirase a la cara sorprendido—. Deberías tener más cuidado si no quieres acabar con un buen chichón.

Pese a que sus palabras eran tranquilas y suaves, me dio la sensación de que parecía preocupado por mi *casi* caída.

Me abstuve de levantar la ceja.

Estaba viendo cosas donde no había absolutamente nada. No era como si aquel guapísimo y grande extraño estuviera ligando conmigo, ¿verdad?

Me puse muy nervioso cuando ese pensamiento se me cruzó por la cabeza y me alejé de él como si me hubiera dado calambre. Lo que logró que esta vez casi me golpease con la espalda en la barra. Y digo casi, porque el chico metió la mano entre mi espalda y el trozo de madera, impidiendo que sucediese el impacto.

Menudos reflejos.

Eso me dejó bastante claro que no estaba deslumbrado por mí ni una décima parte de lo que yo lo estaba por él.

—Será mejor que entre antes de que me lesione —dije con una sonrisa avergonzada, y me giré para colarme por el lateral de la barra.

No le di tiempo a que pudiese contestar nada.

Entré al vestuario y me apreté las mejillas.

—Dios, qué vergüenza. Parece que no he estado nunca delante de un chico guapo —comenté, mirándome al espejo.

Me puse el delantal sobre la ropa de calle y salí de nuevo al bar.

—Llegas tarde —me indicó el encargado, logrando que diese un bote.

No lo había visto acercarse a mí.

—Un poco. Lo siento —me disculpé pasándome la mano por la nuca, nervioso—, cuando termine mi turno me quedaré más tiempo para recuperarlo.

—Está bien —aceptó conforme, y respiré aliviado porque no se hubiese enfadado—. Hoy haces mucha falta. Andrea no ha podido venir a cubrir su turno. Así que, estás solo en la barra.

—Entendido —le respondí, asintiendo con la cabeza.

—Vamos. Ponte manos a la obra —me dijo haciendo un gesto con la mano para que comenzase.

Me metí de lleno en el ritmo frenético de trabajo y las horas comenzaron a pasar muy deprisa.

Después de atender a unas cincuenta personas, derramar dos cervezas y romper una copa, el bar se quedó algo más tranquilo.

No fue algo que agradeciese. No solo porque el tiempo se me pasaba más despacio, sino porque mis ojos no dejaban de posarse una y otra vez en el chico que me había cogido antes de que besase el suelo.

Me costaba un esfuerzo real apartar la mirada de él.

En mi defensa debía decir que no estaba acostumbrado a ver hombres tan guapos y corpulentos. Era muy grande. No los veía al menos en vivo y en directo, y mucho menos era el encargado de servirles una cerveza.

Tampoco era que hubiésemos hablado mucho más allá de un «¿quieres tomar algo?» y «sí, una cerveza, por favor». Además, de la breve conversación que habíamos mantenido a mi entrada, pero había conseguido captar mi atención.

Me di cuenta mientras limpiaba las mesas de que estaba analizando su postura.

No sabría decir por qué, pero me daba la sensación de que ese chico, a pesar de su pose desenfadada y su cerveza, era mucho más sofisticado que todo eso. Algo en él me decía que su aparente tranquilidad no pegaba con su forma de ser.

Moví la cabeza a los lados para desprenderme de aquel tonto pensamiento y seguí guardando vasos en el lavavajillas.

«¡Qué sabía yo si era la primera vez que lo veía! Estaba analizándolo demasiado».

Traté de centrarme en mi tarea y lo logré. Al menos, hasta que, poco antes de que terminase mi turno, lo vi marcharse con una tonta sensación de pérdida.

No podía negar que había llamado mi atención.

Cuando salí del trabajo, caminé despacio hasta casa. Ya no tenía prisa más allá de que no se me hiciese muy tarde para acostarme.

Vivía en una pequeña buhardilla, ubicada en el último piso de un edificio antiguo, sin ascensor.

La decisión no había sido difícil, ya que era casi el único lugar que podía permitirme en el que pudiese vivir solo, pero, a pesar de ser la opción más económica que había encontrado, no por ello era mala.

La casa desprendía belleza. Me encantaban las vistas que se apreciaban desde la ventana. El parque que había debajo estaba precioso ahora que acababa de llegar la primavera.

Cuando llegué a casa, me quité los zapatos en la entrada.

Uno aterrizó muy cerca del zapatero y el otro cayó en el centro de la alfombra, pero no me molesté en colocarlos bien. Solo podía pensar en comerme un sándwich y lanzarme a la cama para descansar un rato.

Después de llevar todo el día en la universidad, y gran parte de la noche en el trabajo, estaba destrozado. Eso sin contar lo poco que había dormido la noche anterior.

Entré a la cocina sin molestarme en encender la luz, porque llegaba suficiente desde el pasillo, ya que el lugar era muy pequeño.

Abrí el frigorífico, que estaba raquítico, y saqué los ingredientes necesarios para hacerme un sándwich vegetal.

Era rápido, sano y delicioso.

Unté el pan con mayonesa y me comí una loncha de jamón york mientras terminaba de colocar todos los ingredientes.

Engullí la cena de pie, frente a la ventana abierta, mientras observaba la quietud del parque y me oxigenaba la mente.

Me agaché para limpiar del suelo el manchurrón de salsa que se me había caído mientras comía, antes de entrar a la cocina para tirar el papel.

Pasé al baño y me cepillé los dientes.

Fue el último esfuerzo que realicé antes de lanzarme sobre la cama y taparme sin molestarme en quitarme la ropa.

Agradecí que el sueño viniese rápido y que lo último que se me pasase por la cabeza fuese la cara del chico del bar, en vez de la de mi madre.

Odiaba lo solo que me sentía.

Capítulo 2
La salvación para el reino de Estein

19 de marzo de 2022

Los brazos me ardían y comenzaban a temblarme, pero, aun así, hice dos repeticiones más. Un par de días antes había subido el peso de las mancuernas y quería adaptarme cuanto antes.

Al terminar la serie, me levanté del banco para estirar los músculos antes de comenzar con la siguiente repetición.

Tomé un trago de agua y me sequé el sudor del cuello. Luego volví a tumbarme y me coloqué en posición. Estaba elevando las pesas cuando se acercaron a mí.

—Señor —me llamó uno de los nuevos agentes haciendo que desviase la vista hacia él. Todavía me sonaba raro que me tratasen de usted teniendo tan solo 21 años, pero entendía que, por mi cargo, lo usasen—, me han ordenado que le informe de que le están esperando en el despacho del rey.

—Gracias, Carle —le respondí. El chico se quedó mirándome como si esperase que le dijese lo que tenía que hacer, así que tomé el mando de la situación.—. Puedes retirarte. Acudiré al despacho enseguida.

Noté que mi respuesta no lo tranquilizaba, ya que quería asegurarse de que se cumplía lo que se le había ordenado, pero tampoco deseaba molestarme.

Le sostuve la mirada a la espera de que comprendiera que no iba a conseguir nada de mí, y a los pocos segundos desvió los ojos, y se dio por vencido.

—Señor —se despidió con un asentimiento de cabeza.

Lo observé mientras se marchaba, pensando en lo extraño que era que me convocasen en mi día libre.

Pasaba algo raro.

Casi me sentí aliviado, porque necesitaba acción. Llevaba toda la vida entrenando para ser el guardaespaldas del futuro rey, pero todavía no tenía un puesto como tal.

Era más que frustrante.

Había muy pocos días de *acción* reales para mí.

Recogí la toalla, el bidón de agua y fui hasta los vestuarios para ducharme.

No quería tener una reunión con mi padre en el despacho del rey, oliendo a sudor. Si a mi progenitor le molestaba mi tardanza, iba a tener que sumarlo a la enorme lista de cosas que le decepcionaban de mí.

Cuando salí del gimnasio, ya duchado, ascendí las escaleras hasta la planta baja del palacio. Era una suerte que tuviéramos unas instalaciones tan completas para entrenar sin tener que salir del recinto. Sabía que era una persona afortunada, pero eso no evitaba que me sintiera frustrado e innecesario. Quería más de la vida.

Saludé a un par de trabajadores que me encontré por el camino y, justo cuando estaba a unos metros del despacho, una chica se hizo la encontradiza conmigo. O por lo menos lo intentó.

De hecho, lo habría logrado si no me hubiese apartado de forma descarada cuando se metió justo en el medio de mi trayectoria.

—Dante. ¡Qué susto! —dijo, llevándose la mano al pecho con fingida sorpresa.

Me abstuve de poner los ojos en blanco, a pesar de lo ridícula que sonaba su frase cuando ni siquiera nos habíamos topado, porque no quería demostrarle ningún tipo de reacción. Era casi el enemigo, a pesar de que la sangre real corriese por sus venas. En mi opinión la suya era sangre diluida y contaminada, pero ¿qué importaba lo que yo pensase?

—Amanda —la saludé sin reducir el paso con una inclinación de cabeza, porque, a pesar de todo, en algún momento, aunque fuera lejano, heredaría la Corona.

—Espera, Dante —me llamó y me paré de golpe, cerrando los ojos con fuerza para convencerme a mí mismo de que debía contenerme.

Uno de mis mayores problemas, como siempre se encargaba de recordarme mi padre, era que era una persona demasiado sincera, expresiva e impulsiva. Motivos por los cuales tenía que controlarme.

Me di la vuelta despacio.

—Mañana quiero ir de compras —me dijo con la cabeza ligeramente torcida y un tono de voz que pretendía ser coqueto. De nuevo, me contuve para no reaccionar. Nunca me acostaría con ella, a pesar de sus múltiples insinuaciones a lo largo de los años. No me gustaban las mujeres como ella. No hacía falta que se esforzase—. He pensado que estaría muy bien que fueses tú el guardaespaldas que me llevase. Podría ser muy divertido.

«Ni muerto», pensé.

—Sabes que estoy para proteger solo a la primera línea de sangre real —le contesté en tono duro.

Odiaba que se tomase nuestro trabajo como un capricho.

Me preparé mentalmente para su contestación. Sabía que mis palabras le habrían molestado. No solo porque me negase, sino por haber dejado claro que no la consideraba una descendiente real. No, todavía. No mientras el rey Estefan continuase en el trono.

—Por poco tiempo —respondió al instante en todo airado—. Me das pena, ¿sabes? Te crees tan digno como para proteger solo al rey y a sus descendientes directos, pero la realidad es que no tienes a quién salvaguardar. ¿De qué sirve entonces un guardaespaldas?

Apreté molesto la mandíbula.

A pesar de estar preparado para su réplica, eso no significaba que me escociese menos; había tocado demasiado cerca de la herida.

Era la misma pregunta que me hacía casi todos los días.

Compartía con mi padre la protección del rey. Cada uno de nosotros teníamos nuestro propio equipo de guardaespaldas, pero eso no hacía menos real que yo no tuviese a nadie de quien encargarme, ya que el rey no había podido tener hijos.

Solo me estaba librando de su hermano e hija, a la cual tenía en ese mismo momento increpándome, porque yo mismo descendía de la línea de guardaespaldas al mando de la protección del rey de Estein desde hacía cinco generaciones. Pero en algún momento eso cambiaría y terminaría teniendo que velar por unas personas a las que a duras penas respetaba.

Amaba al rey. Amaba a mi país. Me habían criado toda la vida para que fuese el mejor guardaespaldas, pero no me gustaba ni Amanda ni su padre. No eran buenos para el reino.

—Si me disculpas —le dije sin entrar en su provocación—, tengo una reunión importante en el despacho del rey.

La esquivé y me dirigí a grandes zancadas hasta allí. Una vez estuve delante de la puerta de madera ornamentada, los dos guardias que la custodiaban se apartaron hacia los lados para dejarme pasar.

No me costó más de unos segundos darme cuenta de que el ambiente dentro del despacho estaba cargado de tensión. Al fin y al cabo, reconocer el terreno de forma rápida era una de las habilidades necesarias para ser un buen guardaespaldas.

Paseé la vista por la sala para hacerme una composición de lugar.

El rey estaba sentado tras el escritorio con la corbata ligeramente torcida y la mano sobre la cabeza. Su visión me dejó bastante sorprendido, ya que siempre parecía muy centrado y seguro de sí mismo. No solía transmitir ningún tipo de debilidad o duda.

Frente a él, estaba el jefe de inteligencia y, a su lado, se encontraba mi padre, que era el jefe de seguridad de palacio y guardaespaldas personal del rey. Se habían criado juntos.

Aparte de mí, no había nadie más.

Cuando entré, mi padre me fulminó con la mirada antes de ponerse a mi lado.

—Has tardado mucho en venir —señaló en tono duro.

No me molesté en explicarle por qué me había demorado.

Para él, primero era un guardaespaldas y luego una persona. A veces me daba miedo pensar que yo era igual que él; que, en el fondo, pensaba lo mismo.

—¿Qué sucede? —le pregunté directo, desviando de golpe la atención.

—Tenemos un asunto muy importante entre manos que te concierne en primera persona —contestó, dejándome si cabe con más curiosidad de la que había tenido en un principio.

—Estefan —llamó mi padre al rey. Era una de las pocas personas que lo tuteaba. Algo que me llamaba muchísimo la atención y envidiaba, por la fuerte relación que mi padre y el rey habían desarrollado con el paso de los años—, ya ha llegado Dante.

El rey levantó la vista hasta encontrarse conmigo.

No había reparado en mi presencia, lo que solo reforzó la sensación que tenía de que estaba muy sobrepasado por algún motivo que ansiaba conocer.

—Buenas tardes, hijo —me saludó—. Ven a sentarte, tenemos algo muy importante que compartir contigo y que necesita nuestra atención inmediata.

—Claro, señor —respondí, y me senté en la butaca que había señalado frente a su mesa.

Mi padre se acomodó a mi lado.

—Por favor, Trevor, enséñanos de nuevo todo para que Dante pueda verlo —ordenó el rey, girando la silla para mirar hacia el cuadro con el mapa de Estein de la pared derecha de la oficina. Mapa que se convertía en una pantalla.

Cuando la imagen se cambió por completo, frente a nosotros apareció una fotografía de un chico con una melena hasta las orejas de color castaño claro. Sus ojos eran de un tono ligeramente más claro, del color exacto de la miel. Lucía una mirada distraída y soñadora que me hizo preguntarme de golpe qué era lo que le pasaba por la cabeza.

¿Quién era aquel chico? Y, sobre todo, ¿qué era lo que había hecho para que los presentes en esa sala lo estuviéramos observando?

—El muchacho de la imagen es Hayden Carter, tiene veinte años y es el hijo del rey Estefan —dijo Trevor, haciendo que casi me levantara del asiento por la sorpresa. Seguro que no lo había entendido bien.

Por instinto, desvié la mirada hacia el lugar donde el rey estaba sentado en su silla sin apartar los ojos de la pantalla. Miraba hacia el chico, con una mezcla de incredulidad, felicidad y devoción. Lo observaba con anhelo. Se lo veía muy perdido.

Solo por su forma de observarlo, por lo desubicado que parecía, comprendí que mis oídos no me habían traicionado. Su reacción era una buena prueba de ello, y hacía que todo tuviese sentido de golpe y, a la vez, que nada lo tuviera.

Permanecí callado a la espera de que alguno de ellos dijera algo más, observando de nuevo la imagen ante mí. Deseando levantarme del asiento y largarme a buscarlo. A Hayden. Al hijo del rey. Al príncipe.

De inmediato, una necesidad de estar cerca de él se formó en mi interior, que apenas pude contener. Era todo lo que había querido en la vida: tener alguien a quien proteger para poder desempeñar aquello para lo que había nacido.

Me contuve, intentando no transmitir mi nerviosismo. No quería que mi padre me llevase de nuevo aparte cuando terminase la reunión y me reprochara mi actitud *demasiado visceral* para su gusto. Pero este descubrimiento era algo muy grande. Era algo gigantesco.

Solo podía desear una cosa mientras observaba su imagen. Si hubiera sido religioso, hubiera incluso rezado por que el príncipe caído del cielo fuese una buena persona y un digno sucesor de su padre. Porque, si por algún motivo teníamos tanta suerte, él era la salvación de Estein.

Aguanté a duras penas la explicación de cómo habían descubierto su existencia, pasando de puntillas por el tema de quién era la madre. Lo cual, entendí por completo, ya que no era asunto de nadie más que del propio rey y de su hijo, y escuché la misión que tenían pensada para recogerlo.

Hablaban demasiado despacio para mi gusto.

Sentía que cada minuto que no nos montábamos en el avión e íbamos en su búsqueda, era un minuto perdido. ¿Cómo coño podían haber esperado tantos días para decir algo? ¿Para hacer algo?

Con la aparición del chico, toda mi vida había dado un giro radical.

Que hubiese un nuevo heredero que fuese descendiente directo del rey, lo cambiaba todo. Significaba que el propósito de mi existencia se había vuelto claro. Hacía que pudiese coger aire y sentir que por fin estaba completo. Que el fin para el que había nacido era real de una vez. Hacía que el Dante que iba a salir por la puerta del despacho no fuese el mismo que había entrado.

21 de marzo de 2022

La espera se me hizo eterna mientras recabábamos toda la información, organizábamos la mejor forma de abordar al príncipe y reuníamos el apoyo necesario de la diplomacia para acercarnos a él.

Así que, ese día, antes del momento acordado para hacerlo, no pude evitar salirme del plan y seguirlo.

Necesitaba verlo de cerca. No me valían las fotos ni los vistazos a través de una cámara. Necesitaba respirar su mismo aire para evaluarlo. Toda mi ilusión estaba puesta en él. Era el futuro del reino y necesitaba asegurarme de que estaba a la altura.

En parte, me tranquilizó acompañarlo a lo largo del día en todo lo que hizo, porque no hacía falta esforzarse mucho para darse cuenta de que era un chico tranquilo, soñador y que parecía muy buena persona.

No quería sacar conclusiones precipitadas, sobre todo con las ganas que tenía de que fuese amable, pero verlo de cerca me tranquilizó muchísimo.

Por otra parte, estar tan cerca de él, me había hecho darme cuenta de que el príncipe era un peligro. Con solo mirarlo hacía que todos los pelos de mi cuerpo se erizasen. ¿Cómo era posible que no le hubiese sucedido nunca nada? Se movía por la calle como si estuviese en otro mundo. No prestaba la más mínima atención a lo que tenía alrededor. Podría haber caminado junto a él a lo largo de toda la avenida y estaba prácticamente seguro de que no habría reparado en mi presencia.

Jamás había visto a nadie más despistado.

Era algo muy peligroso que no se fijase en su entorno. Sobre todo, cuando a él era imposible pasarlo por alto. Cualquier persona de la realeza requería protección, pero este príncipe lo necesitaba muchísimo más. Era una suerte que hubiésemos sido los primeros en encontrarlo. No iba a poder volver a dormir hasta que no estuviese a salvo en Estein, bajo mi vigilancia y la del reino.

Capítulo 3
Hay algo muy importante
que debe decirte

22 de marzo de 2022

Hayden

Como la primera clase que tenía los martes era a las once de la mañana, no me levanté hasta pasadas las nueve y media.

Desayuné relativamente tranquilo, para lo que solía ser mi vida, mientras miraba por la ventana del salón. Ese día, de nuevo, había salido el sol y la vista del parque era preciosa.

La vista.

Cuando esa palabra se cruzó por mi cabeza, una imagen del chico que había estado en el bar el día anterior se formó en mi mente. Por supuesto, mi cerebro comenzó a reproducir un vídeo maravilloso del momento en el que me había recogido en sus brazos. Cortesía de la casa, lo visualicé sonriéndome, todavía sin soltarme, mientras su increíble olor a colonia inundaba mis fosas nasales, mareándome de deseo.

Me reí como un tonto.

Había momentos en los que era maravilloso tener una imaginación tan ferviente. Me regalaba preciosas historias como la que acababa de disfrutar en ese momento.

Era una lástima que no sucedieran en la realidad.

Pasé por toda la rutina diaria antes de salir a la calle y pasear despacio hacia la universidad. Aunque casi siempre iba corriendo a todos los lados, la realidad era que disfrutaba mucho de la tranquilidad. Era una pena que no fuese capaz de mantener una vida relajada.

Como tenía un cuarto de hora de sobra, decidí atravesar el parque, en vez de bordearlo como hacía cada día.

Mientras miraba a mi alrededor, rodeado de preciosos árboles y de las primeras flores de la primavera, me picaban los dedos por las ganas que tenía de meter la mano dentro de la mochila para sacar la tableta y ponerme a dibujarlo todo. Quería captar la esencia del momento en el que estaba. La calidez de los tímidos rayos de sol sobre mi piel y lo precioso que estaba el parque floreciendo.

—Hola —me saludaron, captando toda mi atención de golpe.

Giré sorprendido la cabeza, porque no había sentido que hubiera nadie a mi lado, y abrí mucho los ojos. Quizás más de lo que era socialmente aceptable.

La persona que me hablaba era el chico que había estado el día anterior en el bar.

Para conseguir elevar el nivel de vergüenza que sentía, me tropecé con un objeto inexistente y estuve a punto de caer de cabeza al suelo.

De nuevo, evitó mi caída.

—Gracias —dije cohibido, y me puse en pie lo más rápido que pude.

—De nada —me contestó, mirándome fijamente y poniéndome nervioso—. Ayer estuve en el bar en el que trabajas. No sé si te acuerdas de mí —añadió, y en lo único que pude pensar fue en si la frase era una especie de broma.

¿Cómo iba a haberme olvidado de él?

Se me escapó una carcajada.

—Me acuerdo —le aseguré poniéndome rojo. Podía sentir el calor inundando mis mejillas.

—Bien —respondió, esbozando una pequeña sonrisa complacida, que logró que el corazón me hiciese una pirueta—. Te he visto caminando por el parque y no he podido evitar acercarme. Soy nuevo en la ciudad —explicó.

—Oh, bienvenido —le dije—. ¿Vives por aquí? —pregunté muy interesado en la respuesta. Me encantaría que fuera así. No iba a quejarme si lo veía de vez en cuando.

—No, estoy de paso —respondió y, antes de que pudiese añadir nada, mi móvil comenzó a sonar a todo volumen con la alarma que tenía programada un cuarto de hora antes de tener que entrar en clase para no llegar tarde.

Di un respingo. Había perdido la noción del tiempo, e incluso me había olvidado de que tenía que ir. Me distraía con demasiada facilidad.

—Tengo que irme —le anuncié antes de echar a andar en dirección hacia la universidad.

—Espera un segundo —me pidió poniéndose a mi altura—. ¿Me podrías ayudar a encontrar una tienda?

—Claro —asentí. Si necesitaba mi ayuda no me importaba llegar un poco tarde. No quería dejarlo tirado, y mucho menos sin ser de la zona.

—Mira, es esta zapatería —explicó, sacándose el teléfono móvil del bolsillo y sujetándolo entre nosotros para que pudiera verlo.

Miré la fotografía en la pantalla y la reconocí al instante.

—Sé dónde está —comenté, contento de poder ayudarle—. Es por aquí —indiqué.

Para llegar, teníamos que salir del parque por el lateral izquierdo.

Fuimos hablando acerca de lo bonito que estaba el lugar en primavera y pronto llegamos a la salida.

Pensé en preguntarle su nombre, pero en el último momento lo deseché, ya que tenía miedo de que pensase que estaba tratando de ligar con él.

No era que no estuviese interesado. Solo que no quería incomodarle. Estaba seguro de que le llovían proposiciones de ligue todos los días.

Cuando nos paramos, señalé desde la acera al otro lado de la calle para que viese la zapatería, pero el chico no se aclaraba, por lo que lo acompañé un poco más.

Me tomó desprevenido cuando de pronto me agarró del brazo y la cintura, y me empujó contra su cuerpo.

Antes de que pudiera decir o hacer nada, estaba entrando en la parte trasera de una furgoneta.

—Lo siento, Hayden —dijo.

No supe precisar qué fue lo que me dio más miedo: si el hecho de que conociese mi nombre, o que me tapase la boca.

Ninguna de las dos cosas era nada reconfortante.

Todavía estaba tratando de ubicarme, de tranquilizarme lo suficiente para poder hacer algo, cuando me liberó de su agarre durante unos segundos. Momento en el que un hombre, que estaba sentado justo delante de mí, aprovechó para meterme un bastoncillo en la boca.

Me sentí tan desconcertado, que fui incapaz de reaccionar mientras lo frotaba por el interior de mis mejillas.

Lo observé sacarlo y meterlo dentro de una bolsa como si le estuviese sucediendo a otra persona, y no a mí.

—En unas horas estarán los resultados —anunció el hombre antes de alargar la mano para abrir la puerta y marcharse.

—Acompáñalo —ordenó el chico que me había metido en la furgoneta.

Fue ese el momento exacto en el que pude reaccionar.

—Socorro —grité entre sus manos, o por lo menos lo intenté, pero la puerta se volvió a cerrar.

Era un tonto.

Me sentí engañado de forma tan simple, como un niño al que raptan del patio del colegio tentándolo con un caramelo.

¿Cómo podía ser tan estúpido? Seguro que encima este pedazo de chico lo único que quería era matarme. Ni siquiera tenía ningún tipo de interés sexual en mí.

—No tengo nada. Lo juro —empecé a decir, intentando evitar que me asesinasen.

—Tranquilo, Hayden. No pasa nada —me indicó el joven—. Estás a salvo. Mira a tu alrededor —pidió, pero en vez de hacerle caso, me quedé mirándolo a él—. Hay un par de agentes de policía, un representante del consulado y nosotros —explicó con voz calmada. Demasiado calmada como para que no fuese fingida.

—No puedo respirar —traté de decir por entre la mano, que ya se había aflojado sobre mi boca.

Empecé a tomar bocanadas fuertes de aire y a sentirme mareado. Estaba a punto de desmayarme. Lo sabía.

—Le está dando un ataque de pánico —señaló alguien a lo lejos, o por lo menos yo lo escuché muy distante.

Me pareció que podía tener razón.

Era eso o que estaba a punto de morirme.

El corazón me latía desbocado.

El chico me había soltado la boca y me había tumbado en el asiento; y ahora me miraba desde arriba, ya que estaba sentado e incorporado sobre mí, con cara de preocupación.

—Hayden, estás a salvo —empezó a decir, pero me costaba mucho trabajo escucharlo—. Me llamo Dante y soy tu guardaespaldas —explicó, y estuve a punto de reírme. Definitivamente, me había vuelto loco y esto no podía estar sucediendo—. Venimos en nombre del rey de Estein para llevarte a nuestro país. —Lo vi dudar durante unos segundos—. Hay algo muy importante que debe decirte.

Un poco menos tenso, más por lo surreal que me estaba pareciendo todo que por otra cosa, me incorporé para sentarme.

—¿Un rey? ¿Por qué querría un rey hablar conmigo? —pregunté desconcertado, entrando por algún extraño motivo en la absurda situación que se desarrollaba a mi alrededor.

El chico, Dante, como decía llamarse, frunció el ceño ligeramente antes de hablar.

—Quiere hablar contigo porque eres su hijo.

Cuando esas palabras salieron de su boca, la furgoneta se sumió en el silencio. Desaparecieron incluso los ruidos de la calle, o quizás fueron mis oídos los que dejaron de escuchar. Estaba demasiado confuso y aturdido.

Me quedé en blanco durante unos segundos hasta que de pronto, en el centro de mi mente, se prendió la chispa de una idea.

—Es una broma, ¿verdad? —pregunté esperanzado—. Ahora es cuando me vas a decir que me estáis grabando para un programa —dije, comprendiendo de pronto lo que sucedía, y riendo de una forma un poco histérica.

Entendía la situación.

Estaba seguro de que los policías, el hombre que decían que era del consulado y Dante eran actores. Le pegaba. Era muy guapo.

Me sentía tonto, porque tenía que haberlo descubierto antes.

Ahora iba a pasar un bochorno terrible cuando me lo confesasen.

Dios, había actuado como un loco.

Cerré los ojos durante un segundo, armándome de valor para soportarlo.

Cuando los tuve abiertos, busqué con la mirada a Dante y, por la forma en la que me observaba, con intensidad y paciencia, como si fuese capaz de esperar el tiempo necesario a que comprendiese la situación, entendí de golpe que no era eso lo que sucedía.

Era otra cosa.

—No lo es, Hayden —contestó él, que, de alguna manera, a pesar de su corta edad, parecía estar al mando.

—Entonces, ¿qué es lo que pasa? ¿Me he vuelto loco? —tanteé—. ¿O sois vosotros los que lo estáis?

Dante

Su pregunta flotó en el ambiente de la furgoneta.

Sentí pena por él, por haberlo metido en esa situación. Por haberme acercado de esa manera, pero no podíamos entrar a su casa sin que nos invitase, y aquello era altamente improbable.

No disponía del tiempo suficiente para ganarme su confianza hasta ese punto.

Necesitábamos llegar a Estein para que estuviese a salvo antes de que nadie pudiera darse cuenta de su existencia, y que empezase a atar cabos.

—Me gustaría poder explicarte más cosas, pero para eso tenemos que estar en Estein —dije, mirándolo a él primero, tratando de transmitirle tranquilidad para que supiera que no pasaba nada, que podía confiar en mí. Luego, me dirigí al resto de personas que estaban a nuestro lado—. Hay muchas cosas que solo te podemos decir allí, en presencia del rey —añadí para que me comprendiese, sin tener que dar muchos más datos.

Lo vi dudar.

Su boca se abrió como si fuese a decir algo, pero no pudiese encontrar las palabras, y luego se cerró de nuevo, antes de morderse el labio.

Estaba pensando con mucha intensidad.

Su cara de concentración y duda era una buena prueba de ello.

Me hubiese gustado poder hacer algo para transmitirle tranquilidad y confianza.

Dudé, sobre si debía agarrarle la mano o no. Era el príncipe. No se suponía que debía tomarme esas libertades, pero a la vez este chico era también Hayden. Alguien completamente normal que, hasta hacía cinco minutos, no tenía ni idea de quién era, y desconocía la existencia de su propio reino.

Así que decidí que, en ese momento, pesaba más su bienestar que los protocolos. Mucho más.

Alargué la mano y cogí la de él.

Hayden dio un pequeño sobresalto, como si no se hubiese esperado el gesto, y centró de nuevo toda su atención sobre mí.

—Si eres mi guardaespaldas, tal y como dices, ¿por qué me has secuestrado? —me preguntó y sentí que se esforzaba por entenderme.

Quería creerme, y tenía una ventana de esperanza para explicarme.

No deseaba empezar con mal pie con él. Deseaba ganarme su confianza más que nada en el mundo.

La nuestra era una relación a largo plazo y, en ese momento, estábamos asentando las bases.

Por alguna extraña razón, quería que fuera yo el que se lo explicase, el que le diera tranquilidad, a pesar de que teníamos con nosotros a dos agentes de policía uniformados. Ellos tenían que haber sido sus puntos de seguridad, no yo. Me sentía más honrado de lo que podía expresar con palabras. No quería defraudar esa confianza innata que parecía sentir hacia mí.

—No es un secuestro —expliqué—. Te he traído aquí para poder estar contigo en un sitio en el que no llamáramos la atención y donde estemos lejos de los ojos curiosos.

—¿Por qué no en mi casa? —preguntó.

—Habría sido un poco raro eso de presentarnos todos allí y pedirte entrar. No creo que nos hubieras recibido con los brazos abiertos. No podíamos llamar la atención.

—Esto es una locura —dijo.

—Pero no por ello menos cierto.

—Si es mi padre, ¿por qué viene ahora a por mí? ¿Por qué no antes?

—No puedo contestar a eso ahora mismo.

—¿Y luego sí?

—Sí. ¿Quieres respuestas? —le pregunté, tratando de apelar a su curiosidad. Al fin y al cabo, a todos nos gustaba descubrir misterios.

Me miró con intensidad, dudando durante unos segundos antes de volver a hablar.

—Sí, quiero —respondió, asintiendo con la cabeza.

Hayden

Cuando estabas en tu casa, con un par de agentes de policía y Dante, el que se suponía que era tu guardaespaldas, era complicado no creer que era cierto lo que te estaban diciendo. Pero, a la vez, me resultaba tan inverosímil, que estaba seguro de que cuando llegásemos a Estein y conociese al rey, se darían cuenta de que se había equivocado de persona.

Recogí mis cosas en silencio bajo la atenta mirada de Dante, que se mantenía alerta, como si esperase que en cualquier momento llegara alguien con la intención de secuestrarme en sus narices.

De verdad que debían de darle un buen reconocimiento. No se podía negar lo implicado que estaba.

También deberían felicitar a sus padres por lo bien que lo habían hecho a él.

Me reí de forma estúpida cuando ese pensamiento se cruzó por mi mente. Moví la cabeza a ambos lados y me centré en coger lo más imprescindible. Guardé la tableta con cuidado junto al bloc de dibujo que tenía empezado.

Cuando tuve todo listo, me acerqué a Dante para hacérselo saber.

Poco tiempo después, estábamos sentados de nuevo en la parte de atrás de la furgoneta, de camino al aeropuerto.

Capítulo 4
Tienes los ojos más bonitos del mundo

Hayden

Llegó un punto en el que empecé a creer que todo lo que me había dicho Dante era verdad.

Los trabajadores del avión y todo el mundo con el que nos cruzábamos me trataban como si fuese alguien importante.

Todo era demasiado elaborado como para ser una broma.

Creo que aquello fue lo que me terminó de convencer.

La situación era tan rocambolesca y extraña que tenía que ser cierta. Podrían haberme matado más de cien veces desde que estaba con ellos y no tenía nada que fuera de valor como para robarme o secuestrarme.

Así que, no ganaban nada con mentirme.

Decir que estaba nervioso sería un gran eufemismo. Estaba histérico.

No solo por el hecho de que era la primera vez que montaba en avión y no entendía cómo un trozo de hierro era capaz de mantenerse en el aire. Sino porque a lo largo de las tres horas de viaje empecé a comprender que iba a ver a mi padre.

Dios…, nunca hubiera pensado que eso fuera posible.

Mi madre me había dicho que estaba muerto, y, claro, veinte años después, cambiar ese hecho en mi cabeza era como muy impactante.

Se me olvidaba todo el rato y, cada vez que lo recordaba, el estómago me daba un vuelco de nervios y miedo. Estaba muy asustado.

No dejaba de preguntarme cómo sería él. ¿Le gustaría? ¿Le decepcionaría cuando me viese? Diría: «este no puede ser mi hijo».

Cuando el pensamiento se me cruzó por la cabeza, me hundí un poco en el asiento aterrado.

Mi movimiento llamó la atención de Dante, que me escrutó con la mirada.

—¿Necesitas algo? —preguntó con su voz profunda, la cual todavía no había conseguido determinar si me ponía nervioso o me tranquilizaba.

Supuse que era una mezcla de ambas cosas.

Esos dos sentimientos eran los que más despertaba su persona dentro de mí.

Una vez que descubrí a qué se dedicaba, su aspecto físico, grande, fuerte y muy muy guapo cuadraba mucho más.

Aunque la última no era para nada una cualidad imprescindible para ser guardaespaldas, yo no me iba a quejar. Siempre era mejor que te alegrasen la vista.

Dante

Hayden estaba muy nervioso. No me hacía falta conocerlo a fondo para saberlo. Era una persona muy expresiva. Cada uno de sus sentimientos se reflejaba en su cara.

No podía evitar observarlo, ya que se le veía muy perdido allí, en el enorme asiento de cuero del avión, agarrando los reposabrazos con tanta fuerza que las puntas de los dedos se le habían puesto blancas, mientras miraba por la ventana.

No sabía qué estaba pasando por su cabeza pero, a juzgar por la forma en la que acababa de encogerse, no era nada bueno.

Entendía que se sintiese inquieto. Era algo lógico dada la situación, pero, aun así, quería hacer algo para tranquilizarlo.

Me devané los sesos pensando en qué podría decirle. No era una persona que tuviese mucha facilidad de palabra y tampoco lo había necesitado nunca para nada, pero en ese momento deseé serlo.

—El mundo se ve muy bonito desde aquí arriba —le dije, tratando de distraerlo.

No era una observación que le hubiera hecho a otra persona, ni algo que yo mismo hubiera pensado mucho, pero, después de haberlo vigilado durante un par de días, me parecía que podría gustarle.

Hayden se dedicaba a mirar mucho todo lo que había a su alrededor. Al fin y al cabo, era un artista, y estos se fijaban en ese tipo de cosas, que al resto nos pasaban inadvertidas.

—Estoy seguro de que, si pudiera pensar en otra cosa que no fuese que vamos a morir aplastados contra el suelo y hechos puré, cada vez que el avión se mueve lo más mínimo, sería capaz de disfrutar de las vistas.

No pude contener la carcajada que se me escapó. ¿Qué clase de persona pensaba eso?

Hayden giró la cabeza para mirarme como si le hubiera sorprendido mi reacción, y me alegré de que hubiese conseguido distraerlo. No era la forma que había pensado, pero me daba igual.

—Ahora entiendo por qué te agarras con tanta fuerza al asiento —comenté.

—Lo raro no es mi forma de reaccionar, sino la vuestra. Actuáis como si no estuviéramos en un trozo de metal que va surcando el aire sin estar sujeto a nada. Es escalofriante.

—El avión es el medio de transporte más seguro del mundo.

—¿Lo estás diciendo para que me tranquilice? —preguntó dudoso.

—Lo estoy diciendo porque es verdad y, en este caso en concreto, me viene de maravilla para que te relajes.

—¿Y si fuera un medio de transporte terrible me lo hubieras dicho igual?

—No —contesté—. En ese caso estaría agarrado al asiento como tú —le aseguré sin evitar reírme, lo cual llamó la atención de mis compañeros, ya que no solía hacerlo en muchas ocasiones, pero es que Hayden era una persona muy peculiar.

Me divertía estar con él.

Era un soplo de aire fresco para la clase de personas tan rectas con las que solía codearme.

Sabía que era un poco estúpido que pensase así cuando era consciente de que era como ellos, pero que a mí me gustara ser así, no significaba que quisiera tener a mi alrededor compañía del mismo tipo. Era demasiado aburrido y poco motivador.

Se quedó mirándome mientras me reía y me sentí aliviado cuando las comisuras de sus labios se levantaron en un amago de sonrisa.

Me distraje durante unos segundos, hasta que noté cómo el avión comenzaba a descender y desvié la mirada por la ventanilla.

—Mira —le dije, señalando el paisaje.

Él me hizo caso, y también dirigió sus ojos hacia el exterior.

El aterrizaje fue tan horrible que apenas recordaba nada de lo que había pasado. Ni siquiera había podido disfrutar de las vistas que Dante me había señalado, ya que en el segundo en el que me había dado cuenta de que el avión estaba descendiendo, había cerrado los ojos con fuerza y, si hubiese sido religioso, habría rezado por mi vida.

Solo me tranquilicé un poco cuando la enorme mano de Dante se había posado sobre la mía y me había prometido, en un tono que apenas era capaz de contener la diversión, que no íbamos a morir.

Sus palabras me hicieron pensar en que cabía la posibilidad de que hubiera estado hablando en alto, o quizás gritando que no quería morir todavía.

Las cosas no mejoraron en exceso al bajar del avión.

Tenía las piernas temblorosas y el estómago revuelto.

Caminamos por la pista, hasta que llegamos a un coche negro, que nos esperaba.

Nos metimos en la parte trasera, camino del palacio.

Dante se dedicó a hablar por teléfono para informar de nuestra llegada y así organizarlo todo.

Cuando llegamos a la verja, tras la que se alzaba imponente el palacio, me di cuenta de que iba a vomitar.

La cabeza me daba vueltas y tenía el pulso acelerado. Casi no podía centrarme en toda la majestuosidad que había a mi alrededor, y solo podía pensar en que dentro de unos instantes iba a ver a mi padre.

O por lo menos eso era lo que parecían pensar todos, porque, si no, no me habrían llevado hasta allí.

Nos bajamos del coche en silencio y entramos por uno de los laterales del descomunal edificio de piedra blanca.

Una vez dentro, caminamos por unos pasillos que se me antojaron interminables.

Dante me llevó hasta una puerta de madera por un camino que apenas registré.

En ningún momento se apartó de mi lado, cosa que agradecí enormemente. Era la única persona que conocía y su presencia me hacía sentir seguro. O todo lo seguro que alguien podía estar en mi situación.

Aguanté la respiración cuando la puerta comenzó a abrirse.

Entré detrás de Dante y mis ojos fueron a parar al hombre que estaba de pie tras un enorme escritorio.

El mundo se paralizó.

Todas las dudas que tenía sobre si sería o no mi padre quedaron disipadas cuando nuestras miradas se encontraron.

Me vi casi como si estuviera reflejado en un espejo.

Se parecía mucho a mí, o, mejor dicho, yo me parecía mucho a él.

En todo menos en la boca, que era un calco exacto de la de mi madre.

Su frase, la que me había dicho en innumerables ocasiones «tienes los ojos más bonitos del mundo» acudió a mi cabeza. ¿Lo diría porque le recordaba a él? Y, si ese era el motivo, ¿por qué no estaban juntos? Sonaba como algo que diría una persona muy enamorada.

El silencio se coló dentro de la sala, solo roto por mis aceleradas respiraciones.

Estaba muy nervioso e impactado.

Supe que era verdad. Ese hombre era mi padre.

—Yo... no sé por dónde empezar —dijo y, aunque su planta era la de un rey, apuesto y señorial, daba la sensación de que estaba muy perdido.

Quizás debería haber dicho algo, pero no me sentía capaz.

Me sentía como si fuese un niño pequeño deslumbrado y desprotegido. Tenía miedo de que la persona que había frente a mí me abandonase; de no ser suficiente para ella.

Comprendí, al darme cuenta de que era real, que el hombre al que miraba era mi padre, y que estaba enfadado con él. Tenía veinte años y en todo ese tiempo no se había dignado a verme. No había sacado ni un solo minuto.

Fruncí el ceño y el estupor dio paso a la molestia.

—¿Por qué me has hecho venir hasta aquí ahora? —le pregunté, y el enfado con el que salieron las palabras de mi boca me sorprendió.

Nunca había sido rencoroso ni hostil, pero estaba muy dolido con él.

Se suponía que un padre era la persona que estaba a tu lado en el camino de la vida para guiarte y acompañarte, y este hombre no había cumplido esa parte.

—Porque no puedo estar alejado de ti sabiendo que existes —señaló, y sus palabras me atravesaron el corazón, rompiendo la coraza que había formado para él.

—No entiendo. —Me mostré confundido.

—Tu padre no sabía nada de ti. Hace muy poco tiempo que ha descubierto que existes —explicó un hombre colocado a su derecha, vestido con un traje, que también tenía una planta elegante.

—Este es Marco, mi consejero —aclaró mi padre.

—Hola —saludé, sin saber muy bien qué más añadir.

—Tu madre y yo nos separamos cuando terminé la universidad, y tuve que regresar a ocupar mi lugar. Nunca me dijo que estaba embarazada —explicó.

—Oh… —fue todo lo que pude decir. Comprendí de golpe que, si eso era así, él era tan víctima como yo en esto.

Nos quedamos mirándonos de nuevo, con la habitación en silencio.

Era complicado encontrar las palabras en la situación que estábamos. Más ahora que todo el odio que había sentido acababa de esfumarse.

—Y ¿cómo lo has sabido ahora? —pregunté, cuando la idea me vino a la cabeza. Había muchos huecos que necesitaba rellenar.

—Tu madre me escribió un correo explicándome todo antes de su operación —indicó, y perdió el tono en las últimas palabras.

Lo observé, tratando de leerlo. Parecía muy dolido.

Ambos sabíamos que mi madre no salió con vida de aquel quirófano.

—Ha pasado un año desde entonces. ¿Por qué ahora?

—Catheryn me mandó el mensaje entonces, pero no lo leí hasta hace pocos días. Luego teníamos que organizarlo todo. Me hubiera gustado ir yo mismo a buscarte, pero eso hubiera levantado demasiadas sospechas —explicó.

—También teníamos que asegurarnos de que todo era real —dijo el consejero, desviando mi atención—. Enseguida llegarán los resultados de la prueba de paternidad.

—No me hace falta ver un papel para darme cuenta de que es mi hijo —indicó el rey, mirándolo. ¿No lo has visto? Tampoco he sido yo el que he exigido la dichosa prueba. —Por su tono de voz, no quedó ninguna duda de que se lo echaba en cara—. Con la palabra de Cath no me quedaba ninguna duda de ello.

—Estefan, eres el rey. Tenemos que protegerte a ti y a la Corona. Este no es un puesto en el que se pueda actuar con el corazón, y lo sabes —le devolvió Marco.

—No es momento ni lugar para hablar de eso —le contestó mi padre con firmeza. Con una voz de mando que claramente estaba acostumbrado a utilizar.

—¿Por qué ella nunca me dijo nada? —pregunté a nadie en particular, interrumpiendo su discusión. Era algo que estaba todo el rato dando vueltas por mi cabeza.

—No puedo hablar por ella —contestó mi padre, y agradecí que fuera él el que se hiciera cargo de la respuesta—, pero estoy seguro de que sus motivos eran poderosos.

Lo miré. Lo miré de verdad, porque sus palabras me sorprendieron mucho.

La defendía.

A pesar de que con seguridad se sentía traicionado, no se mostraba enfadado con ella. Tenía los ojos vidriosos, ojeras moradas bajo ellos y aspecto cansado.

Durante unos segundos, me obligué a ponerme en su lugar.

Acababa de conocer a su hijo, el cual hasta hacía poco no sabía ni que existía, y parecía muy afectado por la muerte de mi madre. ¿Estaría muy enamorado de ella?

—Para mí ha sido una alegría saber de tu existencia —dijo, y sus palabras me sorprendieron. Estaban cargadas de ternura. Me extrañó que un hombre en su posición se mostrase tan abiertamente vulnerable delante de la gente—. Estoy muy feliz de que estés aquí y que puedas ocupar el lugar que te corresponde por derecho de nacimiento.

—No entiendo —comenté.

—Lo que el rey está queriendo decir, es que necesitamos que seas el nuevo sucesor.

Hacía demasiado calor en la habitación, o por lo menos a mí me dio esa sensación, cuando me trepó por el cuello una ráfaga de aire ardiente.

«¿Acababa de decir que tenía que ser el sucesor del rey?».

Agradecí terminar con el culo sentado en una butaca cuando me dejé caer hacia atrás. Aunque, a decir verdad, tampoco me hubiera importado terminar en el suelo si eso significaba darme un golpe en la cabeza y desmayarme.

«¿Es que no se iba a acabar nunca toda esta locura?».

—Yo no... Yo no puedo ser el sucesor —tartamudeé.

Era la primera vez que me sucedía, pero supuse que la presión podía obrar aquella reacción en cualquier persona.

—Pero lo eres —dijo mi padre—. Eres mi hijo. —El tono de su voz descendió ligeramente y no me pareció que fuese mi imaginación cuando pensé que se había endulzado—. Necesitamos que tomes el lugar que te corresponde.

—No puedo —repetí, porque por algún motivo ellos no se daban cuenta de la realidad. De la locura que proponían.

—No tienes otra opción —indicó Marco con tono duro, haciendo que desviase la atención hacia él.

De reojo, vi a Dante dar un paso amenazador hacia el frente, pero la reacción de mi padre me distrajo.

—Sí, la tiene. No pienso obligarlo a hacer nada que no quiera, y mucho menos algo como reinar —respondió mi padre con voz firme, que hizo ponerse muy recto al consejero—. Y cuida el tono cuando estés hablando con mi hijo.

—Lo lamento, excelencia —se disculpó Marco, que de verdad parecía arrepentido por su arrebato.

Yo presenciaba la situación como si fuera una película que sucedía delante de mí, en vez de mi propia vida. Todo era demasiado surrealista.

—Como bien te he dicho —empezó a hablar mi padre algo más calmado—, me gustaría que fueras mi sucesor. Me gustaría que ocuparas el lugar que te corresponde como príncipe. Pero es tu decisión. Puedes pensártelo. Ahora, si te parece bien, Dante te llevará hasta tu habitación. Estoy seguro de que estás cansado. Es tarde y necesito hablar un poco con Marco. Mañana continuaremos con la charla.

—Claro —dije y, antes de que la palabra saliese de mi boca, ya estaba levantado de la butaca.

Quería irme de allí. Quería cerrar los ojos y aparecer de golpe en mi casa por arte de magia y que todo esto no fuera más que un sueño.

Dante

Lo miré. Estaba frente a su padre, sin poder creerse la situación, y me sentí muy identificado.

Ambos éramos personas a las que les esperaba un destino que no creían merecer.

Me sentí tan protector, que todo el miedo que había tenido a que cuidar de él fuera difícil, a que no existiera una conexión entre nosotros, se evaporó.

No tenía la menor duda de que quería ser su guardaespaldas.

Sabía que no sería una tarea complicada, pero me resultaba sencillo tenerlo cerca. Estaba deseando conocerlo más. Conocerlo de verdad. Pero, para lograr eso, necesitaba que aceptara el cargo que le correspondía por derecho.

Con seguridad, podría protegerlo, aunque se negara. A fin de cuentas, era el hijo del rey, pero quería que el reino quedara en buenas manos cuando él ya no pudiera hacerse cargo.

Estaba convencido, a pesar de lo poco que lo conocía, por lo que había visto en los informes sobre él y el tiempo que lo había observado, que Hayden era una buena persona. Estaba lejos de ser caprichoso y arbitrario como era su tío y su prima.

En mi mente empezaron a moverse los engranajes: tenía que hacer algo para que aceptase ser el príncipe.

No podía permitir otra cosa.

Sentía que mi deber para con el reino iba mucho más allá de ser un guardaespaldas, y, en este caso, podía hacer algo más convenciendo a Hayden. Liberándolo de las personas que sucederían al rey Estefan cuando dejase el trono.

—Asegúrate de que está a salvo y de que nadie descubre quién es —me ordenó mi padre desde su lugar detrás del rey, cuando este nos indicó con buenas palabras que nos marcháramos.

—Sí, señor —respondí asintiendo con la cabeza, antes de ponerme al lado de Hayden para guiarlo fuera del despacho.

Capítulo 5
Tu aspecto serio y distante
es pura fachada

Hayden

Fuera del despacho me recibió el alivio, pero solo duró los segundos que tardé en darme cuenta de que no tenía un lugar seguro en el que refugiarme.

No conocía nada de lo que había a mi alrededor. Aunque todo era majestuoso, nada me hacía sentir tranquilo. Nada me hacía sentir en casa. Estaba perdido mientras caminábamos por el pasillo.

—Tienes dudas, ¿verdad? —preguntó Dante, rompiendo el silencio, al mismo tiempo que me sobresaltaba.

Lo observé y dudé durante unos segundos si debía decirle la mezcla de sentimientos que tenía por dentro. Me daba la tonta impresión de que era una persona que se preocupaba por mí, aunque acabase de conocerlo. Había algo en su forma de comportarse, en su forma de mirarme y hablarme, que hacía que me sintiese seguro. Me despertaba mucha confianza. Me miraba como si estuviera dispuesto a saltar delante de un camión para protegerme. No tenía ni pies ni cabeza, pero era lo que me provocaba.

—Sí, las tengo —reconocí, mientras buscaba las mejores palabras para expresar lo que sentía—. No creo que sea la persona más indicada para hacer lo que quiere… mi padre —dije, y las palabras sonaron extrañas en mi boca.

Sabía que, en el momento en el que procesase lo que había sucedido, me volvería loco, pero por el momento estaba disfrutando de la sensación de incredulidad. Me daba la impresión de que todo le estaba pasando a otra persona en vez de a mí.

—La realidad, y algo que no te ha dicho tu padre, es que, aunque no aceptes ser el siguiente en la sucesión, sigues siendo su hijo. Eres un príncipe, lo quieras o no.

No lo había pensado.

—Es que todo esto me parece tan surrealista.

—Lo entiendo. Desde que descubrí tu existencia he tratado de ponerme en tu pellejo en innumerables ocasiones y, aunque entiendo que es difícil de creer, no se me ocurre un escenario en el que al final te niegues a aceptar tu destino. Es para lo que has nacido —indicó lleno de convicción, como si fuera un pensamiento que había meditado mucho.

Me reí sin ganas, parándome en mitad del pasillo.

—Me parece que eres incapaz de ver mi situación desde mi punto de vista. Hace unas horas no sabía que tenía padre y no conocía la existencia de este reino —le comenté molesto por la presión que estaba queriendo cargar sobre mis hombros—. ¿Cómo voy a ser un príncipe de un lugar que ni siquiera conozco?

—Porque yo sí que lo hago y te lo puedo mostrar. Te puedo enseñar todo lo que quieras. Todo lo que necesites —dijo y parecía desesperado.

—¿Qué es lo que sucede? —le pregunté sorprendido por la vehemencia de su proposición.

Tenía la sensación de que había más de lo que me estaba contando o no estaría insistiendo tanto.

Realmente parecía que no quería que me negase.

Dante miró a ambos lados del pasillo de mármol, enorme y desierto, y luego me agarró del brazo. Me llevó hasta una puerta que estaba un poco más adelante, y que resultó ser una especie de pequeña biblioteca.

Cuando entramos, me soltó con delicadeza y no dijo nada mientras inspeccionaba la habitación para asegurarse de que estábamos solos.

—Las cosas son complicadas.

—¿Sabes? Me acabo de dar cuenta de que no me han dicho nada. Que no tengo ni idea de quién es el rey, no sé nada del reino, e incluso, al parecer, tampoco tengo ni idea de quién soy yo mismo. Si quieres que acepte algo, lo menos que puedes hacer es ser sincero conmigo.

—Tienes razón, no te han dicho nada y no es justo. Te están pidiendo que lleves un reino que no conocías y que te alejes de todo. ¿Qué te gustaría saber?

—¿Por qué yo?

—El rey nunca ha podido tener hijos. Se casó cuando volvió de la universidad, lugar que sospecho fue donde conoció a tu madre. Es lógico que quiera que seas tú el que le suceda —respondió tratando de controlar su gesto.

—¿Qué es lo que me ocultas? ¿Por qué me has metido en esta biblioteca? Tampoco es que me estés diciendo nada prohibido.

—Todavía —añadió con vehemencia—, porque estoy sopesando si más tarde me voy a arrepentir de haberte dicho la verdad; porque ni es decoroso, ni legal, hablar mal de la familia real, y porque no quiero que pienses que soy un entrometido y un criticón.

Mi nivel de curiosidad se disparó hasta un punto incontrolable.

—Vas a tener que arriesgarte —le dije, haciendo gala de una seguridad que realmente no sentía—. De momento, he sido el único que he tenido que confiar y dejarse arrastrar a toda esta locura. Y créeme que me ha costado mucho.

—De nuevo, tienes razón —señaló esbozando una sonrisa que le hizo parecer mucho más joven y accesible.

—Cuéntamelo —le pedí impaciente.

—El rey tiene un hermano que, por decirlo de manera suave, no es una buena persona. No se preocupa por el reino y mucho menos por la gente a la que debería defender. Le gustan las apuestas y la vida acomodada. Hace unos cuantos años que el rey tuvo que cortar el dinero que recibía de pensión. Como comprenderás, él no está contento con ello. Quiere ver al rey fuera y ser el que controle el dinero. Huelga decir que eso no sería para nada bueno para el reino.

—Ya veo —dije, entendiendo todo de golpe. Parecía que no todo eran luces en el reino de Estein.

—Él sí que tiene una hija que puede asegurar la continuidad de la familia real; que, te adelanto, no es mucho mejor que su padre. Ha crecido en la abundancia y como si fuera una especie de diosa. Su avaricia no tiene fin.

—¿Saben de mí?

—No.

—Por lo que dices, no creo que se alegren cuando descubran que existo.

—No, no lo van a hacer. Sospecho que por eso te hemos ido a buscar ahora. El hermano del rey lleva un tiempo fuera de viaje. No te preocupes, no voy a permitir que te pase nada malo.

Sus palabras dichas en bajo, pero con la suficiente fuerza para que comprendiese lo reales que eran, hicieron que el estómago se me llenase de mariposas. Sentí como si estuviésemos compartiendo un secreto.

Dante

—¿Has visto al hombre alto de traje que estaba detrás del rey?

—Sí —respondió, asintiendo con la cabeza.

—Él es el guardaespaldas del rey y mi padre —expliqué—. Me han criado durante toda la vida para seguir sus pasos. Lo mismo que hicieron sus predecesores antes. Soy la quinta generación de guardaespaldas reales y, hasta que tú has aparecido de la nada, yo no tenía a nadie a quien proteger. Eres la razón de que todo tenga sentido para mí.

No sabía por qué le estaba contando aquello, pero de alguna manera me resultaba natural. Su forma relajada de ser hacía que me sintiera tranquilo. Se notaba que no tenía maldad. Que era tal y como parecía, sin pliegues y recovecos.

Quería decírselo antes de que tomase una decisión, porque sentía que, si no lo hacía, le estaría mintiendo de alguna manera. Quería que supiera que tenía intereses personales para que dijese que sí, pero que, a la vez, se diera cuenta de que no era solo por eso por lo que quería que aceptara.

Levanté la vista y me aseguré de que estuviera atento a las siguientes palabras.

—Para mí, para tu padre y para el reino, es muy importante que aceptes convertirte en el futuro heredero.

No sabía qué había en este chico que hacía que me pusiera tan intenso.

Sus palabras, la fuerza de su necesidad, la forma en la que se abría ante un desconocido, volcando su anhelo, hicieron que me sintiera aturdido y nervioso, pero, también, con ganas y esperanzado.

En ese trozo de mundo desconocido, dentro de una pequeña biblioteca apartada, quise ser importante para alguien. Quise aceptar la responsabilidad que me ofrecían. No quería dejar de lado este futuro. Un futuro en el que tenía un padre y en el que podía marcar la diferencia y, sobre todo, un futuro en el que podía hacer feliz al hombre que me miraba con ojos llenos de esperanza y que, pese a haber conocido hacía muy poco tiempo, quería complacer, porque me había dado la sensación de que mi sola existencia hacía que su vida tuviera sentido.

Era embriagador significar eso para alguien. Más si era para el hombre más guapo que había visto en la vida.

«Eres la razón de que todo tenga sentido para mí».

Las palabras de Dante no dejaban de repetirse una y otra vez en mi cabeza, haciendo que el estómago me diese un vuelco de emoción.

Por supuesto, sabía que no estaban dichas por quien yo era, sino por lo que representaba, pero, aun así, eran hermosas de escuchar y, también, muy excitantes. Casi hacían que el miedo a lo desconocido y al fracaso quedara en un segundo plano.

Había sido la conversación más intensa que había tenido con un hombre.

Casi suspiré al imaginar que me decía algo tan bonito por mí.

Lo cierto, es que anhelaba vivir un amor de película. Bueno, me valía con un amor. Pero un amor que fuera bonito, y nada tóxico. Estaba deseando conocer a Dante. ¿Cómo iba a querer volver a mi vida solitaria con todo lo que podía tener en Estein?

Abrí la boca para contestarle, pero él me interrumpió:

—No tienes que responder ahora. De hecho, prefiero que no lo hagas. Mejor que te lo pienses. —Colocó la mano detrás de su nuca y se la apretó, luciendo una sonrisa torcida—. No estoy preparado para recibir una mala noticia ahora mismo.

—No sabes si va a ser mala —comenté sonriendo como un bobo ante la esperanza que brilló en sus ojos.

—No me puedo creer que esté diciendo esto, pero puedo soportar la incertidumbre hasta que hayas tenido el tiempo suficiente para pensarlo detenidamente.

—Tu aspecto serio y distante es pura fachada —le acusé divertido.

—No lo es. Piensas eso porque contigo no soy como con los demás. Si eliges bien —dijo riendo ante su broma—, nos espera toda una vida juntos. No creo que nadie vaya a conocerme tan bien como lo harías tú. Ni al revés. No necesito muros entre nosotros. Tenemos que poder confiar el uno en el otro.

«¡Sí, quiero! ¿Dónde había que firmar para eso?».

Sonreí como un idiota. Estar cerca de Dante y que me considerara alguien importante para él era embriagador.

—Suena bien —dije en alto, tratando de contener la emoción.

—Y ahora, príncipe, ¿quieres que te enseñe tu cuarto? —preguntó bromeando—. Estoy seguro de que estás cansado y que tienes mucho en lo que pensar.

—Sí —contesté con un monosílabo porque estaba seguro de que, si decía algo más, iba a notar en mi voz que estaba demasiado complacido por sus palabras.

Salimos de la biblioteca y caminamos por los pasillos del palacio.

La edificación se me antojó enorme y preciosa.

Tardamos unos diez minutos en llegar a nuestro destino.

—Esta es tu habitación —me dijo Dante cuando paramos frente a unas puertas dobles blancas pintadas con dibujos dorados que llamaron mi atención.

Si no hubiera estado tan cansado, tanto que tenía miedo de quedarme dormido de pie, me habría detenido a admirarlas.

Las abrió y entramos a un recibidor grande con un espejo en tonos dorados. Seguí mirando a mi alrededor y aluciné por lo que era supuestamente mi «habitación», ya que se trataba de una estancia enorme compuesta de muchos espacios. Parecía la suite presidencial de un hotel.

—¿Todo este lugar es mi cuarto? —le pregunté alucinando.

—¿Te parece grande? —respondió riendo—. Es la primera vez que estás en un palacio, ¿verdad?

—Por supuesto que sí —le respondí divertido por su pregunta.

—Me lo imaginaba. Aquí todo es muy… —le vi poner cara de esfuerzo, tratando de encontrar la palabra adecuada— ostentoso. Y sí, lo que ves es tu habitación —confirmó, aunque lo cierto era que ya me había dado cuenta.

—Hola —me saludó una mujer joven, sobresaltándome, ya que había aparecido de la nada. Tendría más o menos mi estatura y una sonrisa muy amable—. Soy Alessia, su ayudante.

—Hola —le respondí y busqué la mirada de Dante para que confirmara que ella debería estar allí.

Él asintió con la cabeza.

—Te dejo con Alessia para que te muestre dónde está todo lo que necesites. Voy a pasar la noche aquí —indicó mientras señalaba uno de los sofás que había en la sala previa al dormitorio principal.

El estómago se me llenó de nervios ante de la idea de que pasáramos la noche en la misma habitación, por muy grande que esta fuera. Porque... bueno, porque parecía que a mi cuerpo no le resultaba raro ponerse en tensión, ante la perspectiva de tener tan cerca de Dante.

—Gracias —le respondí ordenando a mi organismo que estuviera bajo control. No era momento para centrarse en lo que el guardaespaldas despertaba en mí.

—Hasta mañana —dijo y miró a la ayudante antes de volver a posar su mirada en mí—. Descansa, nos espera un día muy intenso.

Lo vi caminar hacia el sofá que había señalado y, cuando me di cuenta de que era el único que permanecía de pie, plantado en medido de la entrada, seguí a Alessia al interior de la habitación.

Una vez dentro, Alessia me indicó dónde estaba el baño y todos los objetos de aseo, así como la ropa que pudiera necesitar.

Cuando miré dentro del armario, que era otra habitación enorme llena de ropa, en la que se veían demasiados trajes y todo tipo de complementos, decidí que me quedaría con las prendas que había traído de casa.

Me alivió encontrar, justo en la entrada del vestidor, la maleta que había preparado.

Ver algo conocido me hizo sentir menos nervioso.

Agradecí cuando Alessia se despidió de mí y me dejó solo.

Tenía mucho en lo que pensar, pero, sobre todo, lo que necesitaba en ese momento era descansar.

Fui al baño, hice pis, me lavé los dientes y me di una ducha superrápida para relajarme.

Cuando me tumbé en la cama más lujosa sobre la que había dormido nunca, pensé en lo irreal que era todo. Tenía la sensación de que al día siguiente me levantaría y descubriría que todo había sido un sueño.

No podía llegar a entender cómo mi vida «sencilla», en la que todo lo que necesitaba era trabajar para conseguir dinero para pagar el alquiler y sacar tiempo para dibujar, había terminado de la noche a la mañana, convirtiéndose en tener la obligación moral de dirigir un reino.

Ahogué el grito de incredulidad que amenazó con escapar de mi garganta y me coloqué la almohada sobre la cara.

Definitivamente, había perdido la cabeza.

Fue en ese momento de soledad cuando todo lo que había vivido ese día, que parecía interminable, me golpeó fuerte. Cuando empecé a ser consciente de lo que había sucedido en realidad.

Mi madre me había mentido durante toda la vida. Me había ocultado quién era mi padre. Había hecho eso y ni siquiera sabía cuál era el motivo.

¿Habría sido por despecho? ¿Porque no quería esa vida para ella? ¿Para mí? ¿Para nosotros? No tenía ni idea.

Solo sabía que no me atrevía a preguntar.

Su muerte todavía era una herida abierta en el centro de mi corazón. Su ausencia dolía cada día y, ahora que ya era capaz de pensar en ella sin odiarla, porque hubiera muerto y me hubiera dejado solo, pensamiento que me destrozaba por ser tan mal hijo y persona cuando ella era la que había muerto, me hacía sentir como el peor ser humano del planeta.

No quería volver a ese punto.

Prefería enterrarlo en el fondo de mi mente.

La amaba. Mucho más de lo que había querido nunca a nadie. Mucho más de lo que estaba seguro de que iba a querer a mi padre, aunque estuviéramos juntos el resto de mi vida. Cuando pensó que me podía quedar solo, se arrepintió de su decisión, pero lo cierto es que, se hubiera equivocado o no, había dedicado toda su vida a cuidarme. Lo había hecho con tantísimo amor y dedicación que no podía odiarla por nada. No durante mucho tiempo. Esa era la realidad.

Pensé durante unos segundos en la respuesta que iba a dar a ser el sucesor, y la verdad era que, aparte de que quisiera ayudar a Dante y al reino, una de las cosas que hacían que quisiera aceptar la locura que me estaban proponiendo, a pesar de saber que no estaba preparado para ello, era que me sentía solo.

Sabía que, si me quedaba en Estein, no volvería a estarlo.

En ese momento, no supe si estaba tomando la decisión adecuada, pero tampoco era algo que me importara.

Capítulo 6
Aprendiz de príncipe

Hayden

No sabría decir qué fue lo que me despertó, pero dado que la alarma todavía no había sonado, decidí sucumbir al dulce sueño que me retenía.

Me di la vuelta sobre el colchón, haciéndome un pequeño ovillo.

Estaba en el paraíso.

La cama olía de maravilla y las sábanas suaves y calentitas acariciaban la piel de mis piernas. Se me escapó un ligero gemido de placer.

—Señor —dijo una voz de mujer muy cerca de mi cabeza, haciendo que me despertara de golpe.

—¡Ah! —No pude contener el grito que se escapó de mi boca.

Me incorporé y salté al otro lado de la mujer, levantándome de la cama, dispuesto a huir.

Cuando la puerta de la habitación se abrió de repente, giré asustado la cabeza en esa dirección y vi entrar a Dante. Tenía los puños preparados en posición de ataque, ligeramente agachado.

No me hacía falta ser un especialista en boxeo para saber que su posición era impecable, muy sexi y viril.

De golpe, fui consciente de la ridícula situación en la que me había metido solito, por no acordarme del lugar en el que estaba.

La pobre chica, a la que habían asignado para ser mi ayudante, estaba de pie al otro lado de la cama con cara de susto.

Dante miraba a todos lados, como si esperara que en algún momento se materializara el peligro que me había hecho gritar.

Porque sí, Dante estaba allí para protegerme.

De pronto, me volví hiperconsciente de que solo llevaba unos calzoncillos puestos y una camiseta grande y desgastada con la que me gustaba dormir, delante de un chico que podría dedicarse al modelaje, en vez de a ser guardaespaldas, y que vestía de forma impoluta.

Dante llevaba un pantalón de pinzas gris oscuro y un jersey de cuello alto negro que, cómo no, revelaba unos músculos enormes por debajo. Iba tan perfecto que hasta le brillaba el cinturón de cuero negro.

Tenía que hacer algo.

—Me he asustado —expliqué, tirando de la camiseta hacia abajo para cubrirme lo mejor posible. No sabía qué calzoncillos llevaba, pero no tenía ninguno que no estuviera lleno de dibujos de todo tipo. Nunca me habían gustado los que eran lisos y sosos, y no me sentía preparado para compartirlos con el tío más sexi que conocía.

Supe que había cometido un error cuando los ojos de Dante siguieron mis manos, haciendo que toda su atención terminara en lo que me había afanado por cubrir.

Si hubiera apartado la vista al momento, no me hubiera avergonzado, pero lo cierto fue que sus ojos se quedaron pegados en algún punto de mis piernas, logrando que mis nervios se dispararan. Al igual que mi pulso.

Dante

Reaccioné por puro instinto cuando escuché el grito de Hayden.

Quizás, si hubiera dedicado un segundo a pensarlo, hubiera deducido que no podía pasarle nada malo. No solo por la naturaleza del grito, sino porque era totalmente improbable que hubiera nadie peligroso en la habitación con él.

Apenas me había alejado de su cuarto el tiempo suficiente para darme una ducha rápida y cambiarme de ropa. Tiempo durante el cual Leonardo se había quedado vigilando la habitación.

Mi padre se hubiera avergonzado de mí, si descubriese la reacción que acababa de tener.

Abrí la puerta de la habitación de golpe y entré con los puños en alto, preparado para neutralizar cualquier amenaza; pero lo único que me encontré fue al príncipe a un lado de la cama mirando con los ojos abiertos a Alessia, que estaba de pie en el lado contrario con cara de no saber muy bien lo que sucedía.

Miré a Hayden.

Llevaba una camiseta muy grande que se había resbalado de uno de sus hombros y que dejó mucha piel expuesta. Mucha más de la que era decoroso ver del príncipe. Desde luego, mucha más de la que yo tenía derecho a ver.

—Me he asustado —explicó con una disculpa en su voz, tirando de los bordes de la camiseta hacia abajo.

Mis ojos siguieron al camino de sus manos y se quedaron atascados en sus piernas.

Por la cabeza se me pasó el estúpido pensamiento de que nunca había visto unas piernas tan bien formadas. Eran musculosas sin ser grandes. Su muslo era probablemente la mitad que el mío y ese pensamiento hizo que me inquietara.

Desvié la mirada, como si me hubiera abrasado.

Al elevarla, nuestros ojos se encontraron y traté por pura fuerza de voluntad de no ponerme rojo.

Joder..., no quería que pensara que le estaba evaluando. Eso sería de muy mal gusto.

No recordaba la última vez que me había avergonzado tanto.

Era un buen momento para empezar a pensar con la cabeza.

Solo llevaba un día a su alrededor y me comportaba de manera instintiva, y para nada inteligente. Eso no presagiaba un buen futuro para ninguno, ya que era el máximo encargado de su seguridad y quería seguir siéndolo durante toda la vida.

Cuando por fin había aparecido un propósito real, que valiera la pena para mi existencia no iba a ser tan tonto de dejarlo escapar, por no saber reaccionar de manera lógica. No iba a pasarle nada malo. Yo no iba a permitirlo. Tenía que tranquilizarme y enfriar la mente.

Mi teléfono comenzó a sonar, haciéndome salir del trance y por fin reaccionar.

—Está todo bien, ¿verdad? —pregunté a la vez que sacaba el móvil del bolsillo.

—Sí, sí... Todo está perfecto —respondió Hayden, esbozando una sonrisa que cualquier observador inteligente notaría que era forzada.

Traté de asegurarme de que me estuviera diciendo la verdad, como si pudiera saberlo solo con mirarlo.

—Correcto —asentí, y descolgué el teléfono.

Me di la vuelta y me alejé para no molestar al príncipe.

—Caruso —respondí, utilizando mi apellido para identificarme.

—El rey quiere reunirse con Hayden en una hora en su despacho —dijo la voz de mi padre al otro lado.

—Estaremos allí —indiqué.

—Puntual —dijo de forma directa y escueta haciendo que el enfado trepase por mi cuello.

¿Tanto le costaría tener una palabra amable de vez en cuando?

—Sí, señor —aseguré y colgué el teléfono sin esperar a ver si tenía algo más que decir. Si él no mostraba un mínimo de afecto, no sería yo el que lo hiciera.

Mientras hablaba, había salido de la habitación sin darme cuenta.

Regresé y encontré a Hayden tratando de convencer a Alessia de que estaba totalmente capacitado para hacer la cama que él mismo había deshecho.

La sola idea de que quisiera encargarse de ello me hizo reír, dejando en segundo plano el enfado que mi padre había provocado con su llamada.

Parecía que Hayden tenía mucho trabajo para acostumbrarse a su nueva atribución; o puede que fuesen los demás los que se tendrían que acostumbrar a un aprendiz de príncipe que había crecido alejado de todo lujo, y que había cuidado de sí mismo durante el último año, que llevaba viviendo solo.

Fuera como fuese, supe que iba a ser algo divertido de ver.

Respiré aliviado cuando conseguí que Alessia se marchara de la habitación para vestirme.

No quería incomodarla, pero me sentía mal dejando que hiciera la cama. Me parecía que estaba siendo una persona horrible haciendo trabajar a otra, cuando yo mismo podía realizar algo tan básico como una cama.

Cuando, tanto Alessia como Dante, estuvieron fuera de la habitación, toda la realidad de lo vivido el día anterior cayó sobre mí de golpe.

La realidad de que me había despertado en un palacio siendo el heredero del rey.

Increíble.

De pronto, me atravesó un miedo muy fuerte a perder lo que acababa de conocer.

Empecé a notar cómo las manos me sudaban y me temblaba un párpado.

Había descubierto que tenía un padre y quería conservarlo. Quería conocerlo y, sobre todo, quería estar a la altura de lo que se esperaba de mí. Necesitaba ponerme delante de él y asegurarme de que seguía deseando lo mismo.

Me preparé a toda prisa y salí corriendo de la habitación.

Dante me esperaba de pie mirando hacia el jardín a través de un enorme ventanal de la sala de mi habitación.

Aunque más que habitación debería de llamarse piso.

Cuando aparecí, se dio la vuelta para mirarme.

—¿Ya estás listo? —preguntó sin despegar sus ojos de los míos, como si se hubiera dado cuenta de que antes, en la habitación, todo había sido muy tenso y no quisiera incomodarme.

Cosa que no podía hacer, ya que solo me ponía nervioso con su mera presencia.

—Sí, ¿crees que podría ir a hablar con mi padre?

—Sí. De hecho, nos esperan allí en unos diez minutos —respondió levantando el brazo para consultar su reloj.

—Genial —indiqué con voz estrangulada por los nervios.

Mientras caminaba hacia el despacho de mi padre, con Dante colocado a mi derecha, me sentía igual que cuando iba al despacho del director después de que me hubieran pillado dibujando en clase, en vez de atendiendo.

Me había pasado en muchas ocasiones.

No sabía por qué me sentía así, cuando lo cierto era que quería ir allí y terminar de una vez por todas con toda la tensión para empezar a vivir mi nueva vida. Una vida en la que estaban mi padre y Dante.

Una vida en la que no estaba solo.

Caminamos en silencio por los enormes e impresionantes pasillos.

Cuando llegamos a las puertas de lo que reconocía como su despacho, de la noche anterior, entramos sin necesidad de llamar.

Me pareció raro hacerlo, pero supuse que era normal por la forma en la que todo el mundo actuó.

Busqué con la mirada a mi padre.

Estaba de pie, a un lado de su mesa, mirando unos papeles que Marco le enseñaba.

Carolo, su guardaespaldas, estaba cerca de la ventana.

Todos desviaron la vista hacia nosotros.

—Hola —dije, pero sonó más como una pregunta que como un saludo.

—Buenos días, Hayden —respondió mi padre, separándose de su consejero para acercarse a mí.

Pese a que había querido decirle muchas cosas, en ese momento me quedé en blanco.

Solo lo observé, mientras se colocaba delante del escritorio, justo frente al lugar en el que me había quedado parado, y se apoyaba contra el mueble en una postura desenfadada.

—Gracias por venir. Puedes sentarte —ofreció, señalando la butaca que tenía justo detrás.

Le hice caso, porque no estaba seguro de estar lo suficientemente preparado para mantener esta conversación de pie. No sabía si mis piernas serían capaces de soportar mis nervios.

—Ayer —continuó hablando—, cuando llegaste, era tarde y siento que te echamos demasiada carga sobre los hombros. Demasiados datos y emociones. Quería hablar contigo para decirte que tienes tiempo para pensar en todo. Sé que no es una decisión fácil.

Sus palabras me pusieron nervioso. ¿Se estaría arrepintiendo?

—No hace falta. Ya lo he decidido —lo interrumpí, y vi cruzar una sombra de miedo por sus ojos—. Voy a aceptar —dije y la respuesta sonó estrangulada—. Quiero hacerlo —señalé con más seguridad. Seguridad que no sentía, pero que quería transmitir.

No quería que nadie supiera las razones reales por las que lo había decidido, porque estaban muy lejos de ser moralmente correctas.

El reino no me importaba en exceso, más allá de que deseaba que todas las personas del mundo tuvieran una vida justa y feliz.

Todavía no sentía nada de patriotismo. Ni una gota.

Era difícil hacerlo cuando había descubierto su existencia el día anterior.

—Oh, bien —dijo, esbozando primero una sonrisa sorprendida, que luego pasó a ser de alivio y felicidad—. Me hace muy feliz tu decisión. No te voy a engañar, va a ser un trabajo difícil, pero vamos a estar guiándote en todo el camino. —Sonaba emocionado.

—No tenemos mucho margen antes de que salga a la luz que es tu hijo. No sé durante cuánto tiempo lograré contener la noticia —interrumpió Marco, antes de que yo pudiera pensar siquiera.

—¿Y mi carrera de Bellas Artes? —pregunté justo antes de que procesase las palabras de Marco—. Espera, ¿has dicho que la gente no sabe que es mi padre?

Vi como el rey cambiaba el peso de sus pies, como si estuviera incómodo.

—Puedes seguir estudiando, por supuesto. Tener formación me parece algo muy importante. Te conseguiré una plaza en la universidad del reino —explicó mi padre, contestando a la primera cuestión y haciendo que se me quitase un peso de encima—. En cuanto a la otra pregunta...

—No. La gente no sabe que eres el hijo del rey, y lo mejor es que se mantenga así hasta que consigamos que la opinión pública acepte a un extranjero desconocido como su príncipe. Más cuando el rey nunca ha dicho tener un hijo, y encima eres fruto de una relación anterior —comentó Marco, y me encogí un poco en la silla. Si esa era su idea de animar a alguien, no me quería imaginar cómo se comportaría cuando la quisiera hundir —. Tenemos mucho trabajo por delante.

—Está bien —dije, porque necesitaba tranquilizarlos, por mucho que yo dudara de mi capacidad. No es que se me hubiera pasado por la cabeza que todo esto sería un secreto.

—Es muy importante que lo comprendas —indicó mi padre y noté la duda en su cara acerca de cómo dirigirse a mí. Durante unos segundos contuve el aliento. No sabía muy bien cómo me sentiría si la palabra hijo salía de su boca, pero tenía claro que resultaría raro. Muy raro, de hecho. Puede que fuera mi padre, pero la realidad era que nos conocíamos de hacía unas pocas horas y gran parte de ellas las había pasado durmiendo—, Hayden. Es por tu seguridad. Si no, van a ser muy insistentes y no van a dejarte en paz. Van a remover toda tu vida y a exponerla para que cualquiera pueda verla e interpretarla como les plazca. Digamos que la gente es muy mala cuando quiere.

Tragué saliva asustado.

—Tu existencia es una exclusiva por la que cualquier periodista vendería a su madre —añadió Marco, aportando su toque de cruda realidad sin edulcorar.

—¿Lo entiendes? —preguntó mi padre y me gustó ver un toque de preocupación en su mirada, porque sentí que estaba preocupado por cómo me tratarían a mí si se enterasen.

—Sí, lo comprendo —respondí, porque lo cierto era que sí que lo hacía.

Lo habían explicado de maravilla, pero eso no quería decir que estuviera preparado. Aunque la verdad es que tampoco lo estaba para negarme a ser príncipe e irme. Y, aunque no quisiera ejercer, Dante había tenido razón la noche anterior: era el príncipe del reino de Estein lo quisiera o no. Había nacido siéndolo.

Vi como todos los presentes en la sala se relajaban un poco por mi respuesta.

¿Tan tonto me consideraban? Nunca había tenido que preocuparme de que la prensa, ni nadie, para ser realistas, quisiera saber cosas de mi vida, pero era lo suficientemente inteligente como para entender que era algo que no deseaba.

Mucho menos cuando los comentarios que presumiblemente harían no iban a ser positivos.

Visto desde fuera, mi aparición era cuanto menos controvertida y muy ventajosa para mi padre y Dante, que eran los únicos que habían hablado conmigo lo suficiente para transmitirme que no querían a su hermano y a sus descendientes cerca del trono.

Tenía ganas de descubrir más acerca de ello, y dispondría de tiempo suficiente.

—Bien, muchacho —dijo Marco, el cual no parecía tener el mismo nivel de respeto por mí que el resto de la gente, aunque lo cierto era que también trataba al rey de forma muy cercana y abierta—. Las únicas personas que conocen tu verdadera identidad son tu padre, su guardaespaldas personal, la reina, tu guardaespaldas y yo —explicó—. No puedes hablar con nadie que no seamos nosotros sobre ello. Mejor dicho, no hables con nadie sobre esto. Tengo aquí la planificación completa de lo que tienes que aprender. Los días en los que tienes que ir haciendo apariciones, y la fecha de tu presentación. Tu padre dará la noticia al mundo en una rueda de prensa dentro de cuatro meses. Espero que estés preparado para entonces. Esto va a suponer mucho esfuerzo.

Me hundí un poco en la butaca, agobiado. ¿Dónde me acababa de meter?

Cuando salimos del despacho, con un taco de papeles enorme, no pude evitar poner en palabras lo que sentía.

Por algún motivo que no alcanzaba a comprender, tenía la sensación de que podía contarle a Dante lo que quisiera.

Desde que lo había conocido, era la única persona que se preocupaba por escucharme y por lo que estaba sintiendo. Puede que para él fuera un trabajo, pero para mí se trataba de mi vida.

—Marco no parece muy contento conmigo —dije para quitarme el peso de encima.

—Marco no está contento con nadie —respondió él, riendo al segundo.

Me gustó que entrase en el juego, así que decidí continuar abriéndome.

—Esto es un trabajo de la leche —comenté—. ¿Crees que habrá apuntado también cuándo se supone que tengo que respirar? —pregunté para ver si le hacía reír y yo me quitaba algo de tensión de encima.

Todavía no había empezado a ser un príncipe, o, bueno, sí que lo era, pero no había empezado a ejercer como tal y ya estaba estresado.

Dante se rio con suavidad y me miró de una forma que me hizo sentir que le parecía adorable. Genial, todo lo que un hombre quería despertar en su *crush*.

—Será mejor que no te escuche decir eso, porque estoy seguro de que le parecería una muy buena idea. Por supuesto, no lo reconocería nunca —dijo bajando el tono de voz, fingiendo que era un secreto—, pero terminarías con un nuevo papel en el que te pondría la cantidad de veces que deberías hacerlo a lo largo del día.

—Lo tendré en cuenta para que no se me escape por casualidad —comenté riendo.

—Gracias —dijo Dante, dejando de caminar de repente para tornar a su semblante serio—. Muchísimas gracias por aceptar ser el príncipe, por quedarte con nosotros y querer velar por el reino.

Sus palabras me calentaron el pecho.

—Ha sido una decisión fácil, y en buena parte es por ti —respondí para que lo supiera.

Dante esbozó una sonrisa gigante que hizo que sintiera unas ganas enormes de alargar los dedos y acariciarla, pero justo antes de que pudiera hacer nada, la puerta del despacho se abrió al final del pasillo y Marco salió a grandes zancadas.

—¿No tenéis un sitio en el que estar? —preguntó cuando llegó a nosotros, observándonos como si fuéramos una molesta piedra que se le había metido en el zapato.

—Yo me encargo del príncipe, muchas gracias —le respondió Dante, colocando en su rostro una careta de frialdad y peligro.

Se miraron durante unas décimas de segundo, antes de que Marco asintiera con la cabeza.

—Bien. En ese caso, que tengáis una buena mañana —se despidió antes de marcharse por el pasillo.

Capítulo 7
¿Cómo se vestía uno para ser un aprendiz de príncipe encubierto?

Hayden

¿Cómo se vestía uno para ser un aprendiz de príncipe encubierto?

Pues no tenía ni idea, pero era lo que llevaba tratando de averiguar la última media hora.

Me encontraba dentro del vestidor de mi habitación, el cual era descomunal, mirando toda la ropa, lleno de presión porque había quedado con Marco en una hora para… Bueno, no tenía muy claro para qué porque el día anterior me había lanzado mucha más información de la que un ser humano era capaz de procesar.

De hecho, estaba tan cansado que me había quedado dormido a media tarde dibujando en uno de los sofás del salón de mi habitación.

Lo siguiente que recordaba era a Dante poniéndome de pie, colocando una de sus manos sobre mi costado y pasando mi brazo izquierdo por su cuello. Lo cual había sido tan placentero que había cerrado los ojos, disfrutado del olor marino de su cuerpo, y me había dejado llevar hasta la cama.

Lo único que hubiera mejorado la situación, hubiera sido que se tumbara a mi lado, pero era demasiado pronto para eso.

Me hice un guiño mental divertido por mi broma, como si tuviera alguna posibilidad con el muy sexi y muy capaz guardaespaldas.

Por eso, cuando Dante entró al vestidor a la mañana siguiente, me encontró esbozando una sonrisa de tonto.

—¿Necesitas algo? —preguntó acercándose.

Como respuesta, me puse rojo, temiendo que pudiera leer en mi cara lo que había estado pensando hasta hacía unos segundos.

—No —respondí antes siquiera de meditarlo—. Esto... bueno, sí que hay algo —comenté reculando.

—Dime —pidió como si estuviera a punto de decir algo importante o por lo menos interesante.

Íbamos mal si tenía las expectativas tan altas conmigo.

Dudé durante unos segundos, porque no quería quedar en ridículo, pero lo cierto era que necesitaba algo de ayuda. Y, aunque, Dante no supiera aconsejarme, había veces en las que hablar en alto venía bien.

—No tengo ni idea de qué ropa ponerme —confesé—. Tampoco es que tenga muy claro lo que vamos a hacer hoy —añadí, y mi voz terminó siendo apenas un susurro.

—Mmm..., veamos —comentó, acercándose al lado contrario en el que estaba mirando yo, donde había una fila de trajes interminable—. Lo mejor será un *look* desenfadado y cómodo. No creo que debamos llamar la atención sobre ti. La ropa que lleves puesta no puede gritar que eres un príncipe.

—Eso ayuda —le dije agradecido, poniéndome a su lado—, y, desde luego, que no quiero ir agobiado. ¿Qué tal unos vaqueros?

—No. Una cosa es ir *casual*, y otra pasarse. Si Marco te ve en vaqueros hoy, igual le da un infarto —comentó, y solo por el tono de su voz supe que se estaba divirtiendo. Quizás, imaginando la cara que pondría el consejero en esa situación—. Creo que este pantalón marrón de pinzas te podría quedar perfecto.

Lo descolgó de la percha y me lo tendió sin mirarme, cosa que agradecí, ya que el rubor había vuelto a mis mejillas.

¿Cómo me podía sonrojar tan fácilmente? Antes no me había sucedido, aunque tampoco era que me hubiera codeado tan de cerca con alguien que despertaba semejante atracción en mí.

Digamos que tenía todas las cosas que me gustaban en un hombre y, encima, para rematar, era agradable y divertido.

¿Cómo no iba a caer rendido? Había sido una guerra perdida desde el principio.

—Este jersey le iría bien —dije descolgando de la percha uno de lana azul oscura con el cuello en forma de pico.

Una vez que habíamos empezado a elegir el atuendo me resultaba más sencillo.

—Y esta camisa, también —añadió él, tendiéndome una simple pero obviamente costosa prenda blanca.

Cuando terminamos de elegir toda la ropa, Dante se marchó para que pudiera cambiarme en la intimidad.

Un cuarto de hora después, estábamos saliendo de mi habitación.

—Como queda poco tiempo, he pensado que lo mejor es que desayunemos en la propia cocina de palacio. ¿Te parece bien?

—Perfecto. Casi lo prefiero. Pero...

—Antes de que me digas que no te hace falta desayunar —dijo interrumpiéndome—, debería recordarte que ayer por la noche no cenaste. Eso no es para nada saludable —añadió.

Me reí, porque pese a lo dura que eran su voz y su mirada, que dejaba claro que desaprobaba que no lo hubiera hecho, sus palabras me enternecieron; que se preocupara por mí. No creo que fuera el trabajo de un guardaespaldas, pero, aun así, él lo hacía más que encantado.

—Pues entonces, no lo diré. ¿Crees que tendrán cruasanes? —pregunté esperanzado—. Adoro esos tiernos y dulces bollitos.

Dante soltó una carcajada sorprendida.

—Estoy seguro de que sí.

Todo el ambiente de diversión y tranquilidad que había sobrevolado sobre nosotros se esfumó en el mismo segundo en el que llegamos a nuestra cita con un muy serio Marco.

Estaba esperando delante de una puerta de madera blanca de una sola hoja.

—Buenos días —saludé cuando llegué frente a él.

—Buenos días —respondió con prisa, casi como si los meros gestos de cortesía le parecieran una pérdida de tiempo—. Nos están esperando dentro, señor —pronunció la última palabra de una forma que hizo que perdiera todo el sentido respetuoso, antes de girarse y agarrar el pomo de la puerta para abrirla.

Cuando accedimos al interior de la estancia y vi que era otra biblioteca, me hizo preguntarme acerca de cuántas habría en el palacio, ya que estaba absolutamente seguro de que esta era diferente a aquella en la que hablé con Dante, después de conocer al rey.

«A mi padre», me corregí mentalmente. Todavía me costaba creérmelo.

Miré a mi alrededor y todo me pareció precioso.

La estancia era espectacular. Una de las cuatro paredes era una cristalera enorme desde la que se veía el jardín. Las otras dos estaban cubiertas de estanterías de suelo a techo repletas de libros.

Estaba tan distraído mirando a mi alrededor que no me percaté de cuando Marco dejó de caminar, hasta que estuve a milímetros de chocarme con su espalda.

De hecho, lo habría hecho, si no fuera porque una mano muy grande se coló alrededor de mi cintura y se posó en el centro de mi estómago, apretándome contra una figura enorme y muy dura.

—¡Ah! —se me escapó un pequeño grito sorprendido, que agradecí que no se convirtiera en un gemido cuando el olor marino de Dante se coló en mis fosas nasales, revelando que era él el que había impedido la colisión.

La emoción de que estuviera tan atento a mí, que fuera capaz de anticiparse a un golpe tonto, aunque no me hubiera hecho daño, hizo que el estómago me burbujeara lleno de emoción. O puede que se debiera a su cercanía.

—Cuidado —me susurró.

Antes de que pudiera ponerme rojo por toda la situación, Marco se dio la vuelta y me fulminó con la mirada.

—Tenemos mucho que enseñarte.

—Vale —respondí con una sonrisa de disculpa porque, ¿qué otra cosa podría hacer?

—Este es Martín —explicó, haciéndose a un lado para que pudiera ver a un hombre mayor que estaba sentado detrás de un escritorio.

El aludido se levantó y rodeó el mueble para ponerse frente a mí.

—Príncipe —saludó haciendo una leve inclinación con la cabeza.

—Hola —respondí alargando la mano, aunque aborté el gesto a mitad de camino, ya que me di cuenta de que en ningún momento había hecho amago de querer el contacto.

Me pregunté si sería poco decoroso hacerlo.

—Martín sabe que eres el príncipe —me aclaró Marco, como si mi duda hubiera venido por ese hecho—. Cada vez hay más personas que conocen el secreto. —Suspiró—. Solo es cuestión de tiempo que salga a la luz. Más nos vale que, para entonces, sepas algo sobre el reino y sobre etiqueta —dijo, lanzándome una mirada evaluativa que me hizo sentir diminuto.

—Estoy seguro de que el príncipe va a estar más que preparado —indicó Dante, que se había acercado a mí en una postura claramente amenazante, sorprendiéndonos a todos los presentes.

No es que yo supiera mucho acerca de cómo debía comportarse un guardaespaldas, bastante tenía con memorizar mis propias funciones, pero estaba cien por cien seguro de que no se suponía que tenía que intervenir en mi defensa delante del consejero del rey.

Sin embargo, no por ello me sentí menos agradecido.

De hecho, consiguió todo lo contrario, como si no estuviera solo en la locura en la que me había embarcado.

Lo más prudente hubiera sido que me quedase callado, pero no había podido. Es más, si era del todo sincero conmigo mismo, ni siquiera había querido hacerlo.

Me enfurecía que Marco tratara a Hayden como si fuera un estorbo. Un pequeño bicho que se había pegado a la suela de su zapato y que, como no podía ni aplastarlo ni controlarlo, le molestara para seguir caminando.

Pues iba a tener que fastidiarse, porque no tenía pensado callarme.

Marco pareció darse cuenta de que no iba a tolerar una sola tontería y, después de que hiciéramos un duelo de miradas para ver cuál de los dos era más cabezota, apartó la vista y comenzó a explicarle a Hayden cómo serían sus días a partir de ese momento.

Todavía no iba a comenzar en la universidad, ya que tenían que conseguir plaza. Lo cual, sabía que no tardarían mucho en lograr, por lo que me hice una nota mental para organizar los grupos de seguridad para cuando eso sucediera.

No me hacía mucha gracia que se expusiera tanto, mezclándose con el resto de los alumnos en el campus, pero era algo inevitable.

Lo cierto era que tenía que vivir una vida lo más normal posible, dentro de que era el príncipe del reino.

El asunto de que no se supiera todavía era una bendición y una maldición a partes iguales.

Por un lado, no habría intentos de atentado contra él por ser el heredero, pero por el otro tampoco disfrutaría de la distancia y el respeto que merecía. Esperaba que a ningún idiota se le ocurriera la brillante idea de molestarlo.

—Cuando termines con la clase de hoy te llevaré en una visita guiada por el palacio para enseñártelo todo —dijo Marco—. Ahora me marcho. Estaré aquí cuando acabes.

—Vale —respondió Hayden antes de acomodarse en la silla frente al escritorio en el que Martín había tomado ya asiento.

Mientras Hayden recibía una clase de Historia del reino tan densa, que agradecí con profundidad haber pasado ya por eso, me senté en una mesa un poco apartada y comencé a planificar su protección en base a la organización que Marco le había dado el día anterior.

Cuando Martín dijo que habíamos terminado por ese día casi salí corriendo de la biblioteca.

Escuché a Dante reírse tras de mí.

—Tienes ganas de marcharte, ¿eh? —preguntó divertido.

—No te puedes hacer una idea —respondí tirando de la puerta para abrirla. Si no salía de esa habitación pronto, corría un serio peligro de morir por aburrimiento.

Me callé en el mismo momento en el que vi que Marco estaba plantado al otro lado. Me había olvidado por completo de él en mi deseo de librarme de seguir estudiando.

—Buenas —dijo y nos paramos frente a él.

—Hola —lo saludé con la voz estrangulada por el sufrimiento de que la tortura no hubiera terminado todavía.

—Me ha surgido un imprevisto, por lo que no voy a poder acompañarte a visitar el palacio.

—Perfecto —indiqué casi gritando, lleno de entusiasmo, pero, cuando vi su cara molesta, me arrepentí al segundo. Se escuchó una carcajada seca procedente del lugar donde Dante estaba parado detrás de mí, que se esforzó en ocultar con una tos—. Quiero decir, podemos verlo otro día.

—Es importante que vayas familiarizándote con el palacio —dijo.

—Yo me encargo de enseñárselo —interrumpió Dante, salvando el momento, dando un paso para incluirse en la conversación.

Marco lo estudió durante unos segundos antes de asentir.

—Bien. Mañana debes estar aquí a la misma hora. Tienes el horario. Nos vemos —se despidió de forma abrupta.

Me alegró que no pusiera impedimentos. Parecía que también estaba hasta arriba de obligaciones.

—Uff…, gracias por eso. Si llega a proponer que fuera Martín el que me llevara a descubrir el palacio, me habría muerto —comenté esbozando una sonrisa agradecida y secando de mi frente un sudor inexistente—. ¿Crees que se puede estirar la pata de aburrimiento? Es una pregunta seria, se me ha pasado por la cabeza un par de veces mientras estábamos ahí dentro —dije señalando hacia atrás con el dedo, a la puerta de la biblioteca.

—Si me hubieses preguntado ayer, te hubiera respondido que no, pero después de la clase de hoy… No lo tengo tan claro —señaló, continuando la broma, lo cual me complació muchísimo y me hizo sentir cálido por dentro.

Nos quedamos mirándonos sin decir nada durante unos segundos y el aire comenzó a espesarse a nuestro alrededor, o por lo menos así lo sentí yo.

Quería decir algo, lo que fuera, para que se rompiera esta tensión cómplice entre nosotros antes de que pudiera leer en mis ojos lo mucho que me gustaban él y su compañía, pero tenía el cerebro demasiado abotargado para lograrlo; y no solo era por culpa de la chapa que acababan de darme.

—Pues bueno, parece que solo estamos tú y yo —me dijo esbozando una sonrisa que estuvo a punto de pararme el corazón allí mismo. Estaba seguro de que, si supiera lo que me hacían sentir sus palabras, hubiera tenido cuidado de no pronunciarlas—. ¿Qué es lo que te gustaría conocer primero? Nos llevará bastante tiempo. No vamos a poder visitarlo todo en un día.

No tuve que pensar la respuesta.

—Quiero ver el jardín —respondí emocionado.

—Vamos.

Caminamos por la planta baja y, por primera vez desde que había llegado, miré a mi alrededor tratando de absorber cada rincón.

Todo en el palacio era exagerado. Exagerado y hermoso, eso no se podía negar. Cada rincón era del más fino mármol, con un millón de estatuas de todos los tamaños colocadas en los pasillos. Había cuadros, puertas, habitaciones y más habitaciones, y, cómo no, en la entrada principal pude ver una enorme lámpara de araña, con más pisos de los que era capaz de contar y, justo detrás, escaleras a izquierda y derecha.

Parecía un palacio sacado de un cuento de hadas.

Ninguna de las personas con las que nos cruzamos, que eran en su mayoría trabajadores, nos miraron más de dos veces.

Cuando por fin salimos al jardín, me quedé maravillado admirando cada pequeño rincón.

No hablamos durante un rato, pero el silencio era muy agradable y la compañía inmejorable.

Después de un tiempo, cuando estaba metido en mis propios pensamientos, puse en palabras lo que llevaba dando vueltas en mi cabeza todo el día.

—No tenía ni idea de todas las cosas que debe saber un príncipe —le dije a Dante mientras paseábamos.

—Creo que desde fuera es una profesión que puede parecer muy simple y que la gente piensa que en su mayoría no hacen nada. Pero la familia real tiene mucho peso en el bienestar del reino. Por lo menos en el nuestro —comentó sorprendiéndome por lo hermosas que sonaban esas palabras y por la convicción y el respeto con lo que las decía.

Después de ese intercambio, caímos en una pequeña charla muy agradable.

Era tan sencillo estar cerca de Hayden que en más de una ocasión tuve que recordarme que era el príncipe.

Hacía tan solo unos pocos días que lo conocía y ya había revolucionado mi mundo. Lo había vuelto del revés, pero en lo único que podía pensar era en que no quería que volviera a ser como antes nunca más.

Después de nuestro paseo por el jardín, el cual se había alargado mucho, ya que Hayden se había quedado admirando casi todos los árboles, setos, fuentes y demás objetos que nos encontrábamos, regresamos a la cocina donde habíamos desayunado.

Cuando entramos, escuché la voz de Amanda, pero, para cuando quise reaccionar para que nos marchásemos de allí, ya era demasiado tarde. Nos había visto.

—Quiero que me prepares ahora mismo merluza en salsa. No quiero las otras comidas. —Se le escuchó decir mientras señalaba con desdén el resto de los platos que el cocinero había sacado.

Se dio la vuelta con ojos inquisidores y se le iluminaron cuando me vio.

¿Qué posibilidades había de que nos encontráramos con ella en la cocina cuando nunca la había visto allí?

—A veces parece que se olvidan de que trabajan para nosotros —comentó poniendo los ojos en blanco y acercándose con paso elegante.

Me abstuve de hacer ningún movimiento, aunque todo el cuerpo me pedía a gritos ponerme delante de Hayden para esconderlo de los ojos de su prima.

—¿A quién tenemos aquí? —preguntó mirando al príncipe con los ojos entrecerrados, evaluándolo. Sentí miedo de que se diera cuenta de quién era. Tenía los mismos ojos que el rey—. ¿Eres un nuevo recluta?

Respiré aliviado. Deduje que no era fácil imaginar que era el hijo del rey por mucho que se pareciesen.

Yo todavía tenía momentos horribles en los que no terminaba de creérmelo.

—Sí, exacto —respondí agarrando a Hayden de los hombros para sacarlo de la habitación antes de que ocurriese nada. A pesar de que sabía que sería difícil no verla, lo quería el mayor tiempo posible alejado de ella—. Ya nos íbamos. Hasta luego.

No me detuve para ver si le parecía bien o no.

Hayden debió de reconocer la tensión en mi persona, ya que no habló hasta que estuvimos a muchos metros de distancia de la cocina.

—¿Quién era esa chica tan *agradable*? —preguntó en un tono jocoso.

—Tu prima.

—Oh, vaya.

—Exacto.

—No es que me parezca muy justo eso de juzgar a las personas después de un par de minutos de verlas actuar, pero digamos que no parecía muy… ¿simpática?

—Porque no lo es. No sé si te he dicho esto ya lo suficiente, pero estoy muy feliz de que existas.

Capítulo 8
Se me da de maravilla ser invisible

Hayden

Casi sin que me diera cuenta había pasado una semana.

Los días empezaron a mezclarse unos con otros, entre estudios de etiqueta, cómo conversar con cualquier clase de persona y conocimiento del reino.

Mi tutor era muy duro y no me resultaba nada fácil recordar la cantidad exagerada de cosas que se suponía que tenía que saber.

Lo único que me otorgaba un balón de oxígeno eran las visitas guiadas que Dante me daba por el palacio, así como los paseos vespertinos por los jardines.

El martes anterior había descubierto una piscina climatizada tan hermosa que parecía sacada de un museo y que me empeñaba en visitar cada día.

Mi tiempo libre era prácticamente inexistente, y estaba muy agobiado, pero todo mi malestar se esfumaba cuando tenía un momento a solas con Dante. Cuando dejaba un poco de ser mi guardaespaldas para convertirse en un amigo. Un amigo que me hacía sentir cosas que no debería, pero un amigo a fin de cuentas.

Llevaba esperando mucho tiempo a que me consiguieran plaza en la universidad y, justo cuando estaba a punto de volverme loco por no poder salir del palacio, mi tutor me comunicó que empezaba al día siguiente.

Entonces, vinieron los nervios porque no conocía a nadie y porque todo estaba llegando demasiado rápido. ¿Cómo sería la universidad? ¿Las clases? ¿Quién me acompañaría?

Me había pasado toda la noche repasando el plan de protección, elaborado la semana anterior, para cuando llegara el momento en el que Hayden tuviera que salir del palacio.

Me ponía tenso a más no poder, pero sabía que era algo que ni debía ni podía impedir, por lo que estaba centrado en ofrecerle la mejor vigilancia.

Por supuesto, mi padre había querido revisarlo para asegurarse de que no tenía fisuras.

Cosa que había odiado y agradecido a partes iguales.

Por un lado, me reventaba que no confiara en mi trabajo, pero por otra parte me tranquilizaba que una persona tan experimentada como él, le diera el visto bueno, ya que estábamos hablando de la seguridad de Hayden.

Ese fue el primer día que desplegué a todos los guardaespaldas de mi equipo.

En el castillo, gracias a toda la protección extra que había, con que estuviéramos uno de nosotros con él era suficiente.

En el trayecto hacia la universidad mi ansiedad fue creciendo, pero, cuando nos bajamos del coche, llegó a su punto álgido.

Incluso el príncipe lo notó.

—¿Estás nervioso? —preguntó Hayden, obligándome a apartar la vista de los alrededores del edificio para mirarlo

—No sé por qué lo dices —le contesté jocoso. Muy a mi pesar, solo con su comentario, había logrado que me relajase un poco.

—Quizás porque no dejas de mirar a todos los lados como si en cualquier momento alguien fuera a matarme delante de tus ojos. Algo que considero altamente improbable. No solo porque no creo que haya nadie interesado en mí, sino porque no ibas a dejar que eso sucediera.

—Si sigues hablando tanto quizás les deje. —Observé, sin poder evitar, que la comisura de mis labios se elevaba.

—¿Quién te preocupa? —preguntó, moviendo la cabeza a todos los lados como si tratase de buscar la amenaza que tanto me angustiaba.

—Todo el mundo.

—Pues no te preocupes, nadie se va a dar cuenta de que existo. Se me da de maravilla ser invisible —me dijo sonriendo.

—Dudo que eso sea verdad, ya que es imposible pasarte por alto. Más bien la cosa va de que tú estás en tu mundo e ignoras al resto. —Las palabras salieron de mi boca antes de que mi cerebro las procesara.

Me quedé mirando a Hayden y, justo antes de que un torrente de arrepentimiento se cruzase por mi cabeza, sonrió. Una sonrisa enorme y deslumbrante como nunca había visto en la vida, y cualquier emoción negativa se evaporó de mi interior de forma fulminante. Como si fuera incapaz de volver a sentir nada malo si me sonreía de esa forma.

Esperaba que nunca en la vida se diera cuenta del poder que tenía sobre mí.

—¿Entramos? —pregunté aclarándome la garganta para borrar lo sentimental que me sentía.

—¡Sí! —respondió emocionado—. Mi primera clase es en el aula de Escultura.

Había mirado el plano de la universidad durante tanto tiempo el día anterior que, incluso aunque Dante no supiera con claridad a dónde nos dirigíamos, como si llevase años estudiando en el edificio, hubiera encontrado el aula con muchísima facilidad.

Cuando llegamos, no me permití ni un segundo de vacilación frente a la puerta y la empujé con todas mis fuerzas.

Amaba la carrera que estaba estudiando y no quería desperdiciar un día más.

Supe que la había cagado cuando, al entrar con tanta alegría, observando embelesado una enorme figura del David de Miguel Ángel que se alzaba imponente en el centro de la sala, me choqué con una mesa y comencé a escuchar cómo un montón de objetos impactaba contra el suelo.

Era demasiado despistado para mi propio bien y, sobre todo, para la cordura de Dante.

Si hubiera estado menos nervioso quizás no habría sucedido, pero ya no se podía evitar. Así que, me dediqué a mirar a mi amigo con una sonrisa de disculpa. Lo que le había prometido acerca de pasar desapercibido iba a ser imposible de lograr a esas alturas.

Estaba demasiado acostumbrado a que me sucediesen ese tipo de cosas como para darle más importancia.

El resto del día pasó sin sobresaltos y, antes de que me diera cuenta, nos encontrábamos de nuevo en el castillo, en una de mis clases particulares de, cómo ser un príncipe. Que, gracias al cielo, se me hizo corta.

Solo podía pensar en lo que iba a suceder en la cena.

Esa noche iba a conocer a la reina y estaba de los nervios.

¿Cómo le sentaría mi presencia a una persona que no había podido tener descendientes con el rey y que ahora se veía obligada a alojar en su casa al hijo de la mujer con la que él había estado en la universidad?

La respuesta a esa pregunta era dolorosamente fácil. Iba a odiarme.

Cuando terminé de prepararme para la cena, Dante me esperaba en el salón de la habitación. Estaba sentado de una forma tan varonil, con las piernas abiertas y los hombros cuadrados gritando al mundo lo fuerte y seguro que era, que tuve que contenerme para no suspirar. Sobre todo, porque en el mismo instante en el que puse un pie fuera de mi dormitorio, ya me estaba mirando.

—No puedes llevar la tableta a la cena con tu padre y la reina —fue lo primero que me dijo tras evaluarme.

—Sí, puedo. Mira cómo lo hago —le contesté, colocándomela debajo del brazo y comenzando a andar hacia la puerta de la habitación.

—Es una locura —aclaró.

—Lo que sería una locura sería ir sin ella. ¿Qué hago si las cosas se ponen raras y no sabemos de qué hablar? —le pregunté casi suplicando.

—Eso no va a pasar.

—Desde luego. No va a suceder porque llevo mi tableta y, si me pongo a dibujar, soy capaz de sobrevivir a cualquier cosa.

Dante se rio divertido mientras movía la cabeza a ambos lados.

—Eres único —comentó con cariño, haciendo que mi corazón despegase.

—Gracias. Me alegro de que te hayas dado cuenta —respondí bromeando, tratando de que el ambiente se aligerase.

Caminamos hacia el salón principal, donde íbamos a cenar.

Menos de diez minutos después estábamos delante de la puerta.

Un mayordomo la abrió para nosotros cuando nos acercamos.

En el interior de la sala ya esperaban tanto mi padre como la reina.

Ambos me saludaron con elegancia e incluso efusividad.

Me relajó que la reina me observara con una mirada cálida y una sonrisa que parecía sincera.

Enseguida, mi padre nos dijo que nos sentáramos.

Lo hice en el lugar que me habían indicado y bajé la mirada a la cubertería para estudiarla. Esperaba que no hubiera ningún tenedor raro cuyo uso todavía desconociera.

Estaba tan concentrado que las palabras del rey me sobresaltaron.

—Podéis dejarnos solos —dijo mi padre en un tono desenfadado, que en realidad era una orden.

Carolo, su guardaespaldas, hizo un leve asentimiento con la cabeza antes de dirigirse hacia la puerta.

Miré con angustia a Dante, ya que si se marchaba iba a sentirme del todo perdido, y lo vi acercarse hasta mí. Gesto que me alivió sobremanera.

—Todo va a estar bien. Te lo juro.

—Gracias —respondí, dándole un ligero apretón de manos, ya que no podía hacer otra cosa. No quería que se fuera.

Miré la espalda de Dante desde mi sitio en la mesa, justo a la derecha de mi padre y enfrente de la reina, deseando que pudiera quedarse a mi lado en vez de marcharse.

Me puse nervioso al segundo.

¿Cómo iba a sobrevivir a un evento tan tenso? No conocía a mi padre y tampoco conocía a su mujer.

Empecé a sudar a mares y rocé con la punta de los dedos la tableta a mi lado.

—Estoy muy feliz de tenerte aquí —dijo mi padre en un tono que se parecía muchísimo al cariño y que hizo que me olvidara de golpe de todo, y lo mirara.

Esbozaba una sonrisa vulnerable.

Sus palabras me sorprendieron y calentaron.

—Gracias —respondí después de unos segundos de silencio que utilicé para pensar lo que iba a decir. Era mejor expresando mis sentimientos con un lápiz que con palabras. Infinitamente mejor—. Me agrada estar en el palacio, aunque es mucho trabajo esto de ser príncipe.

La reina rio frente a mí.

—Veo que eres un chico muy inteligente. No te ha llevado nada de tiempo darte cuenta de ello —comentó de manera desenfadada, mirándome divertida.

Le sonreí de vuelta, sintiendo que se me relajaban los hombros.

Y así fue cómo una situación que había tenido todos los ingredientes para convertirse en un mal trago trascurrió de forma agradable.

Tampoco es que nos diera tiempo a conocernos en profundidad. Quizás una cena no era el mejor escenario, pero era un comienzo prometedor. Sabía que, a partir de ese momento, no me quitaría el sueño cada vez que tuviera que interactuar con ellos.

Poquito a poco. Iría poquito a poco.

Hora y media después, terminamos de tomar el postre.

Era tarde, pero todavía no tenía ganas de acostarme.

Como sabía que la respuesta de Dante, si le dijera que quería ir un rato a dibujar, sería negativa, decidí que haría una pequeña excursión por mi cuenta.

De hecho, comprendí que no tendría otra oportunidad tan favorable como esta en mucho tiempo, en la que Dante o Leonardo no estuvieran a mi lado o esperando en la única salida que tenía mi habitación.

El salón donde habíamos cenado tenía dos puertas. Una por la que ellos se habían ido y otra por la que salía el servicio, y que daba a las cocinas.

Aproveché que mi padre había recibido una llamada y que la reina estaba distraída con su teléfono móvil para despedirme de ellos con un saludo de la mano.

Me dirigí a la puerta principal, pero en el último minuto me alejé de ella, dirigiéndome hacia la puerta de servicio.

El corazón comenzó a latirme a toda pastilla.

Me apoyé contra la pared cuando llegué a la cocina.

Lo había logrado. Había conseguido escabullirme.

Sujeté la tableta bajo el brazo y atravesé corriendo la estancia.

Una de las cosas que tenía de bueno que nadie supiera que era el príncipe, era que no dieron señales de que les pareciera mal que estuviera solo, y donde no debía.

Llegué a la puerta y salí, reconociendo al segundo dónde me encontraba gracias a que Dante me había enseñado cada rincón de los jardines.

No me costó nada encontrar la piscina cubierta y respiré aliviado cuando entré. Por fin tenía un momento de paz.

¿Qué coño se suponía que estaba haciendo Hayden?

Fue lo primero que se me pasó por la cabeza cuando un miembro de mi equipo me dijo por radio que el príncipe acababa de salir del salón por la puerta de servicio.

Debería haberme comportado como un guardaespaldas profesional.

De hecho, hasta hacía una semana pensaba que lo era: que era la única forma que tenía de actuar. Pero había descubierto que, desde que conocía a Hayden, cada uno de los cimientos de mi personalidad, de mi vida y de mi cabeza se estaban tambaleando, porque lo único que se me pasó por la mente fue que quería saber qué era lo que se proponía. Quería saber si realmente estaba a gusto aquí. ¿Había sido demasiado duro con él? ¿Tendría demasiado trabajo y no podía soportarlo?

Lo seguí por el jardín, con una mezcla de sentimientos bullendo en mi interior. Miedo, curiosidad y, por fin, alivio cuando comprendí que lo que estaba haciendo era escabullirse a la piscina que tanto le gustaba visitar, desde la primera vez que la había visto.

Podía entenderlo. Yo iba a nadar allí casi a diario. Antes de que él llegase a palacio lo hacía más.

Decidí darle unos minutos de tranquilidad. Deseaba descubrir lo que le pasaba por la cabeza. Deseaba descubrirlo todo de él.

—Por un momento he pensado que ibas a largarte —me dijo Dante, entrando en el lugar y sobresaltándome.

—No creo que me dejases hacer eso —le respondí en un tono divertido.

No me sorprendió en exceso que me hubiera seguido. Una parte de mí sabía que lo haría, que descubriría de alguna forma que no estaba donde debía. Lo que más me chocó fue que me hubiera dejado salir del palacio *solo*. ¿Lo habría hecho para asegurarse de que quería marcharme antes de alertar a nadie?

Aunque llevábamos un tiempo juntos, todavía me maravillaba lo directo que era. Decía un montón de cosas que otras personas nunca se hubieran planteado manifestar en alto. Dante no era de los que escondían las cosas. Si había algo que no le cuadraba o que no le parecía bien, lo ponía sobre la mesa para que todos lo vieran y hablasen de ello.

Me gustaban mucho su fuerza y nobleza.

Por supuesto, eso no era lo único que me llamaba de él.

Me resultaba difícil estar a su alrededor y no sentirme afectado por la fuerte atracción que despertaba en mí.

—Cierto —reconoció con una leve carcajada—, pero para mí es mucho más agradable ser un guardaespaldas que un secuestrador. Trabajo más relajado si tú también quieres estar aquí. Si estás en este barco. El reino es muy importante.

Lo miré y sonreí. Me gustaba lo implicado que se sentía con Estein. No tenía ni la menor duda de su amor y convicción. Creía en el reino, y quería estar a la altura de la gente que vivía en él.

Esperaba llegar a ese punto algún día, pero por ahora me valía con el fuerte afecto que él manifestaba para querer esforzarme en lograrlo.

—Lo sé. Yo estoy aprendiendo a apreciarlo también, pero me hace falta más tiempo.

—Tienes todo el tiempo del mundo —me dijo quitándose los zapatos.

Mi vista se desvió a lo que estaba haciendo. ¿Iba a meter los pies en el agua también? No sabría decir por qué ese gesto tan desenfadado viniendo de él, que compartiese ese momento de calma conmigo, me afectó tanto.

Tenía... la estúpida impresión de que era importante para él.

Lo demostraba con cada gesto, con cada mirada, con cada palabra. No era tonto, por supuesto. Sabía que no le importaba como persona, que lo hacía como príncipe, pero de todas maneras me afectaba.

Aparte del cariño que mi madre me había dado, no había recibido afecto y atención de muchas personas.

—Solo tengo cuatro meses —le recordé un poco asustado.

No tenía muy claro que, en tan poco tiempo, fuera capaz de aprender tantas cosas como eran necesarias para ser un buen príncipe. Educado y a la altura.

—Pues entonces tendrás que fingir hasta que lo estés. Ya sabes lo que dicen: Finge hasta que lo consigas.

—Nunca había escuchado esa expresión. ¿Qué quiere decir? —pregunté asombrado, porque me daba la sensación de que ese lema no pegaba nada con la forma noble de ser de Dante.

—Quiere decir que hasta que te sientas como «el príncipe que eres» —dijo recalcando las palabras para que entendiera que él ya me consideraba un príncipe. El estómago se me apretó lleno de emoción y nervios. No sabía muy bien cómo sentirme por toda la confianza que depositaba en mí: abrumado o feliz—, puedes comportarte como crees que deberías hacer, hasta que te salga de forma natural. Quiere decir que seas tú mismo quien realice el cambio dentro de ti. Es una filosofía de vida.

Lo hacía sonar tan bien que casi podía creerme que era sencillo, y podría alcanzarlo.

—De todas maneras —dije para cambiar de tema, ya que ese me ponía demasiado nervioso—, necesito una pausa—indiqué—. ¿Es que tú no te cansas nunca?

—No. No de ser tu guardaespaldas y de aportar a mi reino —contestó sonando totalmente convencido de ello.

Si fuese otra persona la que me lo hubiera dicho, no le habría creído, pero Dante era un caso aparte. No conocía a nadie más persistente y determinado que él. Su sentido del deber era envidiable.

Me tumbé hacia atrás mientras soltaba un suspiro exagerado.

—Pues yo estoy agotado y solo puedo pensar en dibujar. Antes me parecía que tenía poco tiempo, pero es que estos días casi no tengo un solo segundo libre —me quejé.

—Puedes hacerlo ahora y, a partir de este momento, nos encargaremos de incluirlo en nuestros paseos por el jardín. ¿Te gustaría?

—Me encantaría —respondí con la voz temblorosa por la emoción.

Nos observamos en silencio durante unos segundos.

Fue Dante el que disipó la extraña tensión que se había creado entre nosotros.

—¿Qué estás dibujando? —preguntó, y el interés sincero que vi en sus ojos hizo que se me llenara el estómago de emoción. Dante malinterpretó mi silencio porque dijo—: Si te incomoda compartirlo, me parece bien. —Ahí estaba una salida y una disculpa.

Pero no quería ninguna de las dos cosas. La realidad era que disfrutaba muchísimo de sus atenciones.

—En este momento no tengo ningún proyecto empezado, pero viendo esta preciosidad de piscina, tengo claro lo que voy a dibujar —respondí sin poder evitar que una sonrisa se deslizara en mis labios.

Dante pareció complacido con mi respuesta, ya que me la devolvió antes de hablar de nuevo.

—Es uno de mis sitios favoritos de todo el palacio. Siempre parece primavera. Es como si el tiempo se hubiera detenido aquí dentro. Me aporta muchísima paz.

Me quedé mirándolo embobado. ¿Sería demasiado loco si, como me gritaba mi cuerpo, me acercaba a él, apoyaba la cabeza en su hombro y le pedía que me abrazase?

La respuesta a esa pregunta era muy sencilla, así que me limité a decirle que estaba de acuerdo con su comentario y me puse a dibujar en la tableta. Lo que sin duda era algo mucho más seguro y no terminaba con mi corazón aplastado por su rechazo.

Capítulo 9
¿Te estás escondiendo de algo?

Domingo

Hayden

Todavía me estaba acostumbrando a tener gente a mi alrededor a todas horas.

Había pasado casi un año solo y, antes, debido a todo el tiempo que pasaba dibujando, la persona con la que más me relacionaba era mi madre.

El cambio era refrescante. Sobre todo, cuando la compañía se trataba principalmente de Dante, pero a veces también resultaba abrumador.

Era fin de semana y me había despertado inusualmente pronto.

Me levanté de la cama y me vestí, tratando de no hacer ruido para que nadie viniese a ayudarme, para salir de la habitación a continuación.

Prueba de lo temprano que era, que descubrí que mi maravilloso guardaespaldas personal todavía no estaba fuera.

A pesar de que había dos guardaespaldas principales, más un pequeño grupo cuando salíamos de palacio, parecía que Dante siempre estaba de guardia. Al menos durante las horas de luz.s

—Buenos días —saludé a Leonardo.

Me abstuve de preguntarle dónde se encontraba Dante. Su deber no era estar conmigo cada minuto, pero, aun así, me gustaba que anduviera cerca.

Tenía tanto derecho como yo a dormir, aunque, si quisiera, podría dormir conmigo.

Me tragué la risa que me acudió a la garganta cuando pensé en esa posibilidad. Estaba seguro de que, si se lo pedía, le daría un derrame cerebral.

—Buenos días, Hayden —respondió él muy educado y correcto—. ¿Necesita algo? ¿Quiere que llame a Alessia?

—No —le interrumpí casi gritando, y me miró con los ojos muy abiertos, sin comprender muy bien lo que sucedía—. Lo único que me apetece es dar un paseo tranquilo.

Leonardo dudó durante unos segundos, pero luego asintió con la cabeza, comprendiendo que tampoco era como si me pudiera decir nada. ¿Qué había de malo en que saliera a dar una vuelta? No era un rehén.

—Perfecto.

—Vamos —dije con una sonrisa feliz justo antes de coger la tableta para meterla bajo el brazo.

Sentía la necesidad imperiosa de dibujar. Me picaban los dedos con desesperación, ya que llevaba más días de los que recordaba haber estado alguna vez sin esbozar nada, y sabía dónde me apetecía hacerlo.

Caminé sin dudar hacia el jardín, disfrutando de las vistas y del maravilloso clima que hacía esa mañana.

Cuando llegué a la piscina cubierta, le pedí a Leonardo que me dejara un poco de libertad.

Desde la primera vez que la había visto, con esos cristales de invernadero, rodeada de plantas de hojas verdes enormes y hecha en una especie de mármol blanco, me había enamorado del lugar.

Era el sitio en el que me sentía seguro y en el que la tranquilidad y la inspiración entraban en mí.

Puede que mucha culpa de ello la tuviera que casi todos los días acudía allí con Dante y pasábamos un tiempo relajados. Un tiempo en el que parecíamos más un par de amigos, que un príncipe y su guardaespaldas.

Moví la cabeza hacia los lados. Tenía que sacarme esos pensamientos de la cabeza.

Di unos pasos dentro y respiré el maravilloso olor a cloro y plantas.

Me apresuré a encender la tableta y a sacar el lápiz del bolsillo antes siquiera de sentarme. La emoción ya bullía en mis dedos. Sentía el tirón de la creatividad.

Fue el momento perfecto o el equivocado, según se mirase.

No estaba solo.

Descubrí que había alguien nadando en la piscina, y tardé unos pocos segundos en reconocer la figura.

Era Dante.

A pesar de que sabía que estaba mal que me quedara escondido mirando, lo hice. Me quedé observándolo maravillado. Sobre todo, porque era una de las pocas veces en las que era yo el que podía mirarlo a él sin que se diera cuenta.

Lo vi dar brazadas con una precisión perfecta y una técnica que, a mis ojos, era impecable, y me pregunté si habría algo que hiciera mal.

Disfruté más de lo que era moralmente correcto viendo los músculos de su espalda hincharse con cada movimiento.

Estaba tan ensimismado admirándolo que apenas registré cuando llegó hasta el final y se acercó al bordillo.

Entonces, el mundo se ralentizó.

Un muy desnudo Dante, salvo por el bañador, salió de la piscina a cámara lenta.

Apoyó las manos en el borde y, mientras rompía el agua con la cabeza, los músculos de sus brazos se endurecieron por el impulso de sacar su cuerpo fuera del agua.

Era pura perfección masculina.

En ese momento por la cabeza, entre otro montón de pensamientos desordenados y para nada lúcidos, se me pasó que me habría gustado ser capaz de tallar en mármol, porque un cuerpo como ese merecía estar plasmado en una obra de arte.

Mis ojos se vieron atraídos sin remedio a su pecho, no solo por sus pectorales perfectos, sino porque tenía tatuado el escudo real de Estein.

Pensé que, después de tanto esfuerzo por parte de mi instructor de despertar en mí el instinto patriótico de un millón de maneras diferentes, solo le habría hecho falta que mi guardaespaldas se quitara la camisa para lograrlo al segundo.

Amaba el escudo real.

No podría volver a pensar en él de otra forma que no fuera sobre la piel de Dante.

A pesar de que estaba a unos metros de él, todavía fui capaz de distinguir el olivo y el lobo que estaban dibujados con un estilo sobrio pero precioso.

Mis ojos se apartaron del escudo para continuar el camino que las gotas de agua trazaban por su cuerpo.

Se deslizaron por las elevaciones de sus abdominales hasta desviarse por el camino de vello que se perdía bajo su bañador.

Cuando noté que me estaba excitando, aparté la vista de golpe.

Era de mala educación darle un repaso de aquella manera.

Agradecí haberlo hecho cuando noté, por su postura corporal, que se había dado cuenta de que no estaba solo.

Justo cuando Dante levantó la vista y la dirigió hacia mí, hice lo único que podía hacer para esconder mi erección: me tiré a la piscina.

No fue un movimiento especialmente inteligente y pensado, pero prefería mil veces lanzarme al agua completamente vestido y con una tableta en las manos, a que viera la reacción que me había provocado observarlo.

Madre mía, eso sería muy incómodo. No podía permitir que supiera lo mucho que me atraía. No cuando pasábamos prácticamente todo el día juntos. No quería que las cosas se pusieran raras entre nosotros.

—Hayden —pronunció mi nombre con una mezcla de sorpresa y preocupación.

Lo vi tirarse de cabeza a la piscina y nadar hacia mí, mientras yo luchaba por no ahogarme, ya que, al no querer mojar la tableta me había tirado con los brazos levantados. Que hubiera tragado agua un par de veces y estuviera ahora desesperándome por respirar, demostraba lo mala idea que había sido.

Dante llegó hasta donde me encontraba unos segundos después y me agarró de la cintura, sacándome del agua.

Aproveché su ayuda para lanzar la tableta fuera y así tener las manos libres.

Cuando la solté, me agarré al borde de la piscina y me alejé del cuerpo de Dante.

La excitación se me había quitado con todo el mal rato de ahogarme, pero no creía que fuera a durar mucho tiempo relajada si me tenía apretado contra su cuerpo desnudo y mojado.

—¿Estás bien? ¿Qué te ha pasado? —preguntó, poniéndose a mi lado, apoyándose también contra el borde de la piscina, justo antes de posar una mano en mi espalda.

Mano que amé y odié a partes iguales.

Boqueé en la orilla durante unos segundos.

—Estaba distraído dibujando y me he caído en la piscina —le dije cuando recuperé el aliento.

Nunca me había sentido más feliz de ser una persona tan despistada. Ni siquiera tuve que hacer un esfuerzo para que se lo creyera.

—Voy a tener que estar siempre contigo —comentó bromeando, pero sus palabras hicieron que todo mi cuerpo hormiguease feliz y muy de acuerdo con ello.

—Creo que va a ser lo mejor —respondí con una sonrisa.

Apoyé la cara contra el bordillo y miré a Dante riendo por nuestra broma.

Era feliz estando a su lado.

Lunes

—¿Cómo es posible que sienta que estoy descansando cuando estoy en la universidad? —le pregunté a Dante mientras me sentaba en la mesa del comedor delante de una bandeja llena de ensalada César.

Dante había elegido el mismo plato, más unos filetes de ternera a la milanesa.

No tenía ni idea de dónde metía semejante cantidad de comida, pero el caso era que no tenía una pizca de grasa en su cuerpo; como bien había descubierto el día anterior.

Desvié con rapidez los pensamientos a otros lugares mucho más seguros cuando mi cabeza comenzó a reproducir el momento exacto en el que había salido de la piscina.

«¿Parecería un loco si me ponía a cantar a pleno pulmón para distraer la mente?».

—Sin que sirva de precedente, he de decir que están dándote mucha caña. Estás trabajando muchísimo —me dijo, lanzándome una mirada de aprobación y respeto que hizo que me sintiera como si midiera tres metros de altura.

Martes

Dante

Cuando lo vi acercarse a uno de los setos más grandes que había en el jardín y desaparecer tras él, no pude evitar acercarme.

Hayden era la persona más peculiar y divertida que había conocido en la vida.

—¿Te estás escondiendo de algo? —le pregunté, aguantando la risa a duras penas.

Él se sobresaltó al escuchar mi voz, pero siguió manteniendo su posición: medio agachado, mirando hacia el exterior entre las hojas.

—De ti no. No te preocupes —respondió sin mirar en mi dirección. Estaba demasiado ocupado escapando de su clase de etiqueta.

—Vas a tener que salir tarde o temprano. Al final, la sed te vencerá. Ya sabes que los seres humanos duramos entre tres y cinco días sin agua —dije, gastándole una broma. Era algo poco frecuente en mí, pero que con Hayden me salía natural; como tantas otras cosas que no me había parado a analizar.

Lo escuché reírse entre dientes.

—Solo tú serías capaz de recordar esa clase de información —comentó dándose la vuelta y me dedicó una sonrisa deslumbrante, que se me contagió en un solo segundo.

Giró de nuevo la cabeza para seguir vigilando.

—Oh, no. ¡Ahí viene! —exclamó, lanzando un quejido.

No pude evitar reírme.

Nunca. Jamás. En la vida. Me habría imaginado que estaría en el interior de un arbusto detrás del príncipe heredero y que me estaría divirtiendo tantísimo con él.

Hayden había cambiado todo mi mundo y me atrevería a decir que incluso me había cambiado un poco también a mí.

Miércoles

Hayden

Estaba siendo una tarde infernal.

Ese día había aguantado a duras penas la clase, pero ya no podía más. Lo que me estaban proponiendo era un despropósito y algo en lo que nunca podría complacer al reino.

—Igual es un buen momento para decir que no me gustan las mujeres —comenté con una sonrisa de disculpa, pero si tenía que aguantar una sola presentación más de una dama de la nobleza, iba a tirarme por la ventana del estudio.

Idea que, por supuesto, se me había pasado por la cabeza, pero la había desechado por cuestiones de altura. Dudaba de que pudiera salir ileso de semejante caída, pero, aun así, mis ojos no dejaban de viajar al cristal una y otra vez.

Las miradas de todos los presentes en la sala se posaron en mí. Y, cuando digo todas, quiero decir incluso la de Dante, que normalmente solía dedicarse a realizar sus propios ejercicios de planificación de seguridad y no estaba atento a nosotros.

Hasta él levantó la vista del cuaderno donde estaba escribiendo para mirarme.

Me observó con los ojos entrecerrados como si fuera el enigma que más le hubiera costado resolver en la vida.

Una ráfaga de calor comenzó a treparme por el cuello camino hacia mis pómulos y actué antes de que me pusiera rojo como un pimiento delante de todos.

Me incorporé con rapidez y sin mirar, y golpeé con el dorso de la mano la taza de té que me habían llevado hacía unos segundos.

En mi cabeza sonó como una gran distracción, aunque no salió tan bien como esperaba.

—¡Ay! —grité cuando el líquido caliente cayó sobre mi mano y mi pierna derecha.

—Joder. —Escuché decir a Dante, y un segundo después lo sentí a mi lado.

Había cogido uno de los paños de la bandeja de servicio y me secaba.

Había montado un espectáculo de la leche, pero lo bueno era que nadie se había dado cuenta de la vergüenza que había pasado, y estaba seguro de que ninguno de los presentes se acordaba ya de que acababa de decirles a todos que era gay.

—¿Estás bien? —preguntó Dante agarrando mi mano y moviéndola a ambos lados como si quisiera asegurarse de que no me había quemado.

¿Qué iba a hacer con lo dulce que era este chico?

Jueves

No debería haber dedicado más de un segundo a pensar en la orientación sexual de Hayden.

Era algo que no importaba.

Pero, por alguna extraña razón, no dejaba de pensar en ello desde el día anterior.

Me había dormido repitiendo en mi cabeza una y otra vez el momento en el que, sentado en el sofá del estudio, luciendo realmente incómodo, había dicho que no le interesaban las mujeres.

¿Qué cojones me pasaba?

Viernes

Nunca había deseado tanto que los botones de una camisa explotasen.

¿Cómo iba a concentrarme con semejante hombre ayudando a cambiar la rueda de un coche?

Habíamos pinchado camino de la universidad y Dante se había empeñado en que lo fuéramos arreglando, mientras llegaba el mecánico.

Decía que no le gustaba estar parado en medio de una carretera esperando a que el peligro se acercara. Cuanto menos tiempo pasáramos allí, mejor.

No podía estar en desacuerdo.

Desde luego era un espectáculo digno de ver.

Hacía rato que se había quitado la americana, la camisa se le había mojado por el sudor y el tatuaje de su pecho se dejaba entrever, haciendo que no pudiera apartar los ojos ni aunque mi vida hubiera dependido de ello.

No sabría precisar la cantidad de veces que había dibujado el escudo real desde que se lo viera tatuado en el pecho. Casi cada segundo en el que estaba distraído y tenía en las manos algo que pintase me encontraba garabateándolo.

Comprendí que poco a poco pasaban las semanas y yo ya no podía imaginarme una vida diferente a la que tenía en ese momento.

Era un aprendiz de príncipe muy feliz.

Capítulo 10
La rabia comenzó a burbujear dentro de mí, caliente y ácida

Hayden

Agradecí cuando las clases de *cómo ser un príncipe* se volvieron más prácticas.

Salir de palacio a realizar labores de voluntariado era divertido y refrescante.

Ese día estábamos en la perrera.

—Toma —le dije, tendiéndole uno de los rastrillos a Dante.

—No pienso cogerlo.

—¿Por qué?

—Si estoy ocupado, quitando paja con mierda del suelo, ¿quién va a protegerte en caso de amenaza?

—Estoy seguro de que uno de los *quince* guardias que nos acompañan podrían hacerlo —aseguré haciendo hincapié en el número, ya que me parecía que Dante era demasiado exagerado con mi seguridad.

—No son *quince* —contestó remarcando él también la palabra—. Si consiguen acercarse a ti, seré yo el que tenga que defenderte en última instancia.

—Estoy seguro de que te las puedes arreglar para conseguirlo con un rastrillo en la mano —le dije elevando y bajando las cejas—. Me parece un arma de la leche. De hecho, puede que te ayude a hacerlo. Sería divertido.

Comencé a dar vueltas a la herramienta como si fuera un maestro de las armas.

—Deja de hacer eso —me pidió alargando la mano para pararlo—. Con la suerte que tienes seguro que acabas lanzándolo disparado, rebota contra la pared y se te clava en el pie.

—Oye —comencé a hablar indignado. Me callé de golpe cuando vi que estaba esbozando una enorme sonrisa divertida, tan grande que durante unos segundos me deslumbró, impidiendo que fuese capaz de tener pensamientos racionales—. Pensaba que decías que no era torpe.

—Y no lo eres. Solo eres la persona más despistada que he conocido en la vida —aclaró con un tono de voz que me hizo pensar que aquello le parecía entrañable.

Oh, Dios. ¿Podía alguien deshacerse en un charco de babas? Porque estaba a punto de descubrirlo con este hombre tan alto, tan guapo, tan fuerte y serio, hablándome con esa dulzura; preocupándose por mí de esa manera.

—Que quieras que deje de dar vueltas al rastrillo contradice tus palabras —expuse.

—Cualquier persona con un rastrillo *enorme* en la mano dándole vueltas sin tener ningún tipo de idea de artes marciales es un *peligro* —comentó haciendo hincapié en las palabras.

Su comentario me hizo reír.

—Está bien, paro, pero solo si lo coges y me ayudas.

—Como si tuviera otra opción. No te vas a detener hasta que lo haga y tus ideas para convencerme cada vez irán a peor —indicó alargando la mano con cara de resignación.

—Me hace muy feliz que me conozcas tan bien. Nos ha ahorrado un buen rato de discusión —le dije justo en el momento en el que su cara estaba tan solo a un palmo de la mía, ya que, al ser más alto que yo, se había agachado para poder cogerlo.

Estábamos tan cerca que su olor inundó mis fosas nasales abotargando mis sentidos. Tan cerca que el aliento de mis palabras rebotó sobre sus labios y regresó a mí mezclado con el de él, haciendo que todo mi cuerpo se estremeciera.

Nos quedamos quietos, casi paralizados, mirándonos.

Dante con los labios entreabiertos, como si estuviera a punto de decir algo, y yo... yo luchando por recordar cómo se respiraba.

Puede que fuéramos nosotros los que estábamos quietos, o puede que fuera el mundo el que se había detenido, pero supe en ese instante que estaba viviendo uno de los momentos más intensos de mi vida.

No necesitaba ni tiempo ni distancia para saberlo.

Solo sabía que quería más. Más cerca. Más de Dante. Todo de él.

—¿Cómo vais por aquí? —preguntó una voz, acercándose a la jaula en la que nos encontrábamos, justo antes de lanzarme y recorrer la pequeña distancia que nos separaba.

Cuando me alejé de él, siendo consciente de lo que había estado a punto de hacer, agradecí la interrupción sobremanera.

¿En qué estaba pensando? No podía hacer nada con la atracción que sentía por Dante.

Dios, él no podía estar interesado en mí. Simplemente no podía.

Si se me hubiera ocurrido besarlo, hubiera hecho que las cosas se volvieran superraras entre nosotros.

Eché un vistazo a Dante para ver si se había dado cuenta de mis intenciones y estaba molesto.

Lo vi mover la cabeza hacia los lados, como si se acabara de despertar de un trance.

Bien, podía ser una buena señal de que no se había enterado de nada.

—Estamos de maravilla, recogiéndolo todo —respondí a la voluntaria que dirigía la perrera.

Me sorprendió ser yo el que se hiciera cargo de la situación, pero la verdad era que Dante parecía tan confundido, que tenía la sensación de que ni siquiera había procesado sus palabras.

—¡Genial! —respondió ella llena de energía y felicidad—. Os he traído unos sacos de basura para que metáis la cama de los animales.

—Gracias —respondió Dante, que parecía estar ya completamente normal, cogiéndoselos de las manos.

Después de aquello, estuvimos trabajando en la perrera hasta la hora de comer.

Luego, regresamos al palacio y comimos en la cocina, lo que ya se estaba convirtiendo en una costumbre, antes de ir un rato a mi habitación para tumbarnos a descansar.

Yo dibujando en uno de los sofás y Dante, en el que estaba colocado en frente, planificando un montón de cosas supersecretas, imaginaba; antes de salir a los terrenos a dar un paseo.

Me encantaban los fines de semana.

El sol se ponía en el horizonte, mientras caminábamos por el camino de piedra bajo la línea de árboles que bordeaba el palacio.

Todo sucedió tan rápido que apenas pude procesarlo.

Un segundo estaba hablando tan tranquilo con Dante y, al momento siguiente, estaba apretado contra un árbol. Lugar donde él me había empujado, antes de darme la espalda para ponerse a repartir tortas.

Había tres hombres encapuchados golpeándolo, o por lo menos tratando de hacerlo, y me hubiera gustado poder ayudarle.

Me hubiera gustado muchísimo hacerlo, pero estaba paralizado por el pánico.

No solo porque me pasara algo a mí, sino porque le sucediera a Dante.

Pero, en un alarde increíble de su conocimiento de artes marciales, pronto empecé a tener más miedo por los asaltantes que por él.

Era impresionante la manera furiosa, perfecta y limpia en la que ejecutaba los golpes.

Los hombres fueron cayendo uno a uno, hasta que el único que quedaba de pie era él.

Terminó con ellos incluso antes de que los otros integrantes de su equipo llegaran hasta nosotros.

Dante

Cuando todos estuvieron en el suelo, incapacitados, me agaché para quitarles el pasamontañas.

La realidad me golpeó con fuerza, cuando al retirarlo, descubrí la cara de uno de los reclutas.

El ataque había sido una prueba.

Lo primero que hice cuando me di cuenta, fue comprobar que Hayden estaba bien. Si algo le hubiera pasado… No quería pensar ni siquiera en esa posibilidad.

—¿Te han hecho algo? —le pregunté acercándome al árbol donde le había empujado para que tuviera la espalda cubierta, y agarrando su cara con ambas manos para que me mirase.

Parecía aturdido.

Podía entenderlo.

Yo estaba bastante acostumbrado a la lucha, pero no por ello dejaba de ser un suceso perturbador.

Justo cuando iba a seguir tocando su cuerpo para asegurarme de que no tenía ningún daño, alargó las manos y se agarró a mi camisa.

—¿Y tú? —me devolvió la pregunta, haciendo caso omiso de la mía—. Te sangra la ceja

—No es nada —le contesté incorporándome y, a pesar de que me hubiera gustado poder dedicar más tiempo a inspeccionarlo, me di la vuelta para enfrentar a mi padre.

Sabía que era él quien se había acercado, incluso antes de que hablara.

—Has tardado dos minutos y cuarenta segundos en incapacitarlos —dijo, y su voz se me antojó la de un robot carente de sentimientos.

La rabia empezó a burbujear dentro de mí, caliente y ácida.

Me contuve.

Tenía que hacerlo.

No era ni momento ni lugar para decir nada.

Era mi superior, y Hayden estaba delante.

No cambiaría nada que explotara.

De hecho, solo empeoraría las cosas, ya que mi padre lo vería como una falta de disciplina y no podía permitir que mi profesionalidad estuviera en entredicho.

No cuando quería ser el guardaespaldas de Hayden.

No cuando sí que estaba preparado, aunque mi padre no pareciera estar tan seguro de ello.

—Aumentando mis horas de entrenamiento seré capaz de mejorar la marca —le respondí como si fuera una línea aprendida. Le indiqué lo que sabía que quería escuchar, y no lo que yo deseaba decir.

—Bien —aceptó mi padre—. Veo que eres consciente de lo que tienes que hacer. Puedes continuar.

Tuve que controlarme con todas mis fuerzas para no lanzarme hacia él y golpearlo.

Por todo.

Por no confiar en mí lo suficiente; por humillarme delante del equipo de seguridad montando esta prueba; porque hablaba de la poca confianza que tenía en mí y, sobre todo, por haber puesto a Hayden en peligro.

Si alguno de nuestros golpes hubiera sucedido cerca de él, podríamos haberle dado. Si llega a tratar de meterse, podría haber salido herido.

Pero no, mi padre no había pensado en eso.

No lo había hecho porque no le importaba.

Usé el poco autocontrol que me quedaba, fruto de toda una vida de adiestramiento, para asentir con la cabeza.

En ese momento no era mi padre. Era el jefe de seguridad.

Necesitaba separar esos dos hechos para no partirme en dos por el dolor de la traición.

Me acerqué despacio a Hayden.

—Te acompaño a tu habitación —le dije.

Debió de ver lo afectado que estaba porque se limitó a asentir y comenzó a caminar con los pasos acelerados.

Nunca había visto a Dante tan fuera de control.

Sabía que ese era el motivo por el que se había marchado, porque no quería que nadie lo viera así, pero, aun así, yo necesitaba hacerlo.

No podía estar en mi cuarto como si no hubiera sucedido nada.

Salí y le pregunté a Leonardo si sabía dónde estaba.

Me respondió, con los ojos enormes y asombrados, que se encontraba en su habitación. Se abrieron incluso un poco más cuando le pedí que me llevara hasta allí.

Parecía muy desconcertado porque me preocupara por mi guardaespaldas.

Lo estaría mucho más si supiera realmente lo mucho que lo hacía.

Emprendimos la marcha hasta su habitación.

Al acercarnos al ala en la que vivían Dante y el resto de las personas del servicio, me di cuenta de que nunca había estado en ese lado del palacio.

Cuando llegamos frente a la puerta indicada, escuché unos sonidos dentro. Eran una especie de gritos cortos de rabia.

Me asusté, y, sin pensar en lo que estaba haciendo, bajé la manija y accedí al interior.

Caminé hacia el ruido con Leonardo siguiendo mis pasos y enseguida comprendí lo que ocurría.

Dante golpeaba furiosamente un saco de boxeo, con las manos vendadas.

Podía ver los músculos de su espalda, brillante por el sudor, hincharse con cada golpe que asestaba.

Llevaba unos pantalones de boxeo negros que hicieron que mi vista se dirigiese a su trasero.

Era pura perfección masculina. Fuerte y poderoso.

Apenas llevábamos unos segundos en la habitación cuando se dio la vuelta, notando nuestra presencia.

Lo primero que hicieron sus ojos fue buscar los míos, y sentí mucho alivio al no encontrar molestia dibujada en ellos.

No le importaba que estuviera allí.

De hecho, me daba la sensación de que su mirada se había suavizado como si le hubiese enternecido verme.

—Señor —saludó Leonardo rompiendo el silencio—, he tratado de pedirle que se quedara en su habitación, pero ha insistido en venir.

—No pasa nada. Puedes retirarte. Yo me hago cargo desde aquí.

—Claro, señor —se despidió Leo, haciendo una ligera inclinación de cabeza.

Dante lo observó marcharse y, cuando hubo desaparecido, centró su atención de nuevo en mí.

Supe que estaba esperando a que yo fuera el primero en hablar.

—La puerta estaba abierta —dije excusándome y señalando hacia el objeto en cuestión.

—Tú tienes permiso para entrar en mi habitación cuando te plazca —respondió, haciendo que me mareara un poco por la emoción.

No pude contener el rubor que se extendió por mis mejillas. Era como un sueño escuchar esas palabras de sus labios. Si no lo dijera porque era mi guardaespaldas, sería ya increíble.

124

—Me tenías preocupado. No podía quedarme tranquilo sin saber cómo te encontrabas.

Dudó durante unos segundos. No sabría decir si porque estaba analizando cómo se sentía, o si por el contrario lo que estaba haciendo era decidir si me lo quería contar.

—Estoy furioso, joder. No solo porque podías haber resultado herido sin necesidad, sino porque me toca los cojones que mi padre necesite una puta confirmación de que soy un buen guardaespaldas. Lo soy, joder. Antes moriría que dejar que te pasara nada —dijo con los dientes apretados y la rabia impregnada en cada una de sus palabras.

Fue en ese momento cuando comprendí que ambos éramos muy parecidos.

Nuestras situaciones lo eran.

Los dos teníamos que demostrar que estábamos capacitados para un puesto para el que habíamos nacido.

La mayor diferencia entre nosotros era que Dante sí que lo estaba. Lo estaba más que de sobra y debía saberlo. Si no era su padre el que se lo decía, sería yo.

—No puedo imaginar un guardaespaldas más implicado, recto y mortal que tú —indiqué ese último adjetivo con una carcajada—. Los has hecho pedazos en cuestión de segundos. Te lo juro, ha sido increíble.

Los rasgos de Dante se suavizaron y sus ojos se pusieron brillantes.

Durante unos segundos pensé que quizás estaba a punto de llorar.

¿Es que nunca nadie le decía lo maravilloso que era? No iba a permitirlo. Iba a encargarme personalmente de recordárselo todas las veces que hiciera falta hasta que no volviera a tener dudas nunca más.

—No te puedes ni imaginar lo que agradezco que me digas eso.

—No lo hago solo por tranquilizarte —señalé y se rio. Fue una pequeña carcajada que se le escapó sin pretenderlo, pero que hizo que mi corazón se hinchase de emoción—. Es todo verdad.

—Gracias —respondió lleno de una timidez para nada propia de él. De lo fuerte y seguro que parecía siempre—. Voy a ducharme. ¿Te importa esperar un par de minutos? No tardo nada.

—Yo encantado. Voy a cotillearlo todo —le advertí divertido.

Sonó como una broma, pero iba a hacerlo. Sentía demasiada curiosidad por Dante como para no aprovechar la oportunidad.

—Tienes mi bendición —dijo asintiendo con la cabeza, tragándose una sonrisa—. Dame un grito si necesitas algo y saldré en un segundo.

—Claro.

Durante unos instantes, jugué con la posibilidad de gritar solo para disfrutar del espectáculo que sería verlo salir de la ducha para protegerme con el agua corriendo por sus músculos, desnudo en toda su gloria, pero la descarté tan pronto como se me ocurrió. Eso no evitó que se me pusiera una sonrisa estúpida en la cara que dudaba que fuera capaz de borrar en la vida.

Paseé por la habitación, mirándolo todo.

Dante tenía un montón de libros de artes marciales, protección, seguridad, estiramientos... Ninguno parecía estar allí por diversión.

Todo su espacio estaba muy ordenado y pulcro.

Tenía guantes de boxeo, cinturones de algún arte marcial que no sabía determinar y un sinfín de trofeos.

Me di cuenta de que había dedicado toda su vida a prepararse para ser un guardaespaldas.

El corazón se me apretó, pensando que nunca disfrutaba de la vida. Para él todo eran obligaciones, y no se merecía eso.

Cuando regresó a la habitación, vestido con unos pantalones holgados de chándal y una camiseta blanca, tragué saliva.

Estaba empezando a ser bastante insoportable la atracción que sentía por él.

Durante unos segundos me lo imaginé viniendo hacia mí, sentándose a mi lado, para luego colocarme a horcajadas sobre sus piernas.

Me imaginé pasando las manos por sus pectorales, justo por encima de donde llevaba tatuado el escudo real, e inclinándome hacia delante para besar sus preciosos y muy masculinos labios.

Frené de golpe mi fantasía cuando sentí que estaba haciendo una tienda de campaña en mis pantalones, que definitivamente no quería que viera él. Haría nuestra relación complicada si descubría lo mucho que me atraía y, si algo tenía claro, era que Dante iba a ser mi guardaespaldas por el resto de mi vida.

Aquel pensamiento me calentó el pecho de diferente manera. De una tierna, que me hacía feliz.

Me gustaba muchísimo estar con él. Más de lo que era sano para mi cordura.

Nos dedicamos a pasar el rato juntos y fue glorioso.

Disfruté de cada segundo.

Unas horas después, cuando me estaba quedando dormido viendo la película que habíamos puesto hacía un rato, Dante me dijo que era hora de acostarse.

El camino hacia mis aposentos, con las luces del palacio apagadas y el resplandor de la luna como única iluminación, se sintió muy íntima. Casi tanto como notar el calor que desprendía su cuerpo al caminar muy cerca de mí.

No sabía que la relación que se desarrollaba con tu guardaespaldas fuera tan profunda, pero lo que sí sabía era que no quería que se acabara nunca.

Capítulo 11
Me resultas familiar

Dante

—Llevas un mes entero sin descansar —dijo mi padre, entrando en mi habitación.

Como estaba sentado en la cama atándome las zapatillas necesité elevar la cabeza para mirarlo.

Me contuve para no fulminarlo con la mirada. Joder. Me ponía de muy mala hostia su sola presencia. ¿Se podía ser más un robot? Todavía no había olvidado la estúpida trampa que me había tendido hacía unos pocos días, y él actuaba como si no hubiera pasado nada.

—Buenos días —lo saludé solo para dejar en evidencia su falta de educación.

No era una persona rencorosa, ni me gustaba tener que corregir a nadie, pero mi padre sacaba lo peor de mí.

—Buenos días —me devolvió el saludo a regañadientes—. ¿Por qué no has realizado los descansos que te corresponden? —preguntó directo al grano.

Odiaba verme reflejado en su actitud. Odiaba lo mucho que a veces sentía que nos parecíamos, porque no quería ser como él.

—Porque no quiero dejar a Hayden solo.

—No está solo. Tiene otro guardia que puede llevar al equipo asignado para que no tengas tanta carga de trabajo. Organiza este fin de semana para que no se mueva del palacio y que Leonardo

129

haga un turno intensivo —ordenó, porque sus palabras no eran un consejo que yo pudiera decidir si quería o no aceptar, pero, aun así, decidí no quedarme callado.

—Prefiero no hacerlo. Es muy pronto y no me parece prudente dejarlo solo.

—Lo que no es prudente es que no descanses. Las normas están para cumplirlas.

—Esta es una norma estúpida —le hice saber.

—No lo es para nada. ¿O es que crees que estás igual de fresco durmiendo unas pocas horas y manteniéndote alerta todo el día? ¿Vas a poner en peligro la seguridad del príncipe para descubrirlo? —preguntó elevando mi nivel de enfado hasta un punto estratosférico.

—No, señor —respondí apretando los dientes para controlar la furia—. Eso es lo último que deseo en el mundo. Mañana mismo me tomaré el día de descanso. Ahora, si le parece —le dije levantándome y poniéndome frente a él. Disfruté de los por lo menos diez centímetros que le sacaba. Era una satisfacción ridícula, pero me gustaba ser más que él en algo, aunque fuera una cosa tan estúpida como la estatura—. Voy a recoger a Hayden. Hoy tiene una visita al orfanato del reino. A lo largo del día lo dejaré todo organizado para mi descanso.

Hayden

¿Podía una persona morirse de nervios? Esperaba que no.

Estaba tan ansioso que a duras penas era capaz de no moverme mientras me arreglaban el pelo.

Me había faltado muy poco para pedirle al peluquero que me peinara de pie, pero incluso a mí me sonaba demasiado extraño.

Hoy iba a visitar con mi padre un orfanato y, aunque no era un acto oficial, tenía muchas ganas de estar a la altura.

Una cosa era aprender a ser príncipe lejos de él, donde los únicos que podían reírse de mí eran Dante, el cual era mi mayor apoyo y parecía tener cero problemas con mi torpeza y distracción, y el instructor que me enseñaba; y otra muy diferente era hacerlo delante de mi padre y rey de Estein.

El momento llegó demasiado rápido para mi gusto.

Fuimos hasta el orfanato en un coche oficial, aunque llamar coche al pedazo de limusina negra con banderas colocadas a ambos lados de la parte delantera que vino a recogernos, sería un eufemismo.

No dejaba de sorprenderme esto de pertenecer a la familia real.

El viaje hasta el orfanato fue agradable y no muy largo.

Me di cuenta de que me estaba acostumbrando a estar a solas tanto con mi padre, que no dejaba de señalarme cada monumento y edificio por el que pasábamos como si fuera un guía turístico. Como con la reina, que parecía más divertida que molesta por la actitud de su marido.

Me agradaba.

Tenía unos modales exquisitos que gritaban alto y claro que era una gran soberana.

Tan solo la había visto observarme en un par de ocasiones con mirada triste, lo que me hizo pensar que debía estar así por no haber podido tener un hijo propio, pero nada que me hiciera sentir incómodo.

Me alegré muchísimo de que no me viera como una molestia.

Su forma tan poco visceral de comportarse con el hijo de otra mujer, con la que su marido había estado, me hizo preguntarme si su matrimonio había sido concertado.

Me horrorizaba pensar en que obligasen a la gente a casarse, pero, por otra parte, entendía que podía ser una realidad.

Cuando llegamos al orfanato, salimos del vehículo rodeados por un sinfín de guardaespaldas.

Si en algún momento había pensado que tenía demasiados, la comparación con los que rodeaban a mi padre era exagerada.

Se habían juntado los dos equipos. El mío y el de él.

Aunque a mí solo me importaba un guardaespaldas en particular, al que agradecía infinitamente que estuviera parado a pocos metros de mí.

Me hacía sentir que iba a tenerlo cerca siempre que lo necesitara. Algo que era muy calmante.

El edificio era grande. Estaba construido en piedra marrón claro, y muy bien cuidado, con un jardín bonito que bordeaba toda la edificación.

Accedimos al interior y nos recibieron casi con una ovación.

Me sorprendía, porque se me olvidaba constantemente que pertenecíamos a la realeza.

Se sentía muy raro.

Cuando llevábamos apenas unos minutos de visita, llegó otro coche.

Este era más pequeño, pero también parecía majestuoso.

Observé cómo abrían la puerta y del interior salía un hombre pulcramente vestido.

Comprendí que el señor que se acababa de acercar a nosotros, traspasando sin problemas el perímetro de seguridad, era el hermano del rey. No solo por su obvio parecido y por la tensión que recorrió la columna de mi padre, poniéndose alerta y lanzándome una mirada para ver dónde me encontraba, sino por la forma en la que Dante se colocó delante de mí, casi tapándome con su enorme cuerpo en un claro intento de ocultarme.

Había escuchado pocas cosas de ese hombre, de mi tío, me recordé, pero ninguna era buena.

Pero, aunque no lo hubiera hecho, solo con ver su actitud, mi cabeza me habría gritado que tuviera cautela.

—Hermano —saludó Massimo con una casi inexistente reverencia con la cabeza—. Gabriella —dijo después, dirigiéndose a la reina.

—Has llegado pronto de tu viaje —comentó mi padre, y sonó como una acusación.

—Sí, no quería perderme por nada del mundo nuestra visita anual al orfanato —indicó en un tono que era con claridad una burla.

Cada una de las palabras destilaban lo poco importante que le parecía este hecho.

—Perfecto —respondió mi padre con la mandíbula apretada. Nada contento con su presencia—. Continuemos, pues.

Reanudamos la marcha.

Observé a mi tío con curiosidad, su forma altiva de caminar, tratando de evaluarlo. Pero sus movimientos no me decían nada de él.

Massimo tardó un par de minutos en darse cuenta de mi existencia por cómo me ocultaba Dante. Pero, cuando comprendió que era uno más en su grupo y que no era un nuevo guardaespaldas, sus ojos inquisidores se posaron sobre mí y dejó de caminar.

Mi padre lo hizo también y se acercó a mí.

—¿Quién es este chico? —preguntó.

—Es Hayden. Viene de Inglaterra y ha venido a Estein para aprender sobre nuestras costumbres. A conocer el reino —respondió mi padre.

Sonó como un guion que se había aprendido de memoria.

No hubo un segundo de duda. Nada en su voz ni en su lenguaje corporal denotaron que estaba diciendo una media verdad o una completa mentira. Depende de la óptica con la que se mirara.

—Este es Massimo —me presentó mi padre, pero no hubiera hecho falta la explicación, ya que había estudiado todo el árbol genealógico de mi familia.

—Un placer —dije alargando la mano y haciendo una reverencia completa que, por protocolo, al ser el príncipe heredero, no me correspondía ejecutar ante él, pero que sí que hubiera tenido que realizar si de verdad fuera quién decían.

Mi tío me observó con desconfianza, a juzgar por cómo sus cejas se fruncieron durante unos segundos que a mí se me antojaron interminables antes de volver a hablar.

—Me resultas familiar —comentó Massimo con los ojos entrecerrados, como si estuviera esforzándose muy fuerte por recordarlo—. ¿A qué familia perteneces?

Juro que me quedé en blanco por el pánico. ¿Qué iba a responder a eso? Era la primera persona que se atrevía a preguntarme directamente quién era y me di cuenta de que nuestro plan hacía aguas por todos los lados, ya que a su propia hija le habíamos dicho que era un nuevo recluta.

Gracias a todo lo sagrado, no tuve que ser yo el que respondiera a esa pregunta, porque mi padre intervino.

Estaba empezando a adorar a ese hombre.

Me gustaba la forma tranquila en la que se preocupaba por mí, sin presión, sin expectativas, dándome mi espacio para aclarar mis sentimientos, pero a la vez dejando claro en todo momento que él sí que estaba más que interesado en mí.

—Massimo, deja al chico en paz. Está aquí para conocer nuestras costumbres, y no para responder a tus preguntas impertinentes. —Sus palabras eran desenfadadas, pero no se podía perder el tono duro de su voz.

Mi tío apretó los labios en una fina línea que dejaba traslucir a leguas lo poco conforme que estaba con lo que su hermano le acababa de decir, pero, al fin y al cabo, era el rey.

—Claro, dejemos disfrutar al muchacho —respondió haciendo una leve reverencia y continuó el paseo por la habitación.

El resto de la visita fue tensa, pero, cuando estuvimos con los niños, la obligación de estar allí se convirtió en disfrute.

Se me ocurrió que para entretenerlos podía hacerles una caricatura, y la idea les gustó tanto que terminé realizando una de cada uno de ellos, mientras me rodeaban y trataban de dibujar en sus propios papeles.

Esa parte fue muy divertida.

Las veces que levantaba la vista para ver dónde se encontraba Dante, vi que me observaba con una sonrisa divertida y tierna. Algo en su postura corporal me hizo pensar que también le hubiera gustado estar sentado en el suelo conmigo, y no mantenerse de pie en la habitación vigilando un inexistente peligro.

Salimos un par de horas más tarde de lo previsto, pero mi padre no parecía nada molesto. De hecho, parecía encantado.

Después de la visita al orfanato fuimos a cenar a un restaurante tan elegante que hasta me daba miedo tocar las cosas por si las rompía.

Me concentré al máximo para no fallar en ninguno de los millones de protocolos que existían durante una cena con la realeza. Quería utilizar los cubiertos correctos para cada plato y, sobre todo, no quería terminar tirando algo y montando un desastre.

Estar tan centrado todo el rato en lo que estaba haciendo ayudó mucho a que la cena trascurriera sin incidentes, pero drenó toda mi energía.

Era tarde cuando regresamos al palacio.

Nos despedimos del rey, de la reina y de su hermano, que en realidad también era mi tío, en la puerta principal, y luego cada uno se marchó a sus aposentos.

Respiré aliviado cuando Dante y yo nos quedamos por fin solos, porque me daba la impresión de que era con una de las pocas personas con las que podía ser yo mismo.

Me sentía como si me hubiera pasado un camión por encima.

Caminábamos por el pasillo en dirección a mi habitación.

—Estoy tan feliz de haber sobrevivido hoy —comenté entre aliviado y divertido.

—Has hecho mucho más que sobrevivir —indicó—. Has estado increíble. Los niños te han adorado.

Sentí toda la sangre de mi cuerpo acumularse en las mejillas por lo que acababa de decirme, pero no podía negar lo mucho que me complacía que pensase bien de mí.

—Gracias —respondí con un hilo de voz—. El que no parecía nada contento con mi presencia era mi tío —señalé porque quería compartirlo con él. Esa extraña sensación que había tenido de que me estaba evaluando todo el rato.

Había estado más pendiente de mí, que de cualquier otra cosa, lo cual era mucho más que espeluznante.

—Si hubiera tenido la potestad suficiente, lo habría echado de allí. Me ha supuesto un gran esfuerzo no acercarme a él y romperle la cara. Tengo serios problemas para conciliar que sea vuestra misma sangre. No se parece en nada a vosotros.

—Me siento halagado. Es bastante raro —dije haciendo como si me estremeciera.

Dante soltó una carcajada que calentó mi pecho por ser capaz de hacerlo reír.

Era muy fácil estar con él.

Continuamos sumidos en una charla divertida, llena de bromas, hasta que llegamos a mi habitación.

A pesar de que era tarde y estaba cansado, todavía no quería separarme de él.

—Mañana tengo que cogerme el día libre —le anuncié cuando llegamos a su puerta—. Me he excedido del tiempo máximo que se puede estar activo —expliqué para que lo supiera y que no se preocupara cuando al día siguiente viera a Leonardo al salir de la habitación, en vez de a mí.

No me hacía gracia dejarlo solo, pero era una norma que no podía eludir.

Mi padre se había encargado de recordármelo durante todo el día. Así que, iba a pasar por ello cuanto antes y regresar al lugar en el que quería estar: cerca de Hayden.

Me miró con cara de incredulidad durante unos segundos y luego por sus ojos cruzó una sombra de preocupación.

—Oh, vale. Pues que tengas un buen día —dijo en un tono ligeramente estrangulado.

Se dio la vuelta y se tropezó con sus propios pies.

Lo agarré de la cintura antes de que se diera de bruces contra la puerta.

Hayden dejó escapar un sonido sorprendido y lo acerqué contra mi pecho por instinto.

Al ser más pequeño que yo, encajó de una manera tan perfecta entre mis brazos que fui incapaz de reaccionar durante unos segundos por la sorpresa.

La parte superior de su cabeza llegaba a la altura de mi cuello y sentí el impulso de bajar la mía para inhalar su delicioso olor a especias.

Como si estuviera sumido en un sueño y no fuera dueño de mis actos, deslicé la nariz por su pelo, impregnándome de ese aroma, deshaciéndome en su suavidad, que parecía ser la más fina de las sedas.

Mi cuerpo, envuelto a su alrededor, se sentía perfecto.

Lo apreté un poco más contra mí, deleitándome en su calor, en su cercanía.

El único sonido que se escuchaba en el pasillo era la acelerada respiración de Hayden y los fuertes latidos de mi corazón.

Cuando por la cabeza se me pasó la idea de que me hubiera gustado ser capaz de detener el tiempo en ese instante para siempre, abrí los brazos como si me hubiera quemado.

¿Qué estaba haciendo?

Ayudé a Hayden a equilibrarse y me despedí de él, antes de marcharme casi corriendo de allí.

Capítulo 12
Era una persona fascinante

Hayden

Me coloqué la almohada sobre la cara.

¿Por qué no podía dejar de reproducirse en mi cabeza la forma en la que Dante me había pegado contra su cuerpo la noche anterior?

Tenía millones de cosas más importantes de las que preocuparme y, sin embargo, era en lo único en lo que podía pensar: en mi guardaespaldas y en lo que despertaba en mí.

Había estado a punto de morir de un infarto y, para mi bochorno, me había excitado muchísimo estar arropado entre sus fuertes brazos, contra su gran pecho.

Tenía que pensar en otra cosa antes de que mi chica se emocionara.

Dios, no quería salir de la cama. Estaba tan avergonzado… Me había colgado completamente de mi guardaespaldas. ¿Se podía ser más tópico? Y, para rematarlo, él solo me consideraba un trabajo, porque bueno, al fin y al cabo, solo era un trabajo para él.

¿Cómo podía ser tan tonto?

En mi defensa diría que me trataba de una forma tan suave y me miraba de una manera que me hacía sentir que era muy importante para él, por lo que había sido prácticamente imposible que me resistiera a ello. Si a toda esa situación le sumabas su personalidad arrolladora, que me atraía tanto como su cara de adonis, te daba como resultado esta situación.

139

Sí, estaba en un sinfín de problemas.

Traté con todas mis fuerzas en centrarme en otra cosa.

Este día era sábado.

El fin de semana era de los pocos momentos en los que mi agenda no estaba a rebosar de obligaciones, así que me levanté tranquilo, y agradecido de que ese día Alessia no vendría a despertarme.

Fui al baño para ocuparme de mis necesidades y, por el camino, me di un golpe en el dedo pequeño del pie contra la butaca, donde la noche anterior había lanzado la ropa que me había quitado.

Tuve que estar un rato agarrándome el pie mientras unas enormes lágrimas de dolor se me acumulaban en los ojos.

Quizás Dante tenía razón y tendría menos accidentes si mirara lo que había a mi alrededor, en vez de vivir en mi mente.

Pero, en este caso, él era uno de los causantes de que estuviera distraído, por lo que su consejo quedaba invalidado.

Cuando terminé de prepararme, me quedé en el centro de la sala de estar de mi habitación dudando sobre qué era lo que me apetecía hacer.

Era extraño.

Como el hecho de saber que no pasaría el día con Dante, y por ello hacía que todo el tiempo libre que se extendía ante mí, y que en otro momento me hubiera muerto por tener, perdiera un poco el brillo. Le restaba atractivo.

Aun así, sabía que lo disfrutaría, por mucho que hubiera preferido pasarlo a su lado.

A pesar de saber de antemano que Dante no estaría allí cuando abriera la puerta, me dolió ver a Leo esperándome al otro lado.

Hizo que se pronunciara más en mi cabeza el pensamiento de que para él era solo un trabajo.

Lo odiaba.

Odiaba pensar así. Sentir eso. Pero, sobre todo, odiaba que fuera verdad.

Pasé el día tranquilo, dibujando en los jardines de palacio. Comí un picnic que uno de los cocineros me trajo, y le agradecí con una sonrisa el gesto, ya que no se lo había pedido. Me pareció un detalle precioso.

Era uno de los cocineros titulares con el que Dante y yo solíamos hablar en los ratos que pasábamos comiendo en la cocina.

Había un montón de gente encantadora en el palacio.

En los jardines brillaba un precioso sol que calentaba mi piel y me recargaba de energía, pero, a pesar de que todo en mi entorno era idílico, no dejaba de lanzar miradas a la piscina que tantos momentos maravillosos me había dado.

No sabría decir el motivo por el cual asociaba ese lugar con Dante, aunque mentiría si dijera que cada rincón del palacio no me recordaba a él.

Había descubierto casi todos esos sitios a su lado.

Para mí todo el reino era sinónimo de él.

El anhelo me golpeó con fuerza, haciendo que sintiera un vacío en mi interior y un nudo de nervios. Me costaba mucho trabajo estar quieto.

Desesperado por estar siendo tan tonto, dejé la tableta a un lado, posada sobre la manta en la que me había tendido, y me dejé caer hacia atrás.

Cuanto más iba avanzando el día, mayor era el sentimiento de desilusión en mi pecho.

Más evidente me parecía que solo era un trabajo para él.

¿Por qué me tenía que afectar tanto?

Cerré los ojos y me regodeé en esa sangrante sensación para que no se me olvidara. Para que, al día siguiente, cuando lo viera, la tuviera presente y fuese yo también capaz de recordar que nuestra relación era solo trabajo. Por mucho que hubiera llegado a parecer a una amistad real. Por mucho que fuera la amistad más real que había tenido nunca.

Antes de que comenzara a anochecer, me levanté de la manta, me metí la tableta bajo el brazo, en la cual lo único que había hecho había sido garabatear el escudo real de Estein, una y otra vez, y decidí entrar a palacio.

Pasaría el resto de la noche en mi habitación. Quizás viera alguna serie de Netflix o terminaría el dibujo que había comenzado algunas semanas atrás.

Aunque había comido hacía muchas horas, pasé de largo la cocina.

No tenía apetito. Solo una bola pesada agarrada en el fondo de mi estómago.

Ascendí las escaleras con Leonardo siguiéndome unos metros detrás de mí.

Durante el día había olvidado en varias ocasiones que me vigilaba. Se mantenía tan alejado, que era imposible no hacerlo.

Era tan diferente a la forma en la que Dante se comportaba.

Me detuve.

Me había dicho que debía dejar de pensar en él.

Cuando llegamos al ala donde estaba mi habitación, tardé unos minutos en darme cuenta de que había alguien parado de pie delante de mi puerta.

Me paré en seco.

Estábamos lo suficientemente lejos como para que no nos hubiera escuchado, pero podía ver a la perfección como subía y bajaba la mano. Era como si no tuviera muy claro si debía golpear la puerta o no.

El corazón comenzó a latirme acelerado en el pecho y el estómago se me llenó de los nervios más hermosos del mundo, porque la persona que sostenía el brazo en alto frente a la puerta de mi habitación era Dante.

Dante

Me estaba resultando muy duro mantenerme alejado de Hayden.

Cuando me levanté esa mañana, fui a hacer ejercicio para tratar de calmar la mente.

Necesitaba quitarme de encima la sensación que me había dejado la noche anterior, al tener su cuerpo entre los brazos.

Pasé por un millón de emociones distintas durante todo el día.

Cuando fui a comer, a la hora en la que él solía hacerlo con normalidad, me sentí bastante decepcionado por no encontrarlo allí.

Comí en silencio, mientras leía algunas entrevistas en mi teléfono y me marché a hacer más ejercicio, pero nada calmaba la ansiedad que sentía dentro de mí.

Nada calmaba la necesidad.

Me fui a mi habitación para ver si leyendo un rato en la cama era capaz de relajarme, pero, después de unos pocos minutos y de no leer más de tres frases seguidas sin distraerme, comprendí que era una batalla perdida.

Mi mente se esforzó en encontrar una forma de pasar un rato con Hayden sin que mi obligación de descanso intercediera.

Si no iba a verlo en calidad de guardaespaldas, no estaría incumpliendo las normas. No había nada malo en que pasáramos un tiempo juntos, en el que tan solo fuéramos Hayden y Dante, o bueno, por lo menos yo solo era Dante. Él siempre era el príncipe.

Era algo normal, ¿verdad? ¿Le resultaría muy raro y me mandaría a la mierda?

En cuanto esa posibilidad se me pasó por la cabeza, la deseché por completo.

Hayden nunca haría eso.

Así fue como, menos de cinco minutos después, terminé saliendo de mi habitación en su busca.

No había necesitado un gran esfuerzo para convencerme de hacer algo que saltaba a la vista que me apetecía.

Mientras caminaba por el palacio, eché mano a mi oreja, tratando de tocar el aparato que ya formaba parte de mi cuerpo, pero que ese día no estaba allí.

Me sentía desnudo sin mi radio.

Odiaba no saber dónde estaba el príncipe, pero un día de descanso significaba ningún tipo de comunicación, y mi padre se enteraría si la usara.

Me sentí como un auténtico imbécil, teniendo que probar suerte para ver si Hayden estaría en su cuarto.

Decidí que antes de salir al jardín miraría allí.

No solía gustarle estar fuera una vez que se ponía el sol, con la excepción de las pequeñas visitas furtivas que hacíamos a la piscina.

Cuando llegué frente a su puerta dudé durante unos minutos si debía llamar o no.

¿Le molestaría? ¿Sería demasiado obvio que pasar el rato juntos sin que estuviese en calidad de guardaespaldas traspasaba una línea que convertía nuestra relación en algo no solo meramente profesional? ¿Me dejaría estar en su vida de esa manera? ¿Para él sería también un amigo?

Mientras todas estas cuestiones pasaban por mi cabeza, sin que pudiera evitarlo y sin poder centrarme en una sola de ellas, no dejaba de levantar y bajar el brazo como un auténtico gilipollas.

A veces me parecía lo correcto y otras me daba cuenta de que me estaba extralimitando.

—Dante. —Escuché la voz de Hayden, llamándome desde algún lugar del pasillo, y giré el cuello como un resorte, perdiendo de esa forma la posibilidad de decidir.

Acaba de pillarme frente a su puerta como un idiota.

Hayden

—¿Qué haces aquí? —le pregunté, notando como una enorme sonrisa de satisfacción tiraba de mis labios.

Había venido a verme.

—Estoy… estaba —comenzó a decir visiblemente nervioso, lo que me hizo reír, ya que no era para nada habitual en él—. He pensado que quizás te apetecía ver una película conmigo, o algo —añadió lanzando una mirada escrutadora a Leonardo, que se había quedado a unos buenos diez metros detrás de mí.

—Claro —respondí casi al segundo de que preguntara.

Dante esbozó una sonrisa gigante, la más grande que le había visto hasta ese momento, y todos los nervios que antes había transmitido desaparecieron de golpe.

—¿Tienes alguna petición? —preguntó, y la situación me resultó tan natural como si hubiéramos quedado mil veces antes para ver algo juntos.

—Que la veamos en tu cuarto. Siempre estamos en mi habitación y estoy aburrido.

—Sus deseos son órdenes para mí, alteza —contestó haciendo una reverencia exagerada, divertido.

—Vamos —respondí emocionado.

Caminamos por el mismo pasillo por el que había llegado a la habitación.

Antes me acompañaba la angustia, pero en ese momento, recorriéndolo al lado de Dante, mientras manteníamos una charla agradable, con la promesa de pasar una noche juntos divirtiéndonos, siendo solo nosotros, tenía una sensación de felicidad y de múltiples posibilidades.

Dante

Jamás había tenido un mayor sentimiento de hogar que en aquel momento.

Hayden estaba descalzo, tumbado en el sofá de mi pequeña habitación, riendo divertido mientras miraba fascinado la película.

No podía apartar los ojos de él. Era una persona fascinante.

Había perdido la cuenta de la cantidad de veces que había parado la película para hacer un pequeño boceto, o para tomar una foto para poder dibujar algo después, que le había llamado la atención.

Cada una de las veces se disculpaba, pero no podía importarme menos.

Verle vivir las cosas con esa pasión, ver el brillo de sus ojos cada vez que cogía el lápiz y lo deslizaba por la tableta para crear, era lo más mágico que había visto en la vida.

Hayden era pura pasión, y me encantaba.

—Antes de que me viniera a buscar, ¿de qué solías encargarte? —le solté a bocajarro, justo en el momento en el que acabó la película.

Había pensado en preguntárselo durante la última hora.

Supongo que fue porque era la primera vez que estábamos juntos como amigos de verdad, sin que nuestras obligaciones mediasen entre nosotros, y sentí la necesidad de saber más de él. Bueno, siempre había estado eso ahí. Más bien, lo que noté, era que no estaría fuera de lugar que se lo preguntara.

Dante miró en mi dirección y sonrió.

—Me hace gracia que te interese eso —comentó con una sonrisa tierna que le hizo parecer mucho más joven.

—¿Tú no tienes curiosidad sobre lo que hacía yo? —indagué un poco decepcionado.

—Oh, la tenía, y mucha, pero he leído como una tonelada de informes sobre tu vida. Por no hablar de que te vigilé de cerca un día antes de que nos acercáramos a ti —explicó divertido.

—Querrás decir antes de que me secuestraras —corregí.

—Bueno, admito que quizás no fue la mejor forma de interceptarte, pero sí la más divertida —comentó sin poder aguantar la risa.

Moví el brazo por el sofá para agarrar un cojín y lanzárselo a la cabeza que, cómo no, agarró antes de que le rozara siquiera.

Sus carcajadas reverberaron por toda la habitación.

—Es que no es justo que tú sepas todo de mí y yo no sepa nada de ti.

—Venga, tienes razón —dijo una vez que se recuperó de su ataque de risa—. ¿Qué te gustaría saber?

—Todo.

Se rio.

—Vas a tener que ser un poco más específico o no vamos a poder salir de esta habitación esta noche —comentó bromeando, pero a mí se me aceleró el corazón de solo imaginarlo.

Me parecía algo precioso y que estaría encantado de hacer siempre que él quisiera.

Pensé durante unos segundos qué preguntarle primero.

—¿Qué hacías antes de ser mi guardaespaldas personal? —decidí que le repetiría la misma pregunta.

—Mucho ejercicio y tratar de sobrevivir —respondió divertido.

—Venga, contéstame de verdad.

—Vale —dijo poniendo los ojos en blanco como si estuviera aburriéndole, pero yo sabía que no era así—. Solía encargarme de la seguridad del rey junto a mi padre, lo que no me hacía mucha gracia, ya que él era el que dirigía el equipo y eso me dejaba con pocas posibilidades de maniobra. Cada vez que organizaba la protección que usaríamos en un acto oficial, o en algún otro lugar importante, pasaba horas debatiéndolo con él. Es bastante exasperante, como ya te habrás dado cuenta.

—Lo he notado, sí.

—El resto del tiempo entrenaba *mucho* y estudiaba nuevas técnicas de protección.

—¿Y qué hacías para divertirte? Dime que hacías algo aparte de trabajar, por favor —le pedí bromeando, pero con la duda sobrevolando mi cabeza.

Dante se rio.

—Veo que me conoces bien. Lo cierto es que trabajo mucho. Siempre he dedicado muchas más horas de las que nadie a entrenar, a aprender artes marciales nuevas y a estudiar estrategia, pero no es lo único que hacía. Mi mayor *hobby* es la historia. He leído como un millón de libros sobre Estein, y sobre otros países y reinos. Me fascina —explicó con una enorme sonrisa que hizo que mi estómago se llenara de mariposas.

No me podía gustar más.

Y, a pesar de lo nervioso que me ponía, necesitaba saber más. Sentía que nos estábamos acercando mucho, que me estaba dejando ver dentro de él, y esa sensación era adictiva. Quería más.

—Oh, sí, suena increíble —le dije bromeando, lo que hizo que soltara otra carcajada.

—No es tan fascinante como tus dibujos, pero no está mal.

—Oye, que si a ti te gusta, a mí me parece bien —le comenté con una sonrisa.

Nos quedamos en silencio durante unos segundos, mirándonos. Tiempo que usé para tratar de encontrar el valor para preguntarle lo que de verdad quería saber.

Fue Dante el que rompió el silencio.

—Dispara. Venga, no te cortes.

—¿Qué?

—Que puedo ver desde aquí cómo se mueven los engranajes de tu cabeza y estoy seguro de que tienes otra duda rondándote la mente.

—Soy demasiado transparente para ti —comenté, poniéndome colorado.

Odiaba que la prueba de mi vergüenza fuera tan evidente.

—No hay nada que puedas preguntarme que me moleste —me animó.

—Esto sí. Es bastante indiscreto.

—Solo lo sabremos si te lanzas—dijo con una sonrisa canalla.

—¿Qué hay de tu madre? —pregunté al fin, casi de carrerilla, porque sabía que de lo contrario no encontraría el valor para hacerlo.

—Me parece una cuestión muy lógica, dado que yo lo sé todo de ti —comentó con tranquilidad, pero eso no evitó que notara que se había puesto tenso—. Verás, tu padre no fue el único que tuvo un hijo en la universidad. El mío, en una noche loca, de las que creo que no habrá tenido muchas en su vida —indicó con una risa seca, carente de humor—, dejó embarazada a una chica de primer año. —Dante se quedó callado durante tanto tiempo que creí que no volvería a hablar—. Antes de que naciera, llegaron al acuerdo de que él se haría cargo de mí para que ella pudiera seguir estudiando. —Contuve el aliento—. Nunca hemos vuelto a saber nada de ella —explicó y mi corazón se apretó de dolor.

—Lo siento mucho —le dije con un hilo de voz.

Dante se encogió de hombros como si quisiera restarle importancia.

—Fue bueno crecer en el palacio.

Eso esperaba, porque Dante era un hombre maravilloso que se merecía todo el cariño del mundo.

Capítulo 13
No sé si es buena idea que leas los artículos

Hayden

Supe que algo no iba bien en el mismo instante en que despegué los párpados y los ojos preocupados de Dante me devolvieron la mirada.

Me incorporé con rapidez.

No solo porque era la primera vez que él venía a despertarme, sino porque todo en su postura corporal irradiaba preocupación. ¿Qué habría pasado?

—¿Está bien mi padre? —pregunté, tratando de poner algo de sentido a la situación.

—Sí.

—¿Y el tuyo? —probé otra vez.

Si lo que sucedía no era ninguna cuestión de salud de nuestras personas más allegadas, podríamos solucionarlo.

No existía nada que me produjera más impotencia que las enfermedades.

—Sí —respondió de nuevo, asintiendo con la cabeza. Sus ojos se suavizaron un poco.

Nos quedamos en silencio mirándonos el uno al otro, pero era la primera vez que no sentía tensión irradiando entre nosotros.

Lo que espesaba el ambiente era la preocupación de Dante, que no parecía especialmente deseoso de contarme lo que sucedía.

—Igual es mucho suponer, eh —dije usando un tono de voz relajado—, pero he pensado al verte aquí, sentado en mi cama, observándome dormir, que había algo que querías decirme.

Él puso los ojos en blanco y lanzó un suspiro.

—La verdad es que no quiero contártelo.

—Vale —dije sin evitar reírme—. Pues entonces te propongo que vayamos a desayunar tan felices como todos los días.

Suspiró audiblemente, como si estuviera desesperado.

—Una cosa es que no quiera decírtelo y otra que vaya a permitir que lo haga otra persona.

Lo miré con los ojos llenos de ternura. No me hacía falta verme en un espejo para saberlo. Había algo que me tenía que decir, que no parecía ser bueno, y, a pesar de ello, quería ser el que lo hiciese.

Deseé con todas mis fuerzas echarme hacia delante sobre la cama para acabar de rodillas y poder rodearlo con mis brazos.

—Si no hay nadie enfermo no puede ser tan malo.

Por la cara que puso supe que acababa de equivocarme.

De repente, me invadieron los nervios. Empezaba a impacientarme, pero no quería apresurar a Dante. Quería darle su espacio para que se abriera.

—Hoy ha saltado la noticia de tu existencia. Todos los medios se han hecho eco del hijo *secreto* del rey de Estein —dijo, mirándome a los ojos con solemnidad.

Juro que tardé unos segundos en procesar sus palabras. Era lo último que hubiera pensado que iba a escuchar.

—¿Qué? No, no… No puede ser —solté levantándome de la cama—. Todo iba bien. Queda demasiado tiempo para que lo hagan oficial. Solo han pasado un par de meses —empecé a desvariar mientras caminaba en ropa interior por la habitación. Estaba tan acelerado que no le di ninguna importancia a ese hecho, que me parecía tan trivial.

—Hayden —llamó Dante, poniéndose delante de mí y colocando sus grandes manos encima de mis hombros—. Tranquilo. Saldremos de esta. Saldremos de cualquier cosa.

Justo cuando estaba a punto de inclinar la cabeza hacia delante, se escuchó la voz de Leonardo llamando a Dante desde la sala de mi habitación.

—Te espero fuera mientras te vistes —indicó, y me miró como si deseara añadir algo más, pero se dio la vuelta y desapareció sin hacerlo.

Cuando abrió la puerta y se marchó, tardé unos segundos en reaccionar.

Así que, escuché cómo Leonardo le explicaba que se había tenido que acercar para hablar con él, ya que tenía la radio y el teléfono apagados.

Sonreí, a pesar de la preocupación, porque estaba seguro de que Dante lo había hecho para que nadie nos molestara mientras me lo contaba.

Fui al baño a prepararme para comenzar el día y me vestí a la velocidad de la luz.

Al abrir la puerta y salir al salón, me quedé muy sorprendido cuando, además de a Dante, vi a su padre junto a él.

Por instinto, miré por la habitación para ver si estaría el mío, pero no había ni rastro de él. Lo que sí que vi fueron unos cuántos periódicos y revistas encima de la mesa.

Me acerqué a ellos lleno de curiosidad.

—No tenías que haberlos traído aquí —dijo Dante y, por la manera en la que habló, supe que se dirigía a su padre, y no a mí.

—Es importante saber a qué nos enfrentamos —respondió de forma seca.

Agarré el primer periódico y levanté la vista cuando Dante puso la mano sobre él para impedir que lo leyera.

—No sé si es buena idea que leas los artículos —dijo dudando y, aunque agradecí que se preocupara, no podía protegerme de todo.

Era yo el que tenía que enfrentarme a esto.

—Necesito saber cómo de malo es —indiqué, moviendo el periódico para que retirara la mano.

—No te va a servir para nada. No se ajustan a la realidad. La manipulan para conseguir la historia más jugosa, Hayden.

El tono de su voz, suave y suplicante, hizo que dudara durante unas décimas de segundo, pero no fue suficiente para quitarme la idea de la cabeza.

—Lo necesito —dije y Dante se resistió, hasta que apartó la mano.

Escándalo en la Corona de Estein.

Aparece un hijo ilegítimo del rey.

Una investigación exhaustiva de su pasado ha desencadenado una sucesión interminable de revelaciones.

¿Tendrá Estefan III más descendencia?

Cada titular era peor que el anterior.

Empecé a ver un montón de información sobre mí, sobre mi madre e incluso sobre la relación «secreta» que ambos habían mantenido en su juventud.

Sentía ganas de vomitar.

Después de leerlos todos por encima, apenas registré nada.

En un momento estábamos de pie en el salón de mi habitación y al siguiente nos encontrábamos en el despacho de mi padre.

Lo busqué con la mirada y lo que vi, me encogió el corazón.

Estaba sentado tras su escritorio, con los codos apoyados sobre la mesa y la cabeza entre las manos.

Levantó la vista y nuestras miradas se cruzaron.

Si pensaba que ya conocía su versión preocupada, no había punto de comparación con la imagen que me devolvió en ese momento.

Lucía unas ojeras enormes y una fina capa de barba, que nunca había llevado, salpicando su cara. Tenía el nudo de la corbata deshecho y la camisa arrugada. ¿Había pasado toda la noche sin dormir?

Cuando me vio, se levantó de la silla como un resorte y se acercó a mí.

—¿Estás bien, hijo? —se interesó y yo tragué saliva, lleno de emoción, porque era la primera vez que usaba ese apelativo para llamarme.

Me enterneció, casi tanto como la preocupación sincera que vi en sus ojos. Preocupación que parecía tener más que ver con cómo me sentiría yo, y no tanto con el escándalo de que él tuviera un hijo ilegítimo.

No era al único al que estaban machacando.

—Sí, gracias —respondí—. Y, ¿tú?

—He tenido días mejores —respondió en un tono casi íntimo, esbozando un amago de sonrisa.

—¿Podemos arreglarlo? —le pregunté y supe que mi cuestión sonaba quizás demasiado infantil e inexperta, pero, aunque fuera el rey, también era mi padre, y realmente siempre me transmitía que yo le importaba.

—Por supuesto. Siempre se puede hacer frente a todo. Relajar la opinión pública. Esperar pacientes y sin hacer nada que les dé más munición hasta que la noticia se vuelva aburrida o salte otro nuevo escándalo.

—Menos mal —indiqué aliviado.

—Sin embargo, aguantar toda esta presión no será fácil.

Tragué saliva asustado. Me daba pánico que la gente estuviera hablando de mí, de mi madre, de mi padre, el cual no tenía la culpa de no haber sabido de mi existencia.

—Esto iba a salir a la luz tarde o temprano —dijo para animarme en un tono íntimo, que no fui el único en captar.

—Desde luego que iba a hacerlo, pero teníamos que haber sido nosotros los que controlásemos la noticia. Los que eligiéramos lo que queríamos que la prensa contara. No tenía que ser así. Esta situación se va a convertir en un infierno. Un suicidio social —dijo Marco, el cual siempre parecía sentir la necesidad de mostrar ante todos la realidad de los problemas que teníamos sobre la mesa.

—Basta, Marco —le ordenó mi padre, pero no había fuerza real en sus palabras. Estaba cansado y preocupado, y lo transmitía en cada pequeño gesto—. Sabíamos que iba a suceder.

—Tampoco ha sido como si nos hubiéramos esforzado por esconderlo. Si tu hermano se dio cuenta al segundo, era cuestión de tiempo que los demás lo hicieran —continuó presionando Marco.

En su voz se podía apreciar que sentía que nos lo habíamos ganado por no ser más discretos.

Creo que a mi padre le habían podido las ganas.

—No pasa nada —dijo, tratando de convencerse más a él mismo que a nadie.

—Sí que pasa, Estefan. Esto es un escándalo. Te dije que no era prudente traerlo a vivir al castillo antes de que estuviera preparado. Antes de que nos ganáramos a la opinión pública.

—Y yo te dije que no iba a tener a mi hijo lejos de mí, viviendo en un piso, como si fuera un sucio secreto —indicó de forma vehemente, con mucha rabia reflejada en sus ojos.

La habitación se quedó en un silencio absoluto.

Nadie decía nada.

Solo miraban a mi padre como si no se pudieran creer que el rey se hubiera salido tanto de su papel y hubiera tenido una reacción tan visceral.

—No estoy dispuesto a pasar más tiempo alejado de él —dijo tomando la palabra de nuevo—. Saldremos de esta. Igual que hemos salido antes de otros escándalos.

Esta vez la persona que rompió el tenso silencio de la sala fue el jefe de seguridad.

—Las posibilidades de que sea tu hermano el que haya ofrecido la exclusiva son muy elevadas. No obstante, investigaré otros posibles sospechosos.

—Prefiero que uses todos tus recursos para que no acosen a mi hijo. El daño ya está hecho. De nada sirve ahora descubrir quién ha sido. Sabíamos desde un principio que mi hermano no era alguien en quien se pudiera confiar.

—Me temo, su excelencia —dijo interviniendo el jefe de inteligencia—, que sí que es necesario descubrirlo. No para dar un castigo, sino para saber si tenemos algún espía entre nosotros. Eso no sería bueno. No es algo que podamos permitir.

—Cierto —contestó el rey, pasándose la mano por el pelo y sentándose en uno de los sillones que teníamos al lado como si estuviera sobrepasado—. Tienes toda la razón. Haz lo que tengas que hacer.

—Por supuesto, excelencia —dijo el hombre, haciendo una reverencia perfecta frente a mi padre antes de salir a paso acelerado de la oficina.

Mi padre se levantó del sillón y se acercó a su escritorio para hablar con Carolo.

Miré a Dante. Tenía las líneas de la frente marcadas. Estaba tenso y preocupado, pero cuando vio que lo observaba, se esforzó por esbozar una pequeña sonrisa.

Se la devolví, pero me sentía al borde del llanto. Era demasiado. La situación se había vuelto una locura.

La puerta del despacho de mi padre se abrió y, cuando fue mi tío el que entró, con una sonrisa triunfante que no pareció que quisiera ocultar, el ambiente en la estancia se volvió todavía más tenso, y yo me puse más nervioso.

Todas las conversaciones cesaron de golpe.

—No deberías haberme mentido —lo acusó Massimo directamente—. Tenía derecho a saber que había un sobrino por ahí.

Mi padre no dijo nada, solo se tensó un poco más. No había que ser muy listo para darse cuenta de que trataba de controlarse.

—Puedes irte, hijo —me indicó mi padre, que parecía que quería que me marchara con todas sus fuerzas.

Estaba de acuerdo con él. No quería presenciar una discusión en ese momento. Mi vida acababa de dar un vuelco gigante y se había vuelto mediática. Era algo que debía procesar.

—Necesito tomar el aire —le dije a Dante, y fue más una súplica que una petición.

Pocos segundos después, estábamos fuera del despacho.

Toda la formalidad se fue a la mierda en cuanto vi que Hayden estaba al borde del llanto.

A tomar por culo.

Sentí que en ese momento solo éramos Hayden y Dante. Dos chicos que habían conectado al segundo de conocerse. Dos chicos que estaban destinados a hacer algo grande para lo que no se sentían preparados, ni lo suficientemente buenos.

Caminé hacia delante, recorriendo la distancia que nos separaba en tres grandes zancadas, y lo envolví entre mis brazos.

Me hubiera gustado poder arrancarle el sufrimiento de golpe. El miedo a no ser suficiente. Habría hecho lo que fuera para que la realidad no se hubiera abierto bajo sus pies y estuviera a punto de tragarlo.

Hayden era demasiado bueno para este mundo de realeza. Era demasiado bueno para el mundo en general, y me prometí a mí mismo que lo protegería de todo. Estaría a su lado para cualquier cosa que necesitara. No solo porque era mi trabajo. No. Nuestra amistad había traspasado hacía mucho tiempo esas fronteras.

De hecho, las líneas entre nosotros siempre habían estado muy difuminadas.

Hayden no quería que lo tratara como un príncipe. Quería poder ser él mismo con alguien, sin sentir presión a su lado, y nunca nada me había hecho más feliz en esta vida, como haber podido convertirme en esa persona para él.

—No te preocupes —le dije bajito, acercando la cabeza a su oído, poniendo los labios muy cerca para que pudieran atravesar la fina capa de pelo castaño que los cubría—. Todo va a salir de maravilla. No puede ser de otra manera. La gente te va a adorar. Estoy muy seguro de ello.

—¿Por qué lo estás? —preguntó agarrándose a mi camisa como si se fuera a derrumbar si se soltaba

—Porque una vez que se te conoce es imposible no ver lo maravilloso que eres. Lo dulce, noble y divertido.

Puede que mis palabras fueran demasiado viscerales y nunca hubiera debido decirlas en alto, por mucho que pensara cada una de ellas, pero lo hice porque Hayden necesitaba oírlas.

En ese preciso instante se me derritió el corazón. Sentí que no había nada más importante que nosotros, que ese momento. Sentí que Dante estaría allí para ayudarme, y que, a pesar de que podía valerme por mí mismo, que sabía estar solo, por fin tenía a mi lado a una persona que me quería y que se preocupaba por mí. Una persona que me apoyaba.

Sentí que, si lo tenía cerca, podría con cualquier cosa.

Entre sus brazos, bajo el cielo de Estein, en mitad del jardín, toda la desesperación y el miedo a fracasar, a no estar a la altura de las expectativas que se habían puesto sobre mí, el temor a decepcionar a mi padre, se volvieron calidez.

Capítulo 14
Fue un golpe de claridad

Llevaba dos días sin ver sonreír a Hayden y eso me mataba. Apenas dibujaba, no había querido volver a la piscina y había tenido que abandonar, al menos por un tiempo, la universidad.

Tenía que hacer algo. Odiaba verlo tan apagado y preocupado. Él no era así y, sobre todo, no se merecía lo que había sucedido.

Si todas esas personas que ahora se dedicaban a indagar en su pasado, en el de su madre y en el del rey, pudieran observarlo durante unos minutos, se darían cuenta al segundo de la persona tan maravillosa, noble e inteligente que era. Dejarían de decir tonterías al instante.

Esa madrugada, mientras daba puñetazos al saco, justo después de dejar a Hayden en su habitación, la cual había odiado tener que abandonar, se me había ocurrido una forma de hacerlo feliz. Una forma de alejarlo de toda la presión y de las malas noticias.

Sabía que mi idea podría meterme en un sinnúmero de problemas y que, si mi padre se enteraba, no volvería a ganarme su respeto en la vida, aunque tampoco era como si lo tuviera en ese momento, pero me daba igual. Había tenido la mejor idea del mundo para hacer feliz a Hayden y estaba dispuesto a lo que hiciera falta para llevarla a cabo.

No sabría decir el momento exacto en el que me di cuenta de que mi comportamiento tan protector y preocupado por Hayden no era solo por mi trabajo, pero era un alivio poder escudarme en él. Era un alivio no tener que pararme a analizarlo.

Cuando terminó la última clase de ese día en el castillo, todos habían coincidido en que era mejor que estudiara con profesores particulares en vez de regresar a la universidad, donde la prensa y todo el mundo se dedicaría a acosarme.

Miré a Dante con una súplica en la cara.

Necesitaba alejarme de todo. Estaba bastante sobrepasado, mucho más de lo que lo había estado nunca.

Desde que la noticia de que era el hijo ilegítimo del rey había salido a la luz, sentía como si alguien hubiera drenado la tranquilidad y alegría de mi cuerpo.

En ese momento, todo eran obligaciones y malas noticias.

Estaba un poco desesperado.

Ni siquiera me sentía con ganas de dibujar, aunque tampoco era como si hubiera tenido tiempo para hacerlo. Las clases de etiqueta y preparación para ser un perfecto príncipe se habían intensificado, con la esperanza de que estuviera preparado cuanto antes. Necesitaban que me hiciera con el cargo de manera oficial para que se parasen todos los rumores.

Salimos del estudio y caminamos por el pasillo de mármol en silencio.

Solo podía pensar en las ganas que tenía de esconderme en mi habitación y no salir en diez años. Puede que, si tenía mucha suerte, consiguiera convencer a Dante de que viéramos una película juntos.

No sabía si estando de guardia accedería a ello, con lo muy estricto que era, pero necesitaba intentarlo.

No podía dejar de pensar en lo a gusto que había estado la otra noche y en lo mucho que nos había unido. No sabía cómo lo había sentido él, pero para mí había sido la constatación de que éramos amigos aparte de, no sabría cómo definirlo... ¿compañeros de trabajo?

—Menos mal que ya ha acabado el día. Ha habido un par de ocasiones en las que he pensado en suicidarme —comenté bromeando—. ¿Crees que si te clavas un lápiz en el ojo podrías llegar hasta el cerebro?

—Dios, no —respondió Dante, parándose de golpe. Se giró de medio lado y me miró con los ojos abiertos por la sorpresa.

—Era una broma —le aclaré preocupado porque se lo hubiera tomado en serio.

Cuando lo miré con atención me di cuenta de que parecía nervioso.

Entrecerré los ojos, tratando de leer en su cara lo que sucedía.

Él me devolvió la mirada, haciendo exactamente lo mismo que yo.

—Lo sé —respondió tras unos segundos.

—¿Qué te pasa? —pregunté—. Y antes de que contestes que nada, te diré que no me lo trago.

—Hay algo que tengo planeado que hagamos, pero no sé si vas a querer. Es arriesgado.

—Me gusta el riesgo —respondí.

Él me devolvió la mirada escéptico.

—Vale, de acuerdo. No me gusta el riesgo, pero, aun así, quiero que me lo cuentes. Cualquier cosa que me ayude a olvidarme del circo en el que vivo.

Dante miró hacia ambos lados del pasillo y me agarró la mano, lo que hizo que el estómago me diera un salto lleno de emoción. Su piel era dura y cálida y me llevó a la primera habitación cercana que había.

Cuando entramos, resultó ser un pequeño cuarto de la limpieza que, aun así, era majestuoso.

Típico de un palacio.

De esa forma, fue como terminamos una vez más encerrados en un sitio a solas, con Dante a punto de contarme algo que a todas luces no debía.

Con los dos respirando ese mismo aire, el uno tan cerca del otro, se me pasaron por la cabeza un montón de cosas mejores que podríamos hacer juntos en ese pequeño cuarto, y que definitivamente me alegrarían.

Tragué saliva y me esforcé para no centrarme en su enorme cuerpo y en lo mucho que me atraía.

—He pensado, y organizado si he de ser sincero, una excursión para que podamos estar fuera de palacio lo que queda de día, y hasta mañana antes de la noche, aprovechando que es fin de semana.

—¿Cómo? —pregunté sintiendo que si abría un poco más los ojos estos corrían peligro de salírseme de las cuencas.

—Lo he hablado todo con Leonardo para que nos cubra. Cuatro de mis chicos nos acompañarán fuera del palacio en otro coche para vigilar —explicó y se quedó mirándome a la espera de que dijera algo.

Estaba flipando. Dante estaba dispuesto a romper las normas por mí. ¿Por qué?

—¿Por qué haces esto? —la pregunta se escapó de mis labios.

—Porque lo necesitas. Porque no te mereces estar aquí encerrado. Hay un millón de razones para ello. ¿Qué me dices?

Noté, por la forma en la que cerró la boca de golpe, que había algo más, pero que no estaba dispuesto a decírmelo.

Esto era algo muy grande.

El estómago se me llenó de nervios y un millón de mariposas alzaron el vuelo dentro. Dante me demostraba cada día que era importante para él y yo no podía estar más feliz por ello. Pero, también, estaba preocupado por lo que pudiera pasarle. No quería poner en peligro un trabajo que amaba tanto, por maravillosa que sonara la excursión.

Todo sonaba maravilloso, si era con él.

—Esto es una mala idea —indiqué. Lo deseaba con todas mis fuerzas, pero no quería meterlo en problemas.

—Quizás es una de las peores ideas que he tenido en la vida —asintió, dándome la razón.

—¿Y?

—Y nada. Lo vamos a hacer igual. Lo necesitas. Te has ganado tener un día de paz, después de toda esta locura. No te mereces ni un solo comentario de mierda de los que han escrito en los periódicos y en las revistas de cotilleos de medio mundo. No tendremos una oportunidad mejor en mucho tiempo.

—Gracias —dije y, sin pararme a pensar en lo que estaba haciendo, alargué la mano y la posé sobre su pómulo.

Justo antes de que el miedo por haberle tocado sin tener derecho me asaltara, Dante giró la cara levemente, apoyándose en mí, y lo disipó.

Nos observamos mientras el calor de su piel traspasaba la mía y llenaba mi cuerpo de electricidad y deseo.

Abrí la boca para decir algo. No sabía el qué. Pero en ese momento comenzó a sonar el teléfono de Dante, haciendo que diera un salto y apartara la mano de golpe.

Contestó, y le escuché hablar muy rápido y bajo.

Cuando colgó dijo que era la hora de marcharnos.

Puede que me chocara con la puerta al salir, pero ¿quién podía culparme? Dante me tenía completamente hechizado con su maravillosa forma de ser y su espectacular físico. Debía de dar gracias al cielo por no estar todo el día tropezándome por ahí en su presencia.

Dante

Salir de palacio fue sencillo.

Más de lo que debería.

Tenía tantos contactos dentro que, si hubiera querido, podría haber secuestrado al príncipe con demasiada facilidad.

Darme cuenta de ello me asustó y supe que, cuando regresáramos, me dedicaría a implementar nuevos protocolos para que no pudiera suceder.

Su seguridad era lo más importante.

Una pequeña parte de mí me gritaba que cometía una locura. No por el hecho de que me jugaba mi posición, sino por sacar a Hayden del palacio y ponerlo de alguna manera en peligro.

Acallé la voz. Había estudiado los riesgos y sabía que eran muy bajos.

Cuando llegamos a nuestro destino, a Riomaggiore, el primer pueblo de las Cinque Terre, y vi la cara de Hayden cuando descubrió exactamente qué era el sitio en el que nos encontrábamos, todo mereció la pena. Cada pequeño riesgo, e incluso la posibilidad de estropear mi carrera.

Fue un golpe de claridad.

Mientras miraba el perfil de Hayden, observando con ojos brillantes el muelle del pequeño pueblo costero que había querido dibujar desde que lo viera en la película de *Luca*, me di cuenta de que me preocupaba por él mucho más de lo que un guardaespaldas debía hacerlo.

En ese momento, me sentí afortunado de poder disfrazar toda esa atención de profesionalidad. Quería estar a su lado. No me importaba el motivo. Solo sabía que necesitaba estarlo.

Cuando mis ojos resbalaron sin permiso desde el perfil de su mirada hasta su boca y se quedaron allí pegados, como si fuera el que estaba disfrutando de la vista más bonita del planeta, y el estómago comenzó a retorcérseme lleno de nervios y anhelo, tuve el segundo momento de claridad.

Hayden me parecía atractivo.

Me *gustaba* de esa forma especial.

Tardé unos segundos en procesar aquel nuevo descubrimiento.

Quizás me debería haber sorprendido lo mucho que me atraía, puesto que era el primer hombre que lo hacía, pero ese fue el último pensamiento que me pasó por la cabeza. Resultaba tan natural que casi me sentí aliviado de poder poner un nombre por fin a la bola de emociones que había despertado dentro de mí desde que lo había conocido, y que, lejos de suavizarse, cada día eran más intensas.

Estuvimos en el muelle durante mucho tiempo antes de caminar hasta la posada, y me tranquilizó ver ya ubicados en sus posiciones a mis chicos.

—Lo siento. Solo he podido reservar una habitación para no llamar la atención —dije cuando entramos en el edificio antiguo de madera.

Estábamos esperando en la recepción a que acudieran a atendernos.

—Mejor. No me hace especial ilusión estar solo en un dormitorio de un sitio que no conozco, por mucho que ese fuera el paraíso —comentó riéndose—. No me hubiera imaginado un sitio mejor. Me gusta que estemos juntos.

«Y a mí. Más de lo que debería. Mucho más», pensé.

—Me alegro, alteza. No quisiera tener que pasar la noche a la intemperie —dije bromeando en bajo, inclinándome hacia su oído para que solo él pudiera escucharme.

No tenía nada que ver con el hecho de que quisiera inundar mis pulmones con su maravilloso olor.

Cuando nos registramos, con identificaciones falsas, por supuesto, recogimos las llaves y nos dirigimos a la habitación.

Lo primero que vi al abrir la puerta fue que solo había una cama.

Una especie de nervios, como si se estuvieran haciendo palomitas en el interior de mi estómago, me atravesaron de golpe.

Me sentía lleno de anticipación y un poco avergonzado porque, si hubiera querido, habría podido pedir dos camas.

En la información de la reserva ponía que había que solicitarlas, pero esa mañana, incluso antes de ser consciente de que me sentía atraído por Hayden, había tomado la decisión consciente o no de dejar que solo hubiera una.

Me aclaré la garganta ante los nervios que se habían asentado allí.

—No te separes de mi espalda mientras inspecciono la habitación —le pedí, dejando pasar por completo el tema.

Hayden hizo lo que le pedí sin rechistar.

Era muy consciente de lo que nos estábamos jugando. Sobre todo, yo.

A él se lo perdonarían todo, a diferencia de a mí. Pero, bueno, parecía que nada me importaba lo suficiente si era para poner una sonrisa de felicidad en su rostro.

Cuando terminé de revisar minuciosamente el cuarto, y me aseguré de que no había ningún peligro, me relajé.

Dejé la bolsa con nuestras cosas sobre la cama, mientras Hayden lo miraba todo.

—Es una habitación preciosa. Me encanta —comentó feliz.

Desde que habíamos abandonado el palacio se le veía mucho más tranquilo.

Sonreí encantado. Eso era justo lo que había querido cuando me había arriesgado a sacarlo de entre sus muros.

—¿Te apetece que vayamos a cenar?

Capítulo 15
Puedo dormir en el sofá

Hayden

Si el pueblo me había parecido bonito al llegar, siendo todavía de día, cuando salimos de la habitación, tras dejar las pocas cosas que habíamos preparado, me resultó simplemente impresionante. Todo estaba iluminado con las luces de las farolas y de los bares que había abiertos.

Caminamos por las calles empedradas y tan hermosas que quitaban el aliento.

No paré de decirle a Dante una y otra vez todo lo que quería dibujar.

Saqué fotos de cada lugar que llamó mi atención para más tarde poder plasmarlo sobre el papel.

Cuando llegamos a un restaurante que estaba al lado de la playa y esculpido dentro de la roca, decidimos que ese sería el mejor sitio para cenar.

Elegimos una de las mesas del exterior.

El establecimiento y las vistas eran impresionantes. Por no hablar de la compañía.

Toda la situación se parecía demasiado a una cita y estaba muy nervioso, pero, a la vez, muy ilusionado.

Me encantaba estar con Dante.

Me encantaba lo mucho que se preocupaba por mí. Lo maravilloso que era conmigo. Que se le hubiera ocurrido saltarse todas las normas solo para que yo pudiera estar mejor, era algo muy grande. Algo enorme.

De primer plato cenamos una ensalada de pulpo a la brasa; de segundo tomé una lubina cocinada a la parrilla, y Dante un solomillo a la pimienta.

Aunque al final terminamos compartiendo ambos platos, al igual que el *coulant* de chocolate que pedí, porque Dante decía que no quería tomar postre, y luego se pasó todo el rato mirándolo con deseo mientras me relamía los labios.

Después de la cena, regresamos al hotel caminando lento. Hablando de todo y de nada a la vez.

Subimos a la habitación por las escaleras, ya que a los dos nos venía muy bien un poco de ejercicio para bajar la cena. Sobre todo, a mí.

Cuando me tropecé en el segundo tramo con el primer peldaño, Dante me agarró del brazo para evitar la caída.

Agradecí que no me soltara. Tanto por no volver a tropezarme, como por sentir su cuerpo junto al mío durante más tiempo.

Al entrar a la habitación, Dante se quedó parado en el centro con cara de preocupación.

Lo miré sorprendido. Nunca lo había visto dudar antes. ¿Qué le pasaba?

—Puedo dormir en el sofá —dijo, señalando hacia el pequeño mueble.

—No digas tonterías —respondí riendo—. No pasa nada porque compartamos cama. No creo que sea ni la primera ni la última vez —comenté y, al darme cuenta de cómo sonaban mis palabras, sentí como el calor acudía a mis mejillas—. Quiero decir que tendremos que hacer muchas salidas oficiales —empecé a aclarar como un loco.

—Tienes razón —dijo sonriendo, restándole importancia a mi comentario. Lo que hizo que me relajara de nuevo—. Voy a comprobar la puerta.

Lo vi marcharse y fue en ese momento cuando me golpeó la realidad de lo que estaba a punto de suceder: iba a dormir con Dante.

Madre mía.

A los pocos segundos regresó, colocándose al lado derecho de la cama, que era el que estaba más cerca de la puerta.

Sonreí, porque era siempre tan protector.

Lo observé mientras se quitaba el reloj y lo dejaba sobre la mesilla.

Cuando alargó la mano para agarrar el bajo de la camiseta, me di la vuelta corriendo. Cogí el pijama que había sacado y me metí en el baño para darle privacidad.

Todo se sentía demasiado íntimo y estaba supernervioso.

Estuve más tiempo del necesario en el lavabo. Por lo menos diez minutos, pero quería estar seguro de que, cuando saliera a la habitación, no hubiera ni un pedazo de piel de Dante expuesta.

No podía meterme a la cama con él después de ver eso y no montar una tienda de campaña en toda regla.

Una vez pensé que era imposible que no estuviera ya en la cama vestido y tapado, salí del baño.

Casi me tropecé cuando lo vi.

Tenía el brazo doblado sobre la almohada, y la cabeza apoyada en él, mientras leía en su teléfono. Su bíceps estaba hinchado, dorado por el sol y muy apetecible.

Tragué saliva y me concentré en pensar en cualquier cosa menos en él.

—¿Está todo bien? —preguntó apartando la vista del móvil para mirarme.

—Sí, sí —respondí con demasiada efusividad, lo que hizo parecer que no lo estaba para nada.

—Si necesitas cualquier cosa, o hay algo que te preocupe, no tienes más que decírmelo —comentó.

—De verdad que todo está bien —respondí en un tono que, esta vez, parecía casi normal.

Asintió con la cabeza.

Me metí en la cama despacio, controlando cada pequeño gesto.

La situación estaba resultando mucho más difícil de lo que había pensado.

Quería tantísimo actuar con normalidad, como si no estuviera tumbado en la cama al lado del hombre que me volvía loco, tanto mental como físicamente, que cada uno de mis movimientos eran robóticos y poco naturales.

Agradecí infinito que Dante no dijera nada y actuara como si no se diera cuenta. Cosa que sabía que era imposible dado que era la persona más observadora que había conocido en la vida.

No había tenido ninguna duda de que acabaría abrazando a Hayden.

Una cosa era controlarse mientras se estaba despierto y otra muy diferente hacerlo cuando dormías.

Sabía que, al final, compartir la misma cama no terminaría bien, pero quizás era lo que había querido desde el principio.

En ese momento tenía incluso dudas de si en realidad me conocía tan bien como creía, o si toda la disciplina que se suponía que había adquirido durante todos mis años de entrenamiento había servido realmente para algo.

Mi propuesta de dormir en el sofá había sonado débil incluso a mis oídos.

De alguna manera, había terminado con Hayden tumbado sobre mi pecho. Una de sus piernas estaba colocada sobre las mías, peligrosamente cerca de la erección furiosa que tenía solo por estar sujetándolo. Por sentir su peso sobre mi cuerpo, su respiración golpeando contra mi cuello y el calor de su piel contra mi costado.

Era una dulce tortura a la que no estaba dispuesto a renunciar.

Aunque no me hubiera dado cuenta el día anterior, habría sido bastante complicado negar la evidencia de la atracción que sentía por él cuando tenía una erección, porque Hayden se estaba frotando encima de mí.

Cuando no podía pensar en otra cosa que no fuera en apretarlo contra mi cuerpo para poder sentirlo mejor.

Cuando lo único que quería era quitar las manos de su espalda y meterlas dentro de su pantalón para poder terminar lo que él había empezado a hacer contra mi cuerpo.

Estaba al borde del orgasmo.

Podía notarlo en la base de mi espalda.

Hayden no dejaba de frotarse contra mi pierna mientras emitía unos sonidos cortos y profundos que a todas luces eran gemidos.

Iba a reventar.

Nunca nada, ni nadie, me había excitado ni una milésima parte de lo que Hayden hacía. ¿Cómo coño no me había dado cuenta antes de todo lo que despertaba en mí?

Noté el momento exacto en el que se despertó.

Los músculos de sus brazos se tensaron y levantó ligeramente la cabeza, pero era demasiado tarde, me di cuenta cuando lo noté cerrar la boca de golpe y asestar un par de empujones más sobre mi pierna, antes de estremecerse.

Estuvo a punto de arrastrarme con él al paraíso. Estuvo tan cerca que tuve que morderme la lengua para no gemir como un loco.

Luego se quedó muy quieto.

Supuse que asimilando lo que acababa de suceder. Despertándose, bajando del orgasmo… No sabría decir.

Lo único en lo que podía pensar era en darle la vuelta y tumbarme sobre él para poder terminar yo también con lo que había provocado dentro de mis pantalones.

Pero no me moví ni un milímetro.

Quería que fuera él el que reaccionara. Saber qué le parecía lo que acababa de suceder.

Unos segundos después se apartó de mi cuerpo y salió disparado de la cama hacia el baño.

Joder...

Cuando escuché la puerta cerrarse detrás de Hayden, no pude aguantar ni un segundo más. Metí la mano por dentro de mis pantalones y empecé a masturbarme. Me dolía el cuerpo.

Comencé a acariciarme una y otra vez con fuerza y deseo, con su olor todavía impregnado sobre mi piel.

Me hubiera gustado estar acariciándome durante horas, pensando en él, pero lo cierto fue que apenas duré un par de minutos.

Fue el mejor orgasmo de mi vida.

Cuando descendí de la nube de placer y felicidad, me atravesó un sentimiento agridulce: Hayden no parecía estar muy contento con lo que acababa de suceder.

Hayden

Entré corriendo al baño y apoyé el cuerpo contra la puerta.

Madre mía.

Madre mía.

De todas las cosas vergonzosas que había hecho, frotarme contra Dante hasta correrme era, sin lugar a duda, la más grande.

Me quité el pijama y miré la mancha que había dejado en los pantalones con mala cara, como si ella fuera la culpable de mi bochorno, y no al revés.

Me metí a la ducha, y, mientras el agua caliente caía por mi cabeza, solo sentía ganas de darme cabezazos contra la pared. ¿Qué iba a hacer ahora? Había usado a Dante para darme placer. Me había excitado por estar envuelto en su calor, entre sus fuertes brazos. Por la forma en la que su respiración acelerada me golpeaba contra la oreja.

Apoyé la frente contra el azulejo de la ducha abatido. ¿Qué iba a hacer?

Estuve bajo el chorro de agua hasta que los dedos comenzaron a arrugarse, y comprendí que no podía alargarlo durante más tiempo.

Dudé mucho antes de salir del baño, pero lo cierto era que, aunque en ese momento lo deseara, no podía quedarme allí dentro durante el resto de mi vida.

Una vez fuera, me quedé quieto durante unos segundos con la puerta a mi espalda porque no sabía qué hacer, cómo comportarme.

Dante estaba sentado en el borde de la cama, terminando de atarse las zapatillas.

Se dio la vuelta para mirarme con una sonrisa que no alcanzó sus ojos y que hizo que mi columna se pusiera tensa, a la espera de su reacción.

—¿Dónde prefieres desayunar? ¿Aquí o en el puerto mirando al mar? —preguntó divertido, sabiendo de antemano cuál de las dos opciones elegiría yo, o cualquier ser humano.

No hubo ninguna mención a lo que había sucedido poco tiempo antes, dentro de esa cama, donde ahora estaba sentado. Y, aunque sabía que debía sentirme agradecido de que me diera esa oportunidad, me puse triste.

Fue clarificador, porque una parte estúpida de mí había pensado que algo había cambiado entre nosotros, pero estaba claro que él no pensaba lo mismo. Si hubiera sentido una milésima parte teniéndome entre sus brazos, de lo que yo había sentido estando entre ellos, no hubiera podido dejarlo correr.

—No me parece que eso sea una pregunta —comenté con voz afectada, tratando de tragarme la decepción que ascendía por mi garganta.

Tonto de mí.

—Tienes razón. No lo es —dijo y sonrió, pareciendo divertido—. Te espero fuera para que puedas cambiarte tranquilo.

Casi ni me había parado a pensar en que solo llevaba puesta la parte de arriba del pijama.

—Perfecto —respondí. Podía entender que quisiera marcharse de allí.

Cuando Dante cogió su mochila y cerró la puerta tras abandonar la habitación, me quedé paralizado unos segundos, antes de reaccionar.

¿Por qué sentía ese vacío en el centro de mi pecho?

¿Había sido un cobarde actuando como si no hubiera sucedido nada cuando Hayden salió del baño? Puede.

Pero era lo único que me había atrevido a hacer.

¿Qué habría hecho si llega a decirme que había sido un error? ¿Que se había comportado de esa manera porque estaba en medio de un sueño erótico con otra persona? Pues, francamente, hubiera sido un mazazo para mí, porque en el tiempo en el que lo conocía se había metido bajo mi piel.

Era una de las personas que más me importaban en el mundo y con la que más a gusto estaba. Me gustaba desde su forma despistada y desenfadada de ser, su manera de arrugar la frente cuando estaba muy concentrado dibujando, hasta la pasión con la que sus ojos color miel solían observarme.

No quería saber que no significaba nada para él, porque Hayden, a pesar de ser el príncipe de mi reino, a pesar de ser mi protegido, lo significaba todo para mí.

Así que, sí, prefería ser un cobarde que tener el corazón roto.

Capítulo 16
Por fin

Hayden

Las semanas comenzaron a pasar con rapidez después de que regresáramos de Riomaggiore.

Desde nuestra vuelta, fui incapaz de dormir una sola noche sin pensar en cómo me había sentido en la cama con Dante.

Había sido tan especial que me hubiera encantado repetirlo cada día, pero no era tan afortunado.

Estábamos bien entre nosotros.

Nuestra relación había vuelto al punto anterior. Justo al mismo lugar en el que había estado antes de que me frotara contra él.

Era como si nunca hubiera sucedido.

No era que me quejara, ya que me encantaba estar con Dante pero, después de haber sentido lo que era tenerlo tan cerca, piel contra piel, quería más. Mucho más.

Aunque estaba fuera de mi alcance.

Pasábamos la mayoría de las noches juntos en mi habitación, mientras él veía algo o leía, y yo dibujaba. Los días que tenía libres, solíamos refugiarnos en su cuarto.

Aparentemente todo era normal.

Se podría decir que mi vida había empezado a ser bastante más tranquila.

Siempre tenía mucho trabajo y todavía no había regresado a la universidad, ni tenía ninguna esperanza de poder a hacerlo en un futuro cercano, pero, como el escándalo se había diluido, estaba más tranquilo.

Había empezado a ver un atisbo de esperanza, ya que algunas personas del reino con las que había interactuado, en mis pocas salidas del castillo, cuando había ido a la perrera o al orfanato, habían hablado muy bien de mí y me habían defendido.

A mi padre se le veía cada día un poco más calmado y eso me hacía feliz.

Odiaba haber llegado a su vida para ponerla patas arriba, por mucho que ninguno de los dos fuéramos culpables.

—Está muy guapo —dijo Alessia, mirándome a través del espejo, después de ayudarme a ponerme la americana del traje.

—No me trates de usted, por favor —le pedí con un quejido, ya que ella era más mayor que yo.

—Es el príncipe. No puedo tutearle —me indicó, pareciendo sinceramente escandalizada.

—Está bien —claudiqué. No quería ponerla en un aprieto, pero es que me parecía una locura que me tratasen con semejante respeto.

En el fondo, era una persona normal. Fuese cual fuese mi rol.

Me observé en el espejo.

Esa noche se celebraba un baile en el palacio, idea de Marco, que dijo que sería una forma perfecta de ir presentándome en sociedad para que la gente me fuera aceptando, y me vi bien.

Iba muy diferente a la forma en la que me sentía o a la que estaba acostumbrado, pero bien, al fin y al cabo.

Casi lo primero que me pasó por la cabeza fue si a Dante le gustaría cómo estaba vestido. Me imaginé sus ojos recorriendo mi cuerpo y empecé a retorcerme en el sitio. Nervioso. Lleno de anticipación. Con mil mariposas revoloteando en mi interior.

Decidí que ese era un buen momento para dejar de pensar en ese tipo de cosas que no sucederían, y me despedí de Alessia, que se quedó recogiendo la habitación.

Cuando salí al salón, Dante me esperaba, también vestido de traje, y estaba tan guapo que apenas podía pensar de lo afectado que me sentía.

La situación no fue como había imaginado.

Dante me observó muy serio y sus ojos no se despegaron de los míos en ningún momento.

Suspiré de forma audible. Era horrible sentir tanto anhelo y no poder hacer nada.

—¿Está todo bien? —preguntó como siempre, preocupado por mí.

—Sí, perfecto. —Fingí una sonrisa que no nos engañó a ninguno de los dos.

Nos dirigimos a la puerta en silencio, con una especie de tensión sobrevolando el ambiente entre nosotros.

Me hubiera gustado decir algo, pero no tenía ni idea del qué.

—Todo va a salir bien —dijo Dante, parándose antes de que llegáramos a las escaleras que nos conducirían a la planta baja del palacio, interpretando mi tensión como preocupación por el baile.

—Gracias —respondí, porque la realidad era que no podía decirle otra cosa.

—¿Quieres ir ya o hacemos algo primero? —me ofreció y estuve tentado de decirle que sí, pero ese no era un buen momento para que nos perdiéramos por ahí.

Me reí.

—¿Tienes ganas de ver cómo le da un infarto a Marco? —pregunté bromeando.

—Suena muy tentador —respondió riendo, y un poco de la tensión que nos rodeaba se disipó.

—Y peligroso.

—Eso también.

Nos reímos a la vez.

—¿Vamos? —pregunté.

—Después de ti —indicó, haciéndome un gesto con la mano para que pasara.

Lo primero que vi cuando alcanzamos la planta baja fue que el palacio esa noche estaba lleno de vida.

Había gente por todos lados.

Me di cuenta de que, en el mismo momento en el que pusimos un pie en el recibidor, todo el equipo de Dante estaba rodeándonos.

Eso me tranquilizó. No por sentirme protegido, sino por sentirme respaldado. Eran personas que siempre estaban conmigo y de las que me fiaba.

Así que, me centré en lo que tenía que hacer: parecer un príncipe.

Resultaba que la Corona de Estein necesitaba a un chico serio, carismático, refinado y, bueno, me tenían a mí. Así que, como Dante me había dicho una vez junto a la piscina: finge hasta que lo seas.

Y eso fue a lo que me dediqué toda la noche.

—Lo estás haciendo increíble —me señaló la voz profunda de Dante muy cerca del oído unas horas después, pero no lo suficientemente cerca.

Siempre quería tenerlo un poco más pegado a mí.

Me ruboricé, porque me encantaba que me elogiara, pero, sobre todo, que se fiara de mí y que le importase.

De un tiempo a esta parte había empezado a pensar en nosotros como un equipo.

Era una pena que solo pudiéramos ser un equipo de príncipe y guardaespaldas, y no uno de amigos, pero me conformaba con tenerlo en mi vida de igual manera.

Lo cierto es que apenas me imaginaba la existencia sin él.

—Gracias —respondí—. He decidido seguir al pie de la letra tu consejo de fingir hasta serlo. Parece que lo hago bastante bien —dije batiendo las pestañas en un claro acto de tonteo.

Oh, Dios mío. Lo había hecho sin darme cuenta, pero me resultó dolorosamente obvio, y esperé no haberlo molestado.

Levanté la vista para observar a Dante, su reacción, y me encontré con que me miraba fijamente, como si estuviera deslumbrado. Como si no fuese capaz de apartar los ojos de mí.

En mi estómago miles de mariposas alzaron el vuelo y comenzaron a revolotear ansiosas.

—Hace ya mucho tiempo que no te hace falta fingir. Eres un gran príncipe, conoces las costumbres del reino al dedillo y —añadió bajando un poco más la voz y se acercó de nuevo a mi oído— eres mucho mejor que cualquiera de las personas que está en este palacio.

Iba a desmayarme. Lo sabía. Con un poco de suerte sería Dante el que me recogiera y me besara en los labios para reanimarme.

Justo cuando esa maravillosa fantasía se formaba en mi cabeza, nos interrumpieron.

—¿Vienes a tomar una copa con nosotros? —preguntó Micaelo, uno de los jóvenes más influyentes del reino.

Tuve que hacer un esfuerzo titánico por plantar una sonrisa en la cara.

Noté cómo Dante se alejaba para darnos espacio. Para regresar al lugar desde el que estaba vigilando.

Odiaba que no pudiera estar en la fiesta conmigo en calidad de invitado.

Normalmente no solía notarse la diferencia en nuestras obligaciones o en nuestras posiciones, pero en los eventos oficiales la distancia entre nosotros parecía gigantesca.

No veía la hora de que acabara la noche para poder hacer algo con él. Cualquier cosa a su lado sería mil veces más divertida que este baile.

—Sí, claro —respondí, metiéndome de nuevo en mi papel.

Dante

Aunque estaba acostumbrado a perder la cabeza alrededor de Hayden, no era algo que me gustara, ya que, como su guardaespaldas, tenía que estar atento a todos los posibles peligros. A todo lo que había a nuestro alrededor.

Pero lo de esta noche estaba siendo demasiado.

Estaba enfadado.

El hijo de uno de los empresarios más importantes del reino llevaba toda la noche tratando de ligar con Hayden de una forma tan descarada que me ponía enfermo. Se llamaba Micaelo. Recordaba su nombre de haber estado repasando las listas de invitados una y otra vez cuando ayudaba a mi padre a preparar la seguridad del evento.

No dejé de mirarlos ni un segundo mientras hablaban, por mucho que la sangre ardió en mis venas.

Podía aguantarlo. No pasaba nada. Tenía que acostumbrarme a esto.

Hayden tendría parejas a lo largo de su vida. Me lo repetí una y otra vez, pero, por mucho que traté de convencerme, cada vez se iba haciendo más evidente que estaba a punto de reventar.

Quizás no era tan disciplinado como pensaba.

Media hora después, cuando Micaelo puso sus largos y molestos dedos sobre el hombro de Hayden para que este se girara y le susurrara algo al oído, supe que había tenido suficiente.

Me di la vuelta de golpe.

No soportaba mirar esa mierda durante un segundo más.

Joder… Odiaba la maldita situación.

Odiaba no ser suficiente para poder estar en ese salón disfrutando junto a Hayden, en vez de tener que estar protegiéndolo desde las sombras.

En ese momento deseé estar en su mismo estrato social para saber si tenía alguna posibilidad con él.

No me quejaba de ser su guardaespaldas. Era un honor. Pero lo que me hubiera gustado, habría sido ser suficiente para él como una posible pareja.

Tenía que largarme de allí.

Me sentía mal por hacerlo, pero me dije que no estaba solo.

Tenía un gran equipo de guardaespaldas que podrían hacerse cargo de él mientras yo utilizaba unos cuantos minutos para calmarme.

Me conecté por radio con Leo y le indiqué que se quedara con el príncipe mientras iba al baño. Comenté que necesitaba unos minutos.

Poco tiempo después de haber hablado, se colocó a mi lado y yo abandoné mi posición.

Salí del salón de baile a grandes zancadas, y, luego, del palacio.

Recorrí los jardines sintiendo que me estaba ahogando.

No paré hasta llegar a la piscina cubierta. A ese lugar en el que compartía tantos momentos con Hayden.

Abrí la puerta con fuerza y accedí al interior.

Sentía ganas de gritar de frustración.

Paseé como un león enjaulado, dando vueltas en círculos por el lugar, pensando en la situación y odiándola.

Sentía tanto anhelo dentro de mi pecho que apenas podía respirar.

Un rato después, escuché el ruido de una de las puertas del cobertizo abriéndose y me giré para mirar quién se había acercado.

—Estaba preocupado —dijo Hayden, apareciendo de la nada y hablando en alto desde la puerta de la piscina para que pudiera escucharlo.

—No pensaba que te fueras a dar cuenta de que me había marchado —respondí molesto y lamenté las palabras al segundo. Parecía herido y Hayden no había hecho nada malo.

Dios, tenía que relajarme. No quería comportarme como un gilipollas. Él no se lo merecía. No era el causante de mi malestar.

—¿Cómo no voy a hacerlo? —preguntó incrédulo y bastante ofendido mientras caminaba hacia mí.

—Parecías muy entretenido hablando con Micaelo —indiqué entre dientes.

—Me ha vuelto loco toda la noche —dijo poniendo los ojos en blanco.

—Me he dado cuenta —señalé, notando como la respiración se me aceleraba y me ponía cada vez más nervioso.

No ayudaba que Hayden me observara con los ojos entrecerrados como si estuviera tratando de descifrarme. Joder…, me estaba comportando como un gilipollas, pero estaba a punto de salirme de mi propia piel.

—¿Qué te pasa?

—Nada. Deberías volver a la fiesta. Estoy seguro de que Micaelo se estará preguntando dónde te has metido —comenté lleno de rabia.

Hayden se llevó la mano al pecho como si acabara de golpearle.

—Dante —susurró y me miró. Alargó la mano para obligarme a observarlo, ya que yo había apartado la vista al ver que le había hecho daño y, cuando nuestros iris chocaron, supe que se había dado cuenta—. Estás… ¿Estás celoso? —preguntó lleno de incredulidad, y noté que también respiraba de forma acelerada y audible—. No me lo puedo creer. ¿Por qué?

Cada vez estábamos más cerca y yo cada vez estaba más alterado. Ya no tenía claro si era por los celos o por su cercanía. Solo sabía que no me quedaba ni un ápice de autocontrol. Se había esfumado de mi cuerpo hacía mucho tiempo.

—Porque él puede hacer esto —indiqué, acariciando su brazo con las yemas de los dedos sin apartar mis ojos de los de él— sin que a nadie le parezca que está fuera de lugar.

Hayden abrió mucho los ojos por la sorpresa.

—Dante… —dijo y, esta vez, mi nombre, cayendo de sus labios, fue una súplica.

Reaccioné por instinto.

Consumí los escasos centímetros que separaban nuestros cuerpos y agaché la cabeza para poder tomar sus labios.

«Por fin», fue el único pensamiento racional que se pasó por mi mente. Luego todo fue instinto.

Con una mano agarré su cabeza para poder saborear sus labios dulces y suaves. Esos labios que tanto había deseado.

Cuando Hayden abrió la boca y emitió un pequeño gemido, di rienda suelta a mi lengua y la introduje en su boca, saboreando el paraíso.

Nunca un beso había sido tan perfecto, tan especial... Había significado tanto.

No podía dejar de posar mis labios sobre los de él.

Primero el inferior, luego el superior. Una y otra vez con desesperación y deseo.

Nuestras lenguas cayeron en una danza perfecta, como si hubieran sido compañeras toda la vida y estuvieran sincronizadas a la perfección.

La cabeza me daba vueltas del placer más intenso que había sentido nunca.

Bajé una de las manos por su cuello, acariciando todo el camino de su espalda, hasta que llegué a la mitad y lo apreté contra mi pecho. No quería ni un milímetro de distancia entre nuestros cuerpos. Entre nosotros.

Esa acción fue lo que terminó de volverme loco.

Todo se volvió tan intenso que supe que debía parar en ese mismo instante o no podría hacerlo jamás.

Di un paso atrás y Hayden se tambaleó un poco.

Lo agarré para estabilizarlo.

—Deberíamos regresar —indiqué con voz ronca, cuando la realidad de lo que acababa de hacer me cayó encima.

Hayden tardó unos segundos en reaccionar.

Había agarrado mi camisa con los puños y tenía los ojos cerrados. Era una visión tan hermosa que tuve que convencerme de que estaba mal para no volver a lanzarme a por sus labios. Casi parecía… como si hubiera disfrutado del beso. Como si no le hubiera importado.

Moví la cabeza a ambos lados para desprenderme de esa estúpida idea.

—Sí, claro —respondió después de unos segundos, pareciendo muy desubicado.

Miró el lugar donde sus manos se aferraban a mi camisa y las apartó de golpe. Como si hasta ese mismo instante no hubiera sido consciente de que me estaba agarrando.

Cuando me soltó y se alejó de mi cuerpo, me dolió.

Odiaba tenerlo lejos.

Apenas registré el camino hacia el palacio.

Me sentía como si estuviera flotando en una nube. Mi mareo tenía todo que ver con la increíble sensación de los labios de Dante sobre los míos; de la fuerza de su pasión. ¿Cuántas veces había soñado con vivir esa situación?

Después, a medida que nos íbamos alejando de la piscina y del beso, y nos acercábamos al palacio, todo ese placer se iba tornando en dudas.

¿Había sucedido de verdad? ¿Habría sido yo el que había dado el primer paso? Por eso, él me había recordado de manera delicada que debíamos regresar. No tenía ni idea.

Me sentía muy perdido.

Había pasado de estar en el cielo al infierno en un solo segundo.

Cuando entramos al salón de baile, Dante regresó a su posición entre las sombras con total normalidad, como si no nos hubiéramos besado hacía unos pocos minutos. Como si no estuviera ni un poco afectado por ello.

Me dieron ganas de acercarme a él y darle una patada en la espinilla.

¡Cómo podía estar así de entero si yo estaba totalmente destrozado!

—Hijo —dijo la voz de mi padre, poniéndose justo a mi lado. Había estado tan distraído que no lo había notado llegar—, ¿estás teniendo una buena noche? —preguntó y, por el tono tierno de su voz, supe que me preguntaba como un padre y no como el rey.

Se había ganado mi confianza poco a poco, metiéndose bajo mi piel.

No había recibido de su parte nada que no fuera aceptación y preocupación sincera. Quería que estuviera allí, quería que existiera, a pesar de que era la persona a la que más difícil le ponía las cosas.

Yo me había alejado de la opinión pública los primeros días, después de que estallara la bomba que era su hijo. Es más, lo había fomentado para que yo no sufriera, pero él se lo había tenido que tragar todo. Dar millones de explicaciones por haber tenido un hijo fuera del matrimonio, por mucho que yo hubiera nacido antes de que se casara. Un hijo con una extranjera. Un hijo que no había pisado ni una sola vez el reino en diecinueve años. Un hijo que ahora era el príncipe de Estein, o, por lo menos, lo sería dentro de poco.

—Está siendo muy buena —le respondí, porque no quería preocuparlo. No quería sumarle, a sus ya múltiples problemas, el que yo me hubiera enamorado de mi guardaespaldas, y nuestra relación se estuviera volviendo un poco rara.

En el último segundo recordé esbozar una sonrisa para que mi respuesta sonara más real.

—Me alegro mucho —dijo sonriendo con sinceridad. Los laterales de los ojos se le llenaron de pequeñas arrugas que le hicieron parecer más una persona normal—. Te he visto desenvolverte muy bien con los invitados.

—Cada vez es más sencillo. Me alegro de no haber tirado nada hoy —comenté, haciéndolo reír.

Sabía que todas las miradas del salón estaban posadas sobre nosotros, pero me daba igual. No encontrarían nada morboso. Solo la relación de un padre con su hijo.

—Me alegro. ¿Estás preparado para mañana? —Me quedé mirándolo sin comprender—. Para el partido de golf —aclaró al ver que no me acordaba.

—Cierto —había estado tan nervioso con lo que había sucedido con Dante durante nuestro viaje y luego con el baile que apenas había tenido tiempo para preocuparme por el partido—. Voy a hacer un ridículo espantoso —comenté en un medio gemido de dolor.

Todo el mundo abrió mucho los ojos cuando mi padre estalló en carcajadas.

Capítulo 17
Tenemos una conversación pendiente

Lo peor del beso de la noche anterior fue que, una vez me metí en la cama, no dejé de dudar de la naturaleza de este.

No podía pensar en otra cosa.

¿Había sido un gesto de posesión porque no estaba haciendo lo que él quería? Me asqueaba pensar en eso.

¿Había sido un beso fruto del deseo y había sucedido en ese momento en el que nos resultaba difícil controlar nuestras acciones? Odiaba no saber la respuesta y, sobre todo, lo que odiaba era no atreverme a preguntárselo.

Cuando sonó el despertador, me levanté de la cama y corrí hasta el armario para vestirme. Una cosa era que no tuviera muy claro lo que había sucedido, ni que lo quisiera preguntar, y otra muy diferente era que no deseara ver a Dante. Incluso con todas las dudas que sobrevolaban sobre nosotros, estar con él era lo que más me gustaba en el mundo.

Entré derrapando en el armario y, como ya me había pasado en más de una ocasión, me golpeé el hombro con el marco de la puerta.

—¡Au! —exclamé, acariciándome el lugar dolorido, pero seguí mi camino. Quería estar preparado cuanto antes.

Cogí el conjunto de ropa que había preparado junto a Alessia la tarde anterior para el partido de golf y lo dejé sobre la cama antes de pasar por el baño para atender mis necesidades y ducharme.

189

¿Qué me depararía ese día?

Cuando salí de la habitación, Dante ya me esperaba. Estaba igual de perfecto y guapo que siempre, pero su postura resultaba algo más impostada, como si se estuviera esforzando por parecer relajado.

Me hizo sentir más tranquilo.

Prefería notar que también estaba un poco afectado, que ver que le daba igual. Lo que me habría devastado.

—Buenos días —lo saludé.

—Buenos días.

Nos quedamos mirándonos en silencio durante unos segundos, como si ambos estuviéramos esperando la reacción del otro.

Me reí.

Si los dos hacíamos lo mismo, esto estaba abocado a ser un desastre.

Dante dejó escapar una carcajada también y noté cómo con ese pequeño cruce de risas su postura se relajaba un poco.

—¿Vamos a la cocina a por un desayuno rápido antes de salir hacia el campo? —preguntó.

—Vamos.

Durante el trayecto hacia la cocina, llamaron a Dante por teléfono y lo agradecí. Hasta ese momento no habíamos cruzado más palabras y resultaba un poco desesperante. Algo que nunca nos había pasado antes porque o bien estábamos hablando de cualquier cosa o bien íbamos sumidos en un cómodo silencio.

He de decir que el silencio de esa mañana nada tenía que ver con el que nos había rodeado en aquellos momentos. Es más, parecía quedar muy atrás en el tiempo.

Tenía la sensación de que habían pasado muchísimas cosas en las últimas semanas que habían cambiado por completo la naturaleza de nuestra relación.

Lo odiaba.

Quería decir algo pero, a la vez, nada acudía a mi mente. Por lo menos nada que fuera neutro y no nos llevara a una conversación de lo que sucedía entre nosotros. Una conversación que se veía a leguas que ninguno de los dos quería entablar y para la que en ese momento tampoco teníamos tiempo.

Yo, por mi parte, ni siquiera me sentía preparado.

Desayunamos rápido.

Café y bollos recién hechos que me supieron como el mismísimo cielo.

Luego fuimos hasta la entrada principal del palacio donde habíamos quedado con mi padre, su mujer, mi tío y mi prima para ir al campo de golf.

Nos metimos todos en el coche oficial y fuimos hasta allí.

Me di cuenta muy rápido de lo difícil que era estar con Dante después de habernos besado y de lo mucho que quería repetirlo cada segundo que lo miraba. Así que, por primera vez desde que era un príncipe, agradecí estar rodeado de gente. Estaba tan afectado por mi propio drama personal y la incertidumbre que creaba a mi alrededor, que ni siquiera estaba nervioso por jugar.

Cuando llegamos al campo de golf y empezamos la partida pareció como si el tiempo comenzara a arrastrarse, en vez de a transcurrir con la misma normalidad que siempre.

Nunca había sido dado a los deportes y, para mi gusto, el golf era demasiado largo y aburrido.

Una de las veces que me tocó golpear y lancé la bola a unos matorrales, nadie se sorprendió.

Llevaba haciéndolo toda la mañana.

Bueno, casi cada vez que había jugado, pero es que no era nada diestro con el palo. Lo mío era dibujar.

Quizás si hubiera estado menos distraído con Dante, me hubiera salido mejor el golpe.

Caminé casi agradecido de poder separarme del grupo. Pasar tanto tiempo junto a mi tío y mi prima era bastante cargante.

A mi padre y a su mujer se los veía bastante resignados con sus actitudes altaneras y prepotentes, pero a mí me costaba un esfuerzo terrible morderme la lengua. Lo único que estaba haciendo medio soportable el día eran mi padre y sus pequeños gestos cariñosos hacia mí.

Nunca me había planteado la naturaleza de una relación entre un padre y un hijo, pero él me hacía sentir que daba igual lo que yo hiciera, si estaba a la altura o no del puesto, porque ya me quería.

Era una sensación maravillosa. Algo que hacía que aflojara un poco la presión sobre mis hombros.

Me resultaba fácil estar a su lado, a pesar de que, en un primer momento, había sido muy *raro*.

Cuando me metí entre los árboles bajos y frondosos a los que había ido a parar mi bola, no me sorprendí de que una figura alta me siguiera.

Supe, sin necesidad de darme la vuelta, que era Dante.

Todo era una puta mierda.

Si hasta hacía un día me había costado prestar atención a cualquier cosa que nos rodeaba, en vez de a Hayden, desde que nos habíamos besado la noche anterior no podía apartar mis ojos de él ni un segundo.

No dejaba de darle vueltas a la mejor manera de acercarme a él para que las consecuencias de lo ocurrido no destrozaran nuestra relación, pero no sabía cómo hacerlo.

Me sentía muy tenso a su alrededor.

Lo cierto era que parecía que, desde hacía unos días, toda nuestra relación estaba abocada a terminar con los dos demasiado cerca. Mucho más de lo que deberíamos estar.

—¿Necesitas ayuda? —le pregunté divertido cuando vi que estaba mirando la bola como si fuera un objeto que le estuviera volviendo loco.

—Sabes que sí, pero por ahora me voy a tomar unos segundos de descanso de mi prima. ¿Es siempre tan intensa? —preguntó, poniendo cara de horror y haciéndome reír en contra de mi voluntad.

Por mucho que yo tratara de comportarme de una manera profesional con él, me resultaba imposible hacerlo. Habíamos cruzado un millón de líneas invisibles que nos habían llevado a un punto en el que éramos más que un príncipe y su guardaespaldas, y era un momento tan malo como otro cualquiera para darme cuenta de una vez.

Así que decidí relajarme y solo ser, sin perder de vista su seguridad, pero sin tratar de fingir.

—No te lo puedes ni imaginar. Tú has visto su mejor parte. Cuando está lejos de la vista pública es todavía peor.

—Cierto. La he escuchado alguna vez en el castillo con los empleados y es como para decirle a Marco que le enseñe un poco de modales en sus clases.

Ambos nos reímos a la vez ante su broma.

Luego nos quedamos en silencio y nos miramos a los ojos.

Una electricidad prácticamente visible crepitaba entre nosotros.

—¿Lo hacemos? —preguntó y juro que estuve a punto de atragantarme con mi propia saliva—. Quiero decir, que si sacamos la pelota de aquí —explicó elevando las manos al aire y poniéndose tan rojo que dudé que fuera bueno para su salud.

Me dio tal ataque de risa que tuvimos que estar un par de minutos allí parados antes de poder salir de entre los arbustos.

Paramos a cenar en un restaurante de comida tradicional en la parte antigua de la ciudad.

El lugar era precioso y muy amplio.

Nos sentamos en una mesa que estaba casi en el centro de la sala, lo que me hizo pensar que ese evento era otra estrategia de Marco para integrarme en la familia real, y que todo el reino fuera testigo de ello.

Era imposible no vernos sentados allí.

Podía sobrevivir a ello.

No me importaba en exceso estar a la vista de todo el mundo y que me estuvieran juzgando. Me estaba acostumbrando. Lo cierto era que me tenían bastante protegido y la mayoría de los comentarios que llegaban hasta mí eran positivos. No podía quejarme.

A lo que no tenía tan claro si podía sobrevivir era a la cena tan aburrida en la que estaba metido.

—Queda menos de un mes para la celebración de tu coronación, Hayden —comentó mi tío mientras tomábamos el segundo plato—. ¿Estás nervioso?

Juro que hizo sonar su pregunta con tal desdén que no le hizo falta añadir que creía que no estaba preparado, porque no merecía ser príncipe. Sus pensamientos estaban impregnados en cada una de las sílabas.

Yo no era una persona a la que le gustaran los enfrentamientos. Era mucho más partidario de vivir mi propia vida y dejar a los demás en paz, pero, si algo había aprendido en mis clases de formación para ser príncipe, era que no había que demostrar debilidad ante quien no estaba de tu lado. Porque en el instante en el que hacías eso, habías perdido por completo.

—La verdad, *tío*, es que no veo el momento de hacerme por fin cargo de mis deberes como heredero —respondí con una sonrisa inmensa.

Juro que todas las conversaciones de la mesa cesaron en ese momento y mi padre, que se había puesto tenso en la cabecera de la mesa con la pregunta de su hermano, viéndose claramente molesto, estuvo a punto de atragantarse de la risa.

Tuve que esforzarme por no reír yo también a carcajadas.

Desvié la mirada de la mesa a Dante tratando de ponerme un poco serio, pero, cuando nuestras miradas se cruzaron, vi que se mostraba igual de divertido que mi padre.

Se me calentó el corazón y me sentí muy afortunado por tenerlos a los dos en mi vida.

Apenas podía recordar la sensación de soledad que me invadía unos meses atrás. No podía, porque en ese momento mi vida estaba llena de gente maravillosa a la que le importaba y que me lo demostraba.

Estaba rodeado de gente a la que quería.

No pude borrar la sonrisa de mi cara en toda la noche.

El resto del mundo empezó a dar igual.

Todavía sonreía cuando regresamos a palacio.

Dante

—Me gustaría enseñarte un lugar al que me encantaba subir cuando era niño —le dije cuando llegamos frente a su puerta.

Por alguna extraña razón, no quería que se marchara a la cama. Quizás por lo loco que estaba por él, a pesar de que llevábamos todo el día bailando el uno alrededor del otro, y las cosas estaban raras y tensas entre nosotros.

No quería separarme de él. No ahora que por fin teníamos un segundo para nosotros solos.

Hayden, que estaba de espaldas a mí con la mano sobre el pomo de su puerta, se dio la vuelta con rapidez y me miró con los ojos abiertos como platos.

Le había sorprendido.

Segundos después, se formó una enorme sonrisa sobre sus labios.

—Claro. Me encantaría, quiero decir —añadió haciendo que su felicidad se me pegara.

No tardamos mucho en llegar.

Era un tejadillo al que se podía acceder desde la tercera planta, en el ala más alejada de donde estaba la habitación de mi padre. Era el lugar más distante al que acudía, cuando ya no podía soportar ni un segundo más su desaprobación.

También era uno de los sitios más bonitos que conocía.

Quizás, por todo ello, había querido llevar a Hayden allí, justo en ese momento, porque me sentía perdido y porque quería compartir esa belleza con él.

Abrí la terraza y ascendí por el lateral.

No era nada peligroso subir por la forma en la que estaban dispuestos los tejadillos. La caída era muy pequeña. La misma distancia que si dieras un salto hacia arriba.

Cuando tuve los pies colocados en posición segura, alargué la mano para que él me la cogiera.

No dudó ni un segundo, antes de hacerlo. Lo que logró que el estómago me bailara de felicidad. Me encantaba que confiara en mí. Todo lo que quería en este mundo era que estuviera a salvo.

Tiré de él y le ayudé a salir.

Todavía cogidos de la mano, caminamos hacia delante, hasta el borde del tejado, desde donde las vistas eran todavía mejores.

—Este sitio es impresionante, Dante —dijo Hayden casi sin aliento, como si estuviera afectado por tanta belleza.

Y yo lo miré a él durante unos segundos, negándome a apartar la vista porque para mí Hayden era lo más hermoso que había.

Pero luego la curiosidad me pudo.

Miré a mi alrededor y traté de ver los jardines, las luces de la ciudad, las montañas a lo lejos, el lago, como si fuera la primera vez que lo hacía, y me pareció tan bello que el corazón se me encogió.

Amaba muchísimo mi reino, y resultaba que ahora también amaba al futuro heredero.

Supuse que simplemente estaba destinado a suceder.

Un reino tan maravilloso debía tener un rey a la altura, y Hayden sería el mejor, Teníamos mucha suerte de que hubiera aparecido.

Sentí como Hayden tiraba de mi mano, mientras trataba de sentarse, y me agaché para hacerlo yo también.

Nos quedamos durante unos minutos allí, observando la inmensidad de lo que nos rodeaba en silencio.

Estaba muy a gusto, pero quería más. Me sentí lo suficientemente arropado por la oscuridad como para pedirle lo que de verdad necesitaba.

—¿Te importa si te abrazo? —le pregunté en bajo, con el aliento golpeando en su sien y todo mi interior temblando a la espera de su respuesta.

Sabía que me estaba arriesgando demasiado, pero en ese tejadillo del palacio, bajo la luz de la luna y las estrellas de Estein, tan solo parecíamos dos chicos normales que disfrutaban estando juntos.

Mi corazón era tan estúpido de no perder la esperanza, porque cada vez que me acercaba a Hayden, me recibía gustoso, y eso me derretía.

—Es lo que más me apetece en el mundo —dijo apoyando la cabeza sobre mi hombro.

Lo rodeé con el brazo y lo pegué un poco más contra mi cuerpo.

Luego nos tumbamos hacia atrás, con mucho cuidado de no hacernos daño.

Sabía que tenía entre mis brazos a la persona más preciada del mundo.

Cuando estuvimos acomodados, mirando las estrellas, fue el primer día en mucho tiempo en el que sentí que podía respirar.

Estar así con Hayden era felicidad y calma.

No teníamos ni obligaciones ni títulos.

Solo éramos dos chicos mirando un cielo lleno de oportunidades.

En ese lugar, amparado bajo la oscuridad, con él en mis brazos, pareciendo iguales, me sentí mucho más valiente. Me sentí mucho menos atado a todos mis miedos: la diferencia de estatus, el no ser suficiente, el no ser correspondido… Esa sensación fue la que me impulsó a decir las siguientes palabras con un torrente de nervios recorriendo cada rincón de mi cuerpo, pero necesitábamos aclarar las cosas, arreglar nuestra relación.

—Tenemos una conversación pendiente —le dije, y sentí como Hayden se tensaba sobre mi pecho.

—Lo sé —reconoció tan bajo que tuve que esforzarme por oírlo—, pero no quiero que sea ahora.

El tono triste de su voz hizo que me incorporara para agarrar su barbilla con los dedos y poder mirarlo a la cara. Necesitaba saber qué le ocurría, por qué se sentía así.

—¿Qué te sucede? ¿No estás a gusto?

—Mucho. Estoy tan a gusto que no quiero que acabe nunca —dijo mirándome con intensidad, haciendo que tragase saliva emocionado—. ¿Podemos por favor simplemente disfrutar? Tumbarnos y estar juntos. Así. Sin más explicaciones.

Lo observé durante unos segundos tratando de descifrarlo, pero cuando me di cuenta de lo que estaba haciendo, paré. Quería hacerle feliz, darle lo que me pedía. Disfrutar de que quisiera estar tranquilo a mi lado.

—Por supuesto. También estoy muy a gusto.

«Mucho más de lo que debería».

Levanté el brazo para pasarlo sobre su hombro y acercarlo a mi cuerpo.

Hayden se derritió contra mi costado, haciendo que me sintiera explotar de felicidad.

Volví a tumbarnos sobre el tejado y, si por mí hubiera sido, nos habríamos quedado en ese lugar el resto de nuestras vidas.

Capítulo 18

Tenía que empezar
a pensar con la cabeza

Hayden

Después de nuestra no conversación en el tejado, la relación entre nosotros se había vuelto todavía más intensa. Estaba a punto de volverme loco, porque tenía la sensación de que Dante me deseaba de la misma manera que yo, y eso me hacía realmente difícil no lanzarme sobre él en cada momento en el que tenía una oportunidad.

Estaba decidido a que hablásemos. No podíamos continuar de la misma forma.

Solo tenía dos problemas para lograrlo.

El primero: que con la coronación tan cercana, mis días estaban llenos de obligaciones, y el segundo: que Dante estaba haciendo todo lo posible para que no estuviéramos solos.

De hecho, llevaba unos cuantos días yéndose en el mismo momento en el que llegábamos a la puerta de mi habitación.

Pero esa noche estaba decidido a terminar con la situación.

Justo después de la fiesta, cuando regresásemos al palacio, hablaría con él. Me daba igual si tenía que ir a su habitación a buscarlo para conseguirlo. Ya había terminado de permitir que evitara quedarse a solas conmigo. Íbamos a hablar lo quisiera o no.

Dante

Llevaba un montón de días esforzándome al máximo por mantenerme alejado de Hayden, evitando cada momento en el que nos quedábamos a solas.

Todo iba más o menos bien.

Estaba haciendo muchísimo más ejercicio del que recordaba haber realizado en la vida, incluso en la época en la que tenía que preparar las pruebas para ingresar en la academia, pero toda la tensión sexual que soportaba me iba a matar cualquier día.

Supe que estaba condenado en el momento en el que vi salir a Hayden de su habitación esa noche.

Iba a asistir a una fiesta con los hijos de las personas influyentes del reino y se había vestido para la ocasión, con un traje que le quedaba tan bien, que tuve que hacer un esfuerzo consciente por mantener la boca cerrada cuando lo vi.

Jamás nadie me había parecido más atractivo en la vida.

Maldije para mis adentros.

Si solo fuera una persona horrible, seguro que eso me habría ayudado a aplacar el enorme deseo que sentía de devorarlo.

Nunca me habían llamado la atención los trajes, y mucho menos los hombres en traje, pero Hayden enfundado en uno, que llevaba tan ajustado que parecía que había nacido con él, era algo a lo que no podía quitarle el ojo.

Estaba teniendo serios problemas para evitar una erección.

Traté de centrarme en otras cosas, como por ejemplo en el hecho de que me hacía feliz verlo tan desenvuelto.

No sabía si se había dado cuenta, pero parecía uno más. Estaba integrado por completo, aunque a la vez sobresalía por encima del resto.

La fiesta fue avanzando sin sobresaltos, pero yo notaba como mi autocontrol se esfumaba de mi interior por segundos, con cada mirada que Hayden me dedicaba desde la distancia por debajo de las pestañas.

Era difícil no darse cuenta de que él también me deseaba.

La atmósfera dentro del salón de baile se espesaba de una forma tan densa, que apenas podía respirar. Porque, por algún extraño motivo, un hombre como Hayden estaba interesado en mí. De hecho, por su forma de mirarme, con una preciosa sonrisa dulce y sexi a la vez, me hacía sentir como si fuera el único hombre de la sala.

Parecíamos las únicas dos personas, porque el resto del mundo no importaba cuando él estaba cerca.

Hayden

La fiesta estaba siendo mucho mejor de lo que había pensado.

Mi idea era pasar por ella lo más rápido posible para poner en marcha cuanto antes mi plan de «hablar con Dante a toda costa», pero se estaba convirtiendo en un auténtico disfrute.

Por algún motivo que no llegaba a comprender, Dante había estado superpendiente de mí desde el mismo instante en el que había salido de la habitación esa tarde. Tenía la sensación de que le costaba apartar los ojos de mí y era algo de lo que no me iba a quejar.

De hecho, estaba totalmente dispuesto a aprovecharme de ello.

Mientras hablaba con los asistentes, no podía dejar de lanzarle miradas furtivas.

Al principio había tenido cuidado de no transmitir con ellas todo el deseo y el amor que sentía por él, pero, a lo largo de la noche, viendo que me las devolvía con la misma intensidad, había pasado de querer esconderlo a esforzarme porque no le quedara ninguna duda.

Tuve muchísimo cuidado de no tropezarme con nada, y no tirar ninguna bebida. Quería resultarle sexi y difícilmente lo haría si demostraba una vez más lo torpe que era.

Nunca había tenido más deseo de seducir a alguien.

Esperaba estar haciéndolo bien, dados los pocos conocimientos y práctica que tenía.

Un par de horas después de nuestra llegada, decidí que no podía aguantar ni un solo segundo más los nervios y la excitación que bullían en el interior de mi cuerpo.

Iba a lanzarme.

Dejé la copa de champán en la mesa más cercana que encontré.

Los camareros pululaban por doquier, pero lo cierto era que quería alejarme un poco de la gente. Así que, la llevé yo mismo, por mucho que eso pudiera escandalizar a alguien.

Cuando noté que había una persona cerca de mi espalda, cerré los ojos e inhalé encantado.

Era Dante.

Mentiría si dijera que no sabía que, al alejarme del foco de la gente, no tenía la esperanza de que se acercara a mí.

Nunca nadie me había mirado de la forma en la que lo hacía Dante esa noche, pero tampoco me hizo falta experiencia previa para saber que lo que brillaba en sus ojos era deseo. Creo que descubrir que se sentía atraído por mí fue lo que me hizo tan valiente, o puede que fuera debido a mi propio deseo, pero lo cierto era que ya no podía soportarlo más.

Necesitaba darle salida.

No podía pensar en otra cosa que no fuera en Dante. En él, en sus labios, en sus manos, en su cuerpo…

En el beso ardiente que me había dado en la piscina. Un beso que ahora mismo empezaba a pensar que había sido fruto de la pasión.

—Parece que las fiestas tienen algo que nos hace volvernos locos —le dije, tratando de poner sobre la mesa y entre los dos la atracción manifiesta que planeaba a nuestro alrededor. Que llevaba haciéndolo casi desde que nos conocíamos.

No quería dejarlo de lado, quería que lo experimentáramos. No me podía quitar de la cabeza nuestro beso.

—No son las fiestas las que lo hacen, eres tú. Me vuelves loco e imprudente. Consigues que piense que puedo ser digno de tocarte.

Si hubiera sido físicamente posible, me habría derretido en ese momento. Eran quizás las palabras que más deseaba escuchar de la boca de Dante. Él ocupaba cada rincón de mis pensamientos. Necesitaba ver hasta dónde llegaba esta conexión. Necesitaba saber la naturaleza de sus sentimientos.

¿Me deseaba, aunque fuera una milésima parte de lo que yo lo deseaba? Por la forma en la que me miraba, con los ojos hambrientos y el rostro duro, me hacía soñar con que la respuesta a mi pregunta era afirmativa.

Me alejé de la mesa y caminé hacia el pasillo.

No conocía la casa, pero estaba seguro de que, en una mansión tan grande, encontraría un lugar en el que podríamos estar durante unos segundos a solas. Nadie se preocuparía por nosotros cuando me iba con mi propio guardaespaldas.

Caminé por el pasillo y probé suerte con la última puerta que había.

Sonreí feliz cuando descubrí que se trataba de un pequeño salón donde se tomaba el té y que estaba completamente vacío.

Entré, y escuché como Dante cerraba la puerta segundos después.

Me di la vuelta en el centro de la habitación y lo miré.

No era la primera vez que estaba en una habitación encerrado con él, pero sí era la primera vez que había sido yo el que había dado el paso.

Nos miramos con intensidad durante unos instantes, en los cuales todo mi interior se despertó como si estuvieran estallando fuegos artificiales dentro de él, y luego nos lanzamos hacia el otro.

No hicieron falta palabras. En ese momento éramos todo sentimiento y deseo, o por lo menos yo lo era.

Esta vez no sabría decir cuál de los dos dio el primer paso, pero un segundo nos estábamos mirando a los ojos y al siguiente nos besábamos como si nuestras vidas dependieran de ello.

El mundo a nuestro alrededor se paralizó y tuve la sensación de que por fin todo encajaba en su sitio.

Los labios de Dante eran exigentes y deliciosos. Húmedos y suaves. Mordisqueaba mi boca y luego me lamía con la lengua como si estuviera desesperado y quisiera hacerlo todo a la vez.

Yo solo podía dejarme llevar y disfrutar de todo lo que me entregaba, ya que me pasaba lo mismo.

Quería que el beso fuese suave y delicado, y a la vez deseaba que nos consumiese a ambos.

Dante tomó mi cara entre sus manos mientras me devoraba con los labios.

Las mías fueron hasta su cintura y me agarré a su traje.

Nos besamos durante una eternidad.

Notaba los labios hinchados, pero, aunque pudiera estar besándolo sin parar desde ese momento hasta el final de mi vida, sabía que nunca tendría suficiente.

El beso fue perfecto.

Todo lo que había necesitado.

Un beso buscado y que estaba claro que los dos deseábamos totalmente. No se podía atribuir al calor de la furia como el anterior. Sabía que lo recordaría durante el resto de mi vida.

—Nunca he estado con un hombre —me confesó Dante, separándose unos centímetros de mí.

—Yo nunca he estado con nadie —le aclaré un poco avergonzado, pero necesitaba decírselo.

El sonido de sorpresa y deseo que él dejó escapar hizo que todo mi cuerpo temblase, lleno de anticipación y excitación.

—Pues espero estar a la altura —dijo acariciándome el cuello con las puntas de sus dedos, arrancándome un gemido de sorpresa.

La piel me ardía allí por donde sus yemas me tocaban.

—Vas a estarlo porque eres todo lo que deseo.

—Joder, cariño, si me dices esas cosas vamos a terminar antes de empezar. Me muero por acariciar cada centímetro de tu cuerpo —dijo dándome un pico en la boca—. Estás impresionante con este esmoquin, pero lo único en lo que podía pensar durante toda la noche era en quitártelo. Me vuelves loco. Me haces perder la razón. Me haces que olvide por qué está tan mal desearte. —Dante se acercó todavía más a mí. Tan cerca que podía sentir el calor de su cuerpo, y la tela de su pantalón rozando el mío.

Sin apartar las manos de mí, me rodeó y se colocó a mi espalda.

Tuve que morderme la lengua para no dejar escapar el gemido que amenazó con salir de mi boca cuando noté cómo sus labios comenzaban a besar mi oreja.

Al principio, fue el más leve de los roces. Apenas una caricia pero, conforme sus besos iban recorriendo mi piel, se fueron intensificando.

Estaba tan mareado y excitado que solo podía sentir. No quedaba ni un solo pensamiento racional en mi mente. Era todo instinto y necesidad.

—¿Me dejarás hacerlo? —preguntó con voz sensual y ronca.

Me alegré de no ser el único que parecía haber perdido la cabeza.

—Sí —contesté, dejando caer la cabeza hacia atrás y apoyándola sobre su hombro.

Sin dejar de besarme, deslizó una mano hasta mi pelo para inmovilizarme sin hacerme daño, y empezó a depositar besos húmedos y hambrientos por mi cuello.

No podía dejar de removerme entre sus brazos.

En el silencio de la habitación, lo único que se escuchaban eran mis gemidos y la respiración acelerada de Dante.

—Nunca nadie me ha excitado ni una milésima parte de lo que tú lo haces —susurró en mi oído. Su aliento, sobre la humedad que él acababa de depositar, hizo que todo el vello de mi cuerpo se erizase.

Dante deslizó las manos por mi cuello, pasando por encima de mi pecho, donde de manera lenta deshizo el nudo de mi corbata.

Empezó a desabrochar los botones de mi camisa mientras yo luchaba por no desmayarme de la anticipación.

Dante

Me había dejado llevar demasiado por la pasión y era el momento de poner un poco de sentido a la situación. Tenía que empezar a pensar con la cabeza. ¿Por qué me resultaba tan difícil hacerlo con Hayden cuando siempre había sido mi rasgo más característico?

—Ojalá pudiéramos estar aquí durante horas, pero solo disponemos de unos minutos antes de llamar la atención de alguien —dije para que él lo supiera, pero también para recordármelo a mí mismo.

Acaricié su pecho con las yemas de los dedos durante unos segundos más, plantándole cara al impulso de apretar mi erección contra su cuerpo, y luego empecé a abrochar los botones de su camisa de nuevo sin dejar de besar su cuello.

Hayden tardó un rato en darse cuenta de que había dejado de desnudarlo.

—Dante… —dijo mi nombre de una forma que hizo que casi cayera a sus pies—, ¿qué estás haciendo? ¿Por qué paras?

—Porque esto es una locura.

Él se dio la vuelta y me miró con un gesto lleno de dolor.

—Pensaba que lo deseabas, al igual que yo.

—Lo hago, pero no aquí. No de esta forma —expliqué para que entendiera que no lo estaba rechazando, aunque debería.

—Ah, claro —dijo como saliendo de un trance, con la voz ronca por el deseo.

Su forma de hablar me excitó más si cabe.

Bajó la vista a mis manos atando de nuevo su corbata y esbozó una sonrisa tan tierna que no pude evitar agacharme ligeramente para depositar un beso sobre sus labios.

De alguna manera, ese beso se sintió mucho más íntimo que ninguno de los que nos habíamos dado antes y, a la vez, tan natural como si lleváramos haciéndolo toda la vida.

Supe en ese momento que estaba muy lejos del punto de retorno. Supe que estaba enamorado hasta las trancas de Hayden.

No sentí el más mínimo miedo por ello.

Había sido inevitable que sucediera.

Solo deseé ser una digna pareja para él.

Si hubiera sido una cuestión de tener que enamorarlo, habría estado el resto de la vida a su lado tratando de conseguirlo, pero contra el hecho de que no corriese sangre noble por mis venas no podía luchar.

Salimos de la sala.

—Voy a despedirme y nos vamos —me dijo Hayden.

—No hace falta —respondí—. Podemos irnos cuando quieras.

—Quiero irme ya —indicó, esbozando una enorme sonrisa que ni quise ni pude no devolverle.

Cuando regresamos al salón, lo observé mientras se despedía de los anfitriones y me encargué de organizar todo por radio para que, cuando saliéramos, la limusina nos estuviera esperando en la puerta.

Una vez fuera, ayudé a Hayden a montarse en el coche y me subí detrás de él.

Me puse tenso cuando se acercó mucho a mí en el asiento. Tanto que todo el lateral de mi pierna izquierda estaba pegado a la de él. Una electricidad de deseo recorrió mi cuerpo, comenzando desde el lugar en el que nuestras extremidades se tocaban.

Lo miré y me sonrió.

Y, si hubiera sido un hombre más listo, no habría alargado la mano para agarrar la de él y entrelazar nuestros dedos. No porque nadie pudiera vernos, ya que la carretera estaba oscura y la separación entre la parte delantera del vehículo y la trasera estaba subida, sino porque mi pobre corazón no sobreviviría al día en el que no pudiera hacerlo.

Fuimos agarrados de la mano mientras yo dibujaba patrones sobre los nudillos de Hayden y él apoyaba la cabeza sobre mi hombro.

Fue el mejor viaje en coche de mi vida.

Cuando llegamos a palacio, lo acompañé a su habitación.

No tuve que plantearme si debía entrar o no, ya que Hayden tiró de mi mano para que lo siguiera.

Podía haberme resistido, pero no lo hice.

Caminamos hasta su dormitorio sin encender las luces.

Parecía que los dos deseábamos que fuese un momento íntimo.

—No quiero que te vayas esta noche —me pidió en un susurro que hizo que me derritiera por dentro.

—No quiero irme, pero creo que es mejor que descansemos. Mañana tienes un día muy largo por delante.

Hayden me observó durante unos segundos con suspicacia, tratando de descubrir si le estaba ocultando algo.

Me mantuve con el rostro lo más neutral que pude, porque no quería que se diera cuenta de que estaba evitando el contacto, porque sabía que, una vez que empezara, no podría parar. Lo deseaba con cada parte de mi cuerpo, pero le estaba dando tiempo para que se diera cuenta de que no era adecuado. Le estaba dando tiempo para que se lo pensara.

Yo no era *adecuado* para él, por más que hubiera deseado serlo.

—Me parece bien. Tenemos mogollón de días por delante —dijo esbozando una sonrisa enorme que hizo que mi corazón se hinchara hasta estar a punto de reventar.

No sabría decir si fue por el gesto o por la confesión de que me quería a su lado durante mucho tiempo.

Capítulo 19
¿Sabes que le gustaba pintar descalza?

Estaba sentado debajo de un enorme árbol en los jardines de palacio tratando de dibujar, y digo que trataba de hacerlo porque lo cierto era que no dejaba de molestar a Dante con el pie para que me hiciera caso.

Nadie que nos viera desde fuera diría que la noche anterior habíamos dormido juntos en la misma cama.

Quería que se sentara a mi lado, en vez de estar apoyado contra el tronco, como si estuviera esperando a que alguien llegara para secuestrarme.

Ese día llevaba un jersey de cuello alto que, con solo ver la forma en la que se abrazaba a su pecho, hacía subir la temperatura unos veinte grados.

—No puedes estar a gusto ahí de pie —le repetí por cuarta vez.

—No *debo* estar a gusto. Lo que tengo que hacer es protegerte —dijo, y puse los ojos en blanco.

Todo con Dante era obligación.

Justo en el momento en el que abría la boca para tratar de convencerle con una nueva estrategia, vi aparecer a mi padre por el camino de piedra.

La cerré de golpe.

—Buenas tardes, hijo —dijo cuando llegó. Se quedó al borde de la hierba y la miró como si fuera una barrera.

¿Tenía miedo a mancharse? Me reí. ¿Qué les pasaba a los hombres criados en palacio que eran demasiado rectos para hacer algo remotamente improvisado?

—Buenas tardes —lo saludé esbozando una sonrisa.

—¿Tienes un momento para dar un paseo?

—Sí, claro —respondí, tratando de que no se notara en mi actitud que me parecía una petición un tanto extraña.

Me levanté de la hierba y me puse los zapatos antes de salir al camino.

Comenzamos a andar en silencio.

No me preocupé por mirar a ver si Dante nos seguía, ya que no tenía la menor duda de que lo haría.

Después de unos minutos, en los que mi padre parecía estar reflexionando, empezó a hablar:

—Conocí a tu madre en la universidad. La primera vez que la vi, me tiró un cubo de pintura por encima —explicó, esbozando la sonrisa más tierna y relajada que le había visto usar desde que lo conocía. El tono cariñoso de su voz y lo que me contaba, hicieron que no pudiera apartar los ojos de él. Me reí yo también—. Se quedó durante unos segundos delante de mí, observándome con la cabeza torcida, y, después de tres latidos de corazón, en los que yo me esforcé por acordarme de respirar... Ya sabes lo preciosa que era —añadió con complicidad, y prosiguió—: Esbozó una sonrisa y me dijo que así estaba mucho mejor, porque el tono de mi ropa era demasiado apagado.

Mi padre estalló en carcajadas al recordarlo.

—Suena mucho a algo que diría ella —comenté sin poder evitar que en mi cara se formara una sonrisa.

—Era increíble. La mujer más fascinante que he conocido. Me cautivó por completo. El padre de Dante, que me había acompañado a la universidad, y Marco, que es mi amigo desde la infancia, terminaron ayudándome a mover los botes de pintura de Cath, porque se había empeñado en que quería hacer un mural gigante en el techo del aula de dibujo. Como te puedes imaginar, su profesor acabó por dejarle hacerlo.

—Lo creo. Siempre que algo se le metía en la cabeza no paraba hasta conseguirlo.

—Exacto —me dio la razón—. Así que, allí terminamos los tres siendo sus ayudantes, mientras me resultaba imposible apartar los ojos de ella —explicó con nostalgia—. Después de ese día, fui todas las tardes al aula de dibujo —dijo sonriendo y luego su mirada se tornó pensativa—. Creo que después de la primera semana ya estaba enamorado de ella, si no antes. ¿Sabes que le gustaba pintar descalza en la universidad? —dijo como si aquello le pareciera lo más fascinante del mundo.

—Sí —le contesté riendo—. Decía que le hacía sentir que estaba en contacto con la tierra, porque así la energía fluía mejor.

—Exacto —indicó mi padre emocionado.

Caminamos durante unos segundos más y lo observé pensativo, sin atreverme a decir nada por temor a que no siguiera haciéndolo él.

—En la vida había conocido a nadie como ella. Tan brillante, tan viva, tan divertida… Era única. Nunca tuve la menor opción de no caer rendido a sus pies. Cath era todo lo contrario a mí. Yo era demasiado recto, soso y serio. Como se encargaba de repetirme un montón de veces. Si no me hubiera dado un beso después, habría pensado que le desagradaba mi forma de ser. Pero no. Me comprendía. Lo entendió cuando le expliqué el ambiente en el que había crecido. Siempre con la presión sobre mis hombros de tener que llevar un reino. Con la presión de tener que ser perfecto. Cath se convirtió en la luz más brillante que había visto en la vida.

Se quedó callado después de eso, sumido en sus pensamientos, que noté que se habían tornado oscuros, y deseé poder sacarlo de allí.

No me gustaba que se mostrara triste.

Estaba tan enternecido porque se hubiera lanzado a compartir conmigo su versión de mi madre, la chica que él había conocido en la universidad, que yo también quise hacer lo mismo: darle mi versión de ella como madre.

—Los domingos solía hacer tortitas para desayunar —expliqué—. Se le daba fatal cocinar, pero los dulces le quedaban buenísimos. Puede que su mala mano en la cocina tuviera algo que ver con el hecho de que se le olvidaba que tenía comida haciéndose mientras estaba pintando —dije riendo—. La mayoría de las veces terminaba corriendo hasta la cocina cuando se acordaba de que había dejado una cazuela con agua hirviendo hacía un buen rato. —Escuché la risa de mi padre y me enterneció—. Cuando cumplí diez años, para celebrarlo, me dejó hacer un dibujo en la pared del salón. Pintamos juntos una jungla con todos los animales que me gustaban. Era una madre muy divertida y cariñosa. Fue gracias a ella que supe que quería estudiar Bellas Artes. Siempre he adorado la pintura. He crecido rodeado de ella.

Mi voz se apagó cuando pensé que quizás le había hecho daño recordando sucesos que él se había perdido.

Nos paramos en medio del camino de piedra que rodeaba el jardín.

—Ojalá hubiera podido verlo —comentó, demostrando que había estado en lo cierto con mi suposición—. Te pareces muchísimo a Cath. En tu esencia, en tu manera de comportarte, en la forma de tu cara... Tanto que, a veces, siento como si volviera a tenerla aquí conmigo.

No pude aguantar más.

En ese momento me incliné hacia delante y lo abracé.

Fue como si la última barrera que nos había separado cayera y ese día nos convirtiéramos en padre e hijo por fin. Como si el lazo que nos unía se hubiera terminado de formar. Fue una sensación de plenitud que me hizo sentir muy afortunado.

Estuvimos abrazados durante unos minutos antes de que él se separara y me agarrara de los hombros.

—Esta tarde, mientras estaba en medio de una reunión, me he dado cuenta de que todavía no te he dicho ni una sola vez lo feliz que estoy porque estés aquí, conmigo. Lo feliz que estoy de que existas. Ojalá te lo hubiera confesado antes. Cath siempre me reprochaba que era demasiado reservado con mis sentimientos, y eso que con ella fue con la persona que más me he sincerado nunca. No quiero dejar pasar un instante sin asegurarme de que sepas lo feliz que me hace que estés aquí conmigo. Lo mucho que te quiero desde el primer instante en que supe que existías, cuando supe que eras en parte de ella. Te quiero muchísimo, hijo.

Mis ojos estaban llenos de lágrimas, pero eso no me impidió ver cómo mi padre también había comenzado a llorar.

Me incliné hacia delante para abrazarlo con fuerza.

Había perdido a uno de mis progenitores, pero había conocido al otro. Teniéndolo a él, pudiendo recordar a mi madre a su lado, la pena era mucho más soportable.

—Yo también te quiero —le dije con cientos de sentimientos inundando todo mi cuerpo.

Capítulo 20
Si fuera capaz de resistirme a ti, no estaríamos en esta situación

Hayden

Me había casi acostumbrado y llegado a asumir que, siendo príncipe, iba a pasar el resto de mi vida en reuniones.

Las llevaba medio bien, o por lo menos lo había hecho hasta ese momento, pero con la promesa de la compañía de Dante cuando terminara esta en concreto, tenía la sensación de que los minutos se arrastraban con lentitud. Casi como si tuvieran un impedimento para transcurrir.

Estábamos en una reunión informal para tomar un café, que de informal tenía poco, ultimando los detalles sobre mi coronación oficial como príncipe. Esa ceremonia que solía realizarse a los diez años de edad y que, en mi caso, por motivos evidentes, no se había podido celebrar.

La mesa baja del centro de la salita de té, donde nos encontrábamos, estaba llena de deliciosas pastas que me moría por probar, pero que había aprendido que no debía ser nunca el primero en coger.

Mi padre estaba sentado junto a la reina.

En la butaca de su derecha se encontraba Marco, quien tomaba el té con tal elegancia que nunca adivinarías que no era miembro de la realeza, y, sentado a mi izquierda, estaba el sacerdote que iba a oficiar mi coronación.

—Muchísimas gracias por acudir a palacio para ultimar los detalles —dijo mi padre, centrando toda su atención en el clérigo.

—Es un placer, su excelencia. Tenía muchas ganas de conocer al príncipe en persona —comentó lanzándome una mirada curiosa.

Durante unos segundos me pregunté si lo que había visto en mí le había decepcionado o, por el contrario, le habría gustado, pero justo caí en la cuenta de que lo educado sería decir algo.

—El placer ha sido mío.

Supe por la sonrisa de satisfacción que se había dibujado en la cara de mi padre que había hecho lo correcto.

Y, por fin, el sacerdote se inclinó hacia delante para coger una de las pastas de té y pude saborearlas de una vez.

Desde ahí, la reunión empezó a ser un poco más llevadera, aunque no fácil. Todos estaban muy nerviosos con mi futura coronación.

Mi padre parecía querer asegurarse de que hasta el más mínimo detalle estaba cerrado. Tenía la sensación de que todos pensaban que el día que me pusieran la corona sobre la cabeza iba a convertirme en otra persona.

Entendía el simbolismo de la ceremonia, entendía que con él se estaba diciendo al reino que era querido y aceptado por mi familia, pero de lo que también estaba absolutamente seguro era de que yo iba a seguir siendo solo yo

Me daba pánico defraudarlos.

Cuando terminamos, salí de la habitación, feliz por poder pasar un rato con Dante.

No había pensado en otra cosa desde la mañana.

Era mi culpa que estuviéramos en un rincón alejado del jardín, en un lugar en el que nunca me había cruzado con nadie, y no dentro del palacio en la habitación de Hayden.

Había decidido que termináramos allí, porque, cuando estábamos un segundo a solas, acabábamos siempre el uno sobre el otro. Parecía que, una vez que se había abierto la compuerta a las caricias, ya no podíamos dejar de tocarnos.

Y yo, con franqueza, no confiaba nada en mi autocontrol cuando se trataba de Hayden.

Necesitaba que se diera cuenta de una vez por todas de que yo no era a lo que tenía que aspirar. Y, para eso, necesitaba tiempo.

Estábamos tumbados en una manta sobre la hierba. Yo me encontraba bocarriba y Hayden bocabajo, inclinado sobre mí.

—Si fuera capaz de resistirme a ti, no estaríamos en esta situación.

—¿No? —preguntó sorprendido—. ¿Por qué? A mí me parece la mejor situación del mundo.

—Lo es —no pude evitar estar de acuerdo, ni tampoco elevar la cabeza hasta que mis labios estuvieron sobre los suyos.

Hayden giró la cara para darme mejor acceso y sentí cómo su boca sonreía sobre la mía.

Me entretuve más tiempo del que tenía pensado besándolo, degustando el sabor a té de su boca, que sabía infinitamente mejor que el de verdad.

Mordí, besé y lamí sus labios antes de volver a tumbarme para seguir disfrutando del roce del bolígrafo de Hayden dibujando sobre mi pecho.

—Pero también es altamente inapropiado.

—¿Inapropiado? —repitió, frunciendo el ceño como si no entendiera nada.

Su forma tan noble de pensar, que no fuera capaz de ver lo evidente, era otra de las muchísimas cosas que me encantaban de él.

—Soy tu guardaespaldas. Por mi sangre no corre ni una gota de sangre *real*. No soy la clase de persona con la que deberías relacionarte. De esta forma no —dije señalando sus manos sobre mi pecho desnudo.

—No me puedo creer que seas tan clasista.

—No lo soy. Es una realidad. Cualquiera se daría cuenta de ello si nos viera desde fuera, joder.

—¿Sabes lo que pensé el día que te vi por primera vez? —preguntó, atrayendo toda mi atención.

—No lo sé, pero ahora me muero de ganas por descubrirlo.

—Pensé que eras el hombre real más guapo que había visto en la vida —indicó, y el estómago se me llenó de mariposas.

Me hacía muy feliz haber llamado su atención.

Él, desde luego, lo había hecho también conmigo, solo que no había sido consciente hasta más tarde de la atracción que despertaba en mí.

—Eso no era de lo que estábamos hablando —comenté, tratando de resistir el impulso de incorporarme de nuevo para besarlo.

—Pero me vale para lo que quiero demostrar —dijo con ternura.

—Que es...

—Que si fuéramos dos desconocidos también me habría fijado en ti y habría tenido la intención de conocerte mejor. Lo que hace que dé absolutamente igual que tengamos dos puestos de trabajo diferentes.

—No puedes resumir ser un príncipe a un puesto de trabajo, como si fuera lo normal. Es algo muy grande.

—Ser guardaespaldas también. ¿Cómo iba a poder preocuparme de la gente si no estuviera a salvo? —preguntó, dejando el bolígrafo a un lado y tumbándose sobre mi cuerpo.

Nos di la vuelta para poder quedar sobre él.

—Te has desviado tanto del tema que estábamos hablando que ya nada de lo que dices tiene sentido.

—Porque en vez de pensar tanto lo que tendrías que hacer, es sentir más. Sentirme a mí —dijo en un susurro que me volvió loco.

Bajé la boca para besarlo. Suave. Un pico. Otro, otro... Sabía que nunca tendría suficiente.

—De todas maneras, creo que desde el principio no he tenido ni una sola oportunidad de resistirte a ti —confesé.

—¿Por qué? —preguntó con un brillo en los ojos que me hizo saber que le agradaba saberlo.

—Porque tienes todo lo que me gusta. Todo. Incluso lo que no sabía que lo hacía —le expliqué antes de bajar la cabeza de nuevo para besarlo con todas mis ganas.

Hayden

Después de minutos u horas besándonos, cuando notaba los labios hinchados, me separé unos milímetros de Dante.

Esto no era suficiente.

Necesitaba dar rienda suelta a todo lo que sentía por él y teníamos demasiada ropa como para poder hacerlo. Eso sin olvidar que estábamos al aire libre.

—No me malinterpretes, Dante, pero necesito seguir adelante. Necesito más —dije entre jadeos cuando se separó de mi cuello para mirarme.

—¿Más? —repitió como si estuviera hablando en otro idioma.

Sonreí. Me gustaba ver que por lo menos nuestros besos le afectaban la mitad que a mí. También me costaba un esfuerzo pensar de forma racional con toda la sangre acumulada en la parte inferior de mi cuerpo.

—Lo que quiero decir es que necesito hacer contigo mucho más que besarnos.

—Hayden…

Ignoré el reproche en su voz.

—Y, por lo que siento que se está frotando contra mi ingle, que diría que no es tu pistola, y que por cierto es muy grande —dije subiendo y bajando las cejas de forma divertida—, estoy seguro de que a ti también te apetece.

—Eres tan idiota —comentó, bajando la cabeza ruborizado, y la apoyó sobre mi cuello.

—No me puedo creer que estés avergonzado —dije entre carcajadas. No iba nada con su personalidad fuerte y decidida.

—No estoy avergonzado. Lo que estoy haciendo es tratar de controlarme para no darte la vuelta y enseñarte las ganas que te tengo de verdad. No pienso en otra cosa que no sea en estar dentro de ti. No necesito que encima estés tú provocándome.

Estuve a punto de desmayarme por sus palabras.

Lo miré y vi en sus ojos un rastro de preocupación, por lo que decidí no insistir más.

Si él también me deseaba, era cuestión de tiempo que termináramos acostándonos.

Podía esperar.

Por Dante era capaz de hacer cualquier cosa.

Capítulo 21
Creo que no me he explicado
con claridad

Hayden

Como era lunes, se me hacía muy extraño no tener a Dante a mi lado mientras iba de un lado a otro de palacio.

Esta era la semana en la que se tenía que coger un día libre y, después de mucho discutir, mientras estábamos tirados en la cama, conmigo sobre él, mordiéndole el cuello y besándolo para convencerlo, había conseguido que se lo cogiera entre semana.

Mi argumento era muy sencillo: durante el fin de semana teníamos mucho más tiempo libre para pasarlo juntos, haciendo un montón de cosas divertidas y placenteras, o simplemente para dedicarme a mirarlo.

—Hayden —me llamó Martín en tono duro.

—Lo siento —me disculpé.

Comprendía que estuviera molesto. Era la décima vez, por lo menos, que me tenía que llamar la atención para que lo escuchara en la última hora. Pero claro, siempre había sido muy proclive a distraerme, y eso que antes no tenía una imagen tan estimulante como la de Dante y yo haciendo el amor. Más aún, cuando era muy posible que realmente sucediera.

Si es que era capaz de convencerlo, porque no habíamos pasado más allá de los besos y las caricias sobre la ropa.

Era muy frustrante.

Todo el rato tenía la sensación de que luchaba consigo mismo, como si se estuviera conteniendo.

Pero estaba dispuesto a trabajar en ello. A quitarle de la cabeza la tontería de que no era suficiente para mí.

Dante era mucho más de lo que nunca había soñado.

Era una persona noble, fuerte, con principios, divertida y, para terminar de rematar, la perfección hecha hombre con todos esos músculos...

Dejé de pensar de golpe en el cuerpo de Dante cuando me di cuenta de que me estaba excitando en medio de la clase, y de lo inadecuado que era eso.

Desde ese instante, traté de dejar la mente lo más vacía posible.

Pasé a duras penas la clase de Historia de Estein, manteniendo una atención intermitente y muy pobre que, gracias a Dios, mi tutor terminó aceptando que era lo máximo que iba a conseguir de mí ese día.

Una vez que salimos, caminé con Leonardo detrás de mí hacia la cocina.

Por mucho que le había insistido en que podía hacerlo a mi lado, él siempre se negaba. No me decía que era algo inapropiado. No se atrevería a hacerlo.

Solo Dante había sido tan directo y sincero conmigo.

Comí sentado en una silla alta mientras veía algunos vídeos en YouTube sobre dibujo. Era algo que me relajaba un montón y que podía estar mirando durante horas, pero tenía obligaciones que cumplir.

Dejé los platos en el fregadero y salí de la cocina en dirección a la pequeña biblioteca de la segunda planta donde solía estudiar para hacer las tareas que tenía ese día.

Mientras caminaba por uno de los pasillos, la puerta por la que acabábamos de pasar se abrió de golpe, sobresaltándome. Me llevé la mano al pecho y me di la vuelta para ver de quién se trataba.

—¿Tienes un segundo, Hayden? —preguntó mi tío, saliendo del todo al pasillo y mirándome con abierta hostilidad.

No era que me transmitiera mucha tranquilidad.

Creo que era la primera vez que coincidíamos a solas. Siempre que nos habíamos visto hasta el momento mi padre había estado delante.

Algo en su forma de actuar hizo que me sintiera incómodo, pero no era como si pudiera negarme.

—Claro. ¿Qué necesitas? —pregunté colaborador. Quizás si era agradable con él, empezaría a aceptarme. A fin de cuentas, era su sobrino.

—Quiero tomar un té contigo para que nos conozcamos un poco mejor —comentó, y en mi cabeza saltaron como diecisiete alarmas que me dijeron que no era una buena idea. Pero, de nuevo, no podía decir que no. Tampoco pensaba que pudiera hacerme nada.

—Claro —repetí, porque parecía que era la única palabra que recordaba de todo el vocabulario.

Pasamos al interior de la salita.

Tanto Leonardo como su guardaespaldas se quedaron en la puerta para darnos intimidad.

Estaban tan lejos que no escucharían lo que íbamos a hablar y supe al segundo que Dante nunca hubiera hecho eso. Se habría acercado más. ¿Sería ese encuentro mera coincidencia o algo orquestado? Me dije que estaba siendo demasiado paranoico, y que me había tomado demasiado a pecho las advertencias de Dante sobre que mi tío no era una buena persona.

Traté de relajarme, pensando en que lo más seguro es que solo quisiera profundizar en la relación inexistente que teníamos.

—¿Qué tal el día? —preguntó mientras una doncella se acercaba a nosotros y nos servía el té humeante.

—Muy bien —respondí y, cuando comprendí que estaba siendo demasiado escueto, continué hablando—. Ahora me dirigía a la biblioteca a hacer los deberes. Estoy aprendiendo un montón sobre Estein —empecé a explicar todas las cosas que estaba estudiando.

—Oh, ya veo. Magnífico. Entonces, ya te has dado cuenta de que no estás preparado para gobernar, ¿verdad? —me soltó con un tono tan natural, bajo y sin borrar la sonrisa de su rostro, que dudé durante unos buenos segundos de si lo había escuchado bien.

—¿Perdona? —pregunté para asegurarme.

Miré alrededor de la habitación solo para comprobar que nadie estaba lo suficientemente cerca de nosotros como para haberlo oído.

—No te hagas el tonto. Sabes perfectamente lo que he dicho, chico. No tienes madera de rey. No eres más que un muchacho corriente jugando a ser de la nobleza. Hazte a un lado para que se pueda hacer cargo del reino quien de verdad está preparado.

—Estoy estudiando mucho. Puede que ahora mismo no pueda, pero lo haré —añadí para tranquilizarlo. Podía entender sus dudas. No comprendía que fuera tan desagradable diciéndomelo, pero sí su preocupación.

—Creo que no me he explicado con claridad —indicó en un tono duro—. Lo que te estoy diciendo es que, si no te haces a un lado y dejas que reine detrás de tu padre a quien de verdad le corresponde, pagarás las consecuencias.

—¿Qué me vas a hacer? —le cuestioné asombrado.

—¿Físico? —preguntó—. Nada, pero quizás haya algún secreto por ahí que no quieras que salga a la luz.

—He tenido suficiente —dije de forma dura. No tenía que aguantar esto.

Me levanté y golpeé la mesa de té con la rodilla, haciendo que las tazas tintinearan y se derramara un poco de líquido sobre la madera.

Genial, estaban tratando de intimidarme y yo hacía una salida patética. Sencillamente genial.

Caminé hacia la puerta sin despedirme y salí al pasillo muy enfadado. Acababa de demostrarme la calidad de persona que era.

Después de la conversación, se me quedó tan mal cuerpo que decidí marcharme a mi cuarto a dibujar.

No me encontraba de humor para estar con más gente.

Mis emociones se trasladaron a cada trazo de lápiz que hice sobre la tableta, logrando que el bosque que dibujaba se convirtiera en un lugar ligeramente oscuro sobre el que parecía pesar una maldición.

Todo mejoró de golpe cuando, a eso de las ocho de la tarde, la puerta de mi habitación se abrió y vi entrar a Dante con el pelo todavía mojado.

Estaba seguro de que acababa de salir de la ducha después de haberse pasado todo el día entrenando.

No entendía muy bien lo que era tener un día de descanso.

Dejé la tableta a un lado y salté del sofá para lanzarme a sus brazos, lleno de emoción.

Justo antes de llegar frente a él me tropecé, pero Dante estaba ahí para recogerme. Con él a mi lado sabía que siempre estaría a salvo.

Lo amaba tanto que no sabía durante cuánto tiempo más sería capaz de callarme.

—Te he echado mucho de menos —le dije, dejando un pico sobre sus labios.

—No tanto como yo a ti —aseguró antes de profundizar el beso y hacer que todo pensamiento racional se escapara de mi cabeza.

Esa noche, cuando estuve con Dante, no quise hablar sobre el encuentro que había tenido con mi tío y que a todas luces había sido una cita para amenazarme. No tenía la seguridad absoluta de que Dante no fuera a buscarlo y se encarase con él. Era demasiado protector conmigo y no quería traerle problemas.

Tampoco era como si mi tío tuviera nada para ensuciar mi imagen, ¿verdad?

Capítulo 22
Eres todo lo que quiero

Lunes

Íbamos camino de la cocina para comer cuando decidí que no aguantaba ni un segundo más.

Miré a ambos lados del pasillo antes de abrir la puerta del armario de limpieza que había en esa planta y arrastré a Hayden dentro conmigo.

Cerré la puerta y, tras asegurarme de que estábamos solos, lo empujé contra ella y empecé a besarlo.

Al principio fueron besos suaves, pequeños picos para quitarme de encima lo mucho que lo deseaba, pero poco a poco se fueron volviendo mucho más salvajes y necesitados. No paraba de lamer su labio inferior, después el superior y luego metía la lengua dentro de su boca para poder saborearla.

Hayden tenía algo que me hacía perder la cabeza.

Cuando me di cuenta de que prácticamente lo estaba devorando, inmovilizado como lo tenía contra la puerta, separé mi erección de la suya y apoyé la frente en su hombro, mientras luchaba por recuperar el control.

—No pares —pidió gimiendo—. Como pares te mato, Dante. Te lo juro —me amenazó segundos antes de adelantar su pelvis para que nuestras erecciones se tocasen de nuevo.

Lancé un largo gemido dolorido y me alejé como si me hubiera quemado.

—Tenemos que salir de aquí —dije, y Hayden se quedó tan sorprendido que pude salir al pasillo sin que tratara de convencerme de lo contrario.

Menos mal. Esto no iba a acabar bien. ¿Por qué de repente parecía un adolescente hormonado?

Miércoles

Hayden

—Ven aquí.

—No. No pienso acercarme a ti.

—Vamos, Dante. Van a ser solo unos besos.

—He dicho que no. No soy capaz de controlarme cuando pongo las manos sobre ti. Estoy muy bien en mi lado del sofá, a dos metros de tu influjo maligno. Muchas gracias.

Me reí a carcajadas porque no podía hacer otra cosa.

No sería tarea fácil, estaba seguro, pero iba a conseguir que mi primera vez fuera con él y, si tenía mucha, mucha suerte, también sería la última persona con la que lo hiciera.

Viernes

Dante

Era curioso, porque incluso yo sabía que no me servía de nada negarme a hacer el amor con Hayden, pero, a pesar de ello, llevaba torturándonos toda la semana.

¿Cómo era sostenible en el tiempo que no pudiéramos estar a solas uno cerca del otro sin que acabáramos devorándonos? Era una batalla perdida.

Pero había algo que sí podía controlar: cómo sería nuestra primera vez. Quería que todo fuera perfecto. Iba a esforzarme por conseguirlo.

—¿Me puedes volver a explicar, por favor —pidió Hayden con tono incrédulo—, por qué has hecho que Leonardo entre a la piscina con nosotros?

—Claro que sí, cariño —le dije en voz baja para que solo pudiera escucharme él—. Porque si estamos en un espacio cerrado nosotros solos, terminamos todas las veces besándonos y frotándonos el uno contra el otro. Y eso no está bien —le aclaré moviendo el dedo índice delante de él para molestarlo aposta.

—¿Sabes qué te ayudaría también a enfriarte? —me preguntó y por el brillo en sus ojos supe lo que iba a hacer antes de que se moviera.

Cuando alargó los brazos para empujarme a la piscina, me abracé a él para no ser el único en caer.

Hayden abrió mucho los ojos por la sorpresa de que le permitiera de verdad tirarme al agua, y todavía los abrió un poco más al darse cuenta de que lo estaba arrastrando conmigo.

Una vez bajo el agua, me acerqué a él y lo besé en sus labios sorprendidos, sin poder evitar que en los míos se dibujara una sonrisa.

—Estás loco —dijo cuando estuvimos en la superficie.

Me agarré con una mano al borde de la piscina y Hayden, al que tenía sujeto por la cintura con la otra, se abrazó a mi cuello.

—Es tu culpa.

—Parece que no te ha salido muy bien eso de estar acompañados para no terminar el uno sobre el otro —comentó divertido mirando hacia nuestros cuerpos unidos bajo el agua.

No pude contestarle nada, porque justo en ese mismo momento Leonardo llegó corriendo hasta nosotros con la pistola en alto, buscando la amenaza que nos había llevado a terminar dentro de la piscina.

No pude evitar estallar en carcajadas.

Sábado

Había algo en la actitud de Dante cuando esa tarde vino a buscarme a mi habitación, después de haberme dicho que tenía unos asuntos que atender, que hizo que el estómago se me llenara de mariposas.

—Buenas tardes —saludó cuando abrí la puerta.

Vi que estaba solo, por lo que imaginé que habría liberado a Leonardo de su vigilancia.

—Hola —respondí con una sonrisa tonta en la cara. Lo notaba, la sonrisa que tenía especial para él—. ¿Pasas?

—No —respondió muy rápido y lo observé con curiosidad, se comportaba de una manera muy extraña. Parecía nervioso—. Quiero decir, que me gustaría que me acompañaras.

—Claro —indiqué sin dudar y eso hizo que se relajara un poco, pero su actitud tensa seguía allí. No le di más vueltas. Estaba seguro de que terminaría descubriendo qué le pasaba—. Me pongo las zapatillas y vamos.

Dante me observó entrar a la habitación.

Fui corriendo hasta el vestidor y lancé las zapatillas de estar por casa. Luego, me agaché para recoger unas deportivas cómodas.

—Ups —dije cuando una de las chanclas se coló entre las camisas. Nunca había tenido muy buena puntería.

Pero no tenía tiempo en ese momento para preocuparme por ello. La recogería después.

Una vez calzado, volví a la entrada.

—¿Estás listo? —preguntó Dante y asentí emocionado.

Siempre estaba listo para ir con él.

Caminamos por los pasillos del palacio en silencio, con una especie de tensión nerviosa crepitando entre nosotros.

La agitación que irradiaba Dante hacía que mi cuerpo estuviera lleno de anticipación.

Sonreí encantado cuando encaramos el pasillo hacia su cuarto. Igual estábamos a punto de tener una sesión de besos que aceptaría gustoso. ¿Sería capaz de convencerlo para llegar a algo más? Porque no creía que dentro de su habitación fuera a estar esperándonos Leonardo. Y, si lo estaba, iba a matar a Dante.

Observé con sorpresa cómo sus manos temblaron al abrir la puerta. ¿Qué pasaba?

Antes de que pudiera preguntarle, entramos y Dante me distrajo parándose delante de mí, dándome las manos.

—Podemos irnos cuando quieras. No estás obligado a hacer nada. Es solo que, ya que parece que no soy capaz de hacer que te olvides de perder tu virginidad conmigo, he pensado que lo que voy a hacer es tratar de estar a la altura, y darte lo que te mereces —me dijo con ojos vulnerables, como si sus sentimientos estuvieran casi en la superficie y mi respuesta pudiera aplastarlos.

Me sorprendió tener semejante poder sobre él, porque pensaba que yo era el único con sentimientos profundos. Quizás no lo había sabido leer bien.

—Tú marcas el ritmo —continuó—. Podemos ir a la velocidad que quieras. O no hacer nada.

Alargué la mano para posarla sobre su boca y callarlo.

Luego la aparté para darle un beso dulce.

—Si yo marcara el ritmo, mi virginidad sería historia hace mucho tiempo.

Se rio.

—No sabes lo duro que me resulta no darte lo que quieres, pero te mereces algo mejor que yo.

—Odio que me digas eso. Eres mucho más de lo que pudiera haber soñado nunca. Mucho más de lo que nadie merece.

Sus ojos brillaron emocionados justo antes de que se agachase para pasar las manos por debajo de mi culo y elevarme.

Una vez que estuve en el aire, rodeé su cintura con las piernas.

Comenzó a andar y yo aproveché que estaba distraído para dejar besos dulces, pero también necesitados, a lo largo de su cuello.

Podía sentir cómo mi interior hormigueaba cargado de excitación ante la idea de hacer el amor con Dante. Tenía casi una erección completa solo de pensar en ello.

Aparté la cabeza de su cuello cuando un maravilloso olor a naranja y una suave música llenó mis sentidos.

—Madre mía —dije impresionado—. ¿Has hecho todo esto?

Dante se rio ante mi pregunta estúpida.

—Todo menos los pasteles —respondió, y sus palabras cargadas de diversión golpearon contra mi sien.

Lo abracé emocionado antes de separarme de su cuerpo para bajarme y poder verlo todo.

Dante había decorado su dormitorio con un montón de velas.

En una de las esquinas del cuarto había un carrito repleto con pastas, una botella de champán, unas copas, fresas y un montón de dulces. Todo eso, sumado a la música suave y al delicioso olor a naranja, hacían que la habitación pareciera un lugar mágico.

Estuve a punto de llorar porque sus acciones gritaban lo mucho que le importaba. Lo muchísimo que me valoraba.

Me giré y le pasé los brazos por el cuello.

—Si no hubiera tenido ya claro que eras la persona con la que quería dar este paso, esto me habría terminado de convencer.

—Ojalá pudiera darte mucho más.

—Ojalá pudieras valorarte. Eres *todo* lo que quiero.

Empezamos a besarnos en el centro de la habitación y, sin saber muy bien cómo habíamos llegado hasta allí, ya que estaba en una nube de excitación y felicidad, terminé tumbado bocarriba en la cama con Dante sobre mí.

Su peso me volvía loco.

Se separó unos segundos para quitarme la camiseta y estuve a punto de llorar por la pérdida de su cuerpo.

Comenzó a besar y a acariciar mi pecho, sin dejarse un solo centímetro de piel, haciendo que la habitación se inundara con mis gemidos.

Estaba muy excitado y deseoso.

Era el mejor momento de mi vida.

Me sentía tan encendido, que toda la habitación daba vueltas a mi alrededor.

Lo único estable y real era la piel de Hayden bajo mis manos, bajo mi boca.

Adoré su cuerpo como se merecía, hasta que me suplicó que dejara de provocarlo y acabara de una vez con su tortura.

Me deshice de mi camiseta y pantalones antes de sacar del cajón de mi mesilla el bote de lubricante y los condones.

Hayden no apartó la vista de mí ni un segundo mientras me ponía de rodillas entre sus piernas.

Fue tan excitante que estuve a punto de correrme en ese mismo instante.

Me eché el lubricante sobre los dedos y me esforcé por estirarlo mientras le daba placer con la boca. Con cuidado y mucho amor.

No conseguimos hacer el amor ese día.

No era tan fácil como habíamos creído, pero íbamos a trabajar en prepararlo todo el tiempo que fuera necesario. Todo el tiempo que quisiera compartir su cuerpo conmigo.

Nos dimos placer el uno al otro, y sentí como si cruzáramos una nueva línea en nuestra relación.

Cada vez estábamos más cerca.

Me sentía pleno y feliz. Era un momento tan especial para los dos, que no permití que ni los miedos, ni las inseguridades, ni siquiera la realidad, se colara con nosotros en la cama.

Solo quería que Hayden disfrutara del momento.

Solo quería poder disfrutar del momento.

Cuando Hayden se quedó dormido sobre mi pecho desnudo, con toda su piel pegada al lateral de mi cuerpo, comprendí que ese era el momento más hermoso que viviría nunca.

Tener a la persona que amaba dormida sobre mi cuerpo, confiando plenamente en mí, me hizo ser feliz. Plenamente feliz.

En la oscuridad de la habitación, bajo la luz de las velas y con él en mis brazos, me sentía capaz de cualquier cosa. Incluso me parecía posible que estuviéramos juntos.

Capítulo 23
Me dieron ganas de gritarle que el amor lo era todo

Hayden

Desde que Dante y yo estábamos juntos, o por lo menos esa era mi esperanza, habíamos descubierto un montón de lugares interesantes por todo el palacio en los que poder besarnos cuando no aguantábamos más los escasos metros que nos separaban.

Después de haber dado rienda suelta a lo que sentíamos el uno por el otro, me notaba en una nube de felicidad.

A veces tenía la sensación de que era la persona más importante del mundo para Dante. Me hacía sentir como alguien precioso y valioso para él; como una persona a la que admiraba y sin la que no podía estar. Pero, por otro lado, a esa sensación siempre le acompañaba una sombra de duda en sus ojos. Una falta de convicción de que estábamos haciendo lo correcto.

En ocasiones, sentía que estaba conmigo porque parecía que no se podía resistir y, que de haber podido controlarse, no lo haría.

Eso me daba pánico.

No quería hablarlo con él porque mi parte cobarde pensaba que, si no decía las palabras en alto, quizás no fueran verdad. Tenía la esperanza de que con el tiempo se quitara de encima esa preocupación.

Quizás fuera por esos pensamientos atormentando mi corazón que lo arrastré a la primera habitación abierta que vi.

Dante no se resistió.

—¿Esta noche te quedarás conmigo? —le pregunté en un tono sugerente, cuando la puerta se cerró tras nosotros, mientras me ponía de puntillas para besarlo—. Recuerda que tenemos mucho trabajo por delante para que puedas hacerme el amor.

Dante gimió dolorido antes de bajar la cara y morderme la boca.

—Eres muy malo —me acusó, agarrándome del culo para pegarme contra su cuerpo y que notara su dureza—. ¿Quieres que vaya todo el día con una tienda de campaña en los pantalones? Es eso lo que quieres, ¿verdad?

Sus ojos brillaron con la promesa de muchas caricias duras y dominantes. Me encantaba cuando era dulce y suave conmigo, pero nada me excitaba más que cuando se ponía al mando.

—Joder…, se acerca alguien —dijo separándose de mi boca para agarrarme la mano.

Nos dio el tiempo justo para escondernos detrás de una estantería antes de que la puerta se abriera.

—Detrás de ti —dijo una voz masculina conocida en la entrada de la habitación y sentí cómo la columna de Dante se ponía recta al instante.

Me quedé muy quieto, preocupado porque nos encontraran.

Marco era el hombre de confianza de mi padre y un hombre extremadamente rígido que no trataba nada bien a Dante. Era la última persona en el mundo a la que me gustaría darle munición para meterse con él.

—Marco… —se escuchó decir a la reina segundos después de que se cerrara la puerta.

Algo en la forma en la que dijo su nombre hizo que me pusiera alerta. Había sonado… ¿excitada?

Dante debió de pensar lo mismo, ya que giró la cabeza para mirarme. Tenía los ojos abiertos como platos.

—Te eché mucho de menos anoche, cariño. Siento no haber podido ir. —Nos llegó la voz de Marco. Usaba un tono suave, que jamás le había oído emplear.

—Sabes que no me gusta dormir sin ti —contestó la reina de la misma forma que se le hablaría a una pareja, antes de que en la habitación comenzasen a escucharse unos ruidos, que, sin lugar a duda, se trataban de dos personas besándose.

Me tapé la boca para no dejar escapar ningún sonido.

¿La mujer de mi padre y su guardaespaldas eran amantes? No me lo podía creer.

Dante apoyó la cabeza sobre la estantería y yo recé porque no se pusieran a hacer el amor. Dios…, no quería tener ese trauma, muchas gracias.

—Debemos irnos, cariño. Te prometo que esta noche podré dormir contigo —dijo Marco después de unos minutos de besos.

—Más te vale que lo hagas —lo amenazó ella con un tono dulce que claramente era una broma.

Los escuchamos abandonar la estancia.

Mucho tiempo después de que se fueran, Dante y yo todavía seguíamos sin movernos.

—Vaya —dije cuando tuve miedo de que le estuviera dando un derrame cerebral—, parece que en este palacio hay muchos secretos.

—Es que no me lo puedo creer —indicó por fin—. Tu padre es su mejor amigo. Ella es su mujer.

—No creo que, aunque mi padre y Gabriella estén casados, se quieran de *esa* manera. Siempre he pensado que mi padre sigue enamorado de mi madre.

—No tengo ninguna duda sobre eso.

—Entonces, ¿por qué la reina no puede estar enamorada de otra persona?

—Porque está mal.

—Lo que está mal es tener que casarte con alguien que no quieres solo porque se supone que es lo correcto.

—A veces lo correcto es lo único que puedes hacer.

—¿Sabes? Creo que te puedo conseguir que cambies de opinión acerca de eso —le dije justo antes de comenzar a besarlo.

—Eres muy bueno ayudándome a olvidar —comentó en un susurro antes de tomar las riendas de nuestro beso.

Cuando salimos de la habitación y vi a mi padre al otro lado del pasillo, la sonrisa se me borró de golpe, así como todo el ánimo feliz y enamorado que me inundaba.

Nos observaba con demasiado interés.

Nuestras miradas se cruzaron y leí en sus ojos la promesa de una conversación futura, que no manteníamos en ese momento porque Hayden estaba delante, y era impensable dejarlo solo.

¿Cómo podía estar preocupado por lo que pensara cuando él había estado en esa habitación con quien no debía? Igual que yo.

Odiaba que me desestabilizara tanto.

Pasé el resto del día con una puta bola de hierro dentro del estómago.

Sabía que, cuando hablara con mi padre, no sería una conversación agradable.

El momento que tanto había temido no tardó en llegar.

Hayden tenía que descansar, porque el día siguiente iba a ser muy importante, y ambos sabíamos que, si compartíamos la misma cama, eso no iba a suceder.

Le di las buenas noches y, cuando llegué a mi habitación, encontré a mi padre sentado en un sofá, como un matón esperando a su víctima.

—¿Cuánto tiempo llevas con el príncipe? —preguntó directo al grano, sin ni siquiera un triste saludo.

Lo peor fue que no me sorprendió, ni me dio pena.

Tenía personas que se preocupaban por mí y me valoraban, aunque él no fuera una de ellas.

Ahora las tenía.

Me quedé en silencio porque no quería contestarle. A él no le importaba mi relación con Hayden. No quería contarle nada del hombre al que amaba. Ese sentimiento y nuestra relación eran solo mío. Mío y de él. Desde luego, no de mi padre.

—Ni siquiera trates de negarlo —dijo como si yo fuera a ser tan estúpido de renegar de Hayden. Jamás. Era lo mejor que tenía en el mundo—. He visto cómo salíais los dos de ese armario con el pelo y la ropa descolocada. Tal y como lo he visto yo, lo podría haber hecho cualquiera —soltó las palabras con dureza. Casi como si fueran una vergüenza.

—Es curioso que parezcas tan decente cuando, poco antes de que yo saliera de allí con Hayden, habías estado tú con la reina —le eché en cara, solo para que comprendiera que sabía que no era el único que estaba haciendo mal las cosas.

Apretó la mandíbula, claramente molesto porque lo hubiera descubierto.

—Lo que yo haga o deje de hacer no es de tu incumbencia.

—Y lo que haga yo, ¿sí?

—Lo es, si en algún momento se te olvida cuál es tu lugar real. Yo lo tengo muy claro.

—Y yo —respondí con dureza.

Porque joder, vaya si lo tenía claro.

—Perfecto. Espero que, cuando llegue el momento, hagas lo correcto. El amor no es nada en comparación con la importancia que tiene un gobernante. No podemos manchar su imagen.

Me dieron ganas de gritarle que el amor lo era *todo*. Que Hayden me hacía creer en ello, pero sabía que era un pensamiento estúpido e infantil. Sabía que las cosas no funcionaban así. Sabía que al final Hayden estaría bien, que encontraría a alguien a su altura y que yo tendría que conformarme con estar a su lado el resto de mi vida, pero desde la distancia.

Nadie lo oyó. Ni siquiera mi padre que estaba sentado a pocos metros de mí, pero mi corazón se hizo pedazos en ese instante y todos los trozos golpearon contra el suelo a mis pies.

Sabía lo que tenía que hacer.

Capítulo 24
Necesitaba explotar de alguna manera

Hoy era el día de la coronación.

El día de *mi* coronación, para ser exactos, y estaba de los nervios.

Había llegado mucho más rápido de lo que esperaba, pero no pasaba nada. Estaba preparado.

Miré el traje de gala sobre la cama, con la bandera de Estein bordada en ambos hombros, y el estómago me dio un vuelco.

Iba a suceder de verdad.

Me quité el albornoz, me puse la ropa interior y, justo cuando estaba abrochándome la camisa, la puerta de mi habitación se abrió.

Era Dante.

En mis labios se formó una sonrisa enorme por la alegría de verlo, que fue desapareciendo a medida que cerraba la puerta tras de sí y se acercaba a mí.

Supe que lo que me iba a decir, no me iba a gustar antes de que ninguna palabra saliera de su boca.

Lo supe con cada célula de mi ser.

Lo supe hasta en el tuétano de los huesos.

No sabría decir si fue por el dolor y la pena que reflejaba su mirada o por la forma en que sus ojos no se apartaban de mi cuerpo, como si esa fuera la última vez que iba a verme, pero el caso fue que supe antes de que lo hiciera que me iba a romper el corazón.

Se plantó frente a mí y se mantuvo en silencio durante unos segundos. Unos segundos durante los cuales todavía todo estaba bien. Nosotros estábamos bien.

—Lo siento, pero no puedo hacer esto —indicó, señalándonos alternativamente. Y sus palabras no me sorprendieron, porque desde el primer momento me lo había transmitido. Era yo el que había deseado obviarlo con todas mis fuerzas—. Me parte el alma tener que decírtelo, pero lo mejor es que nuestra relación vuelva a ser meramente profesional.

Estuve a punto de reírme, porque eso era lo que me pasaba cuando estaba tan afectado que no podía digerir los sentimientos, que quería reír a carcajadas. Quise decirle que nunca, en ningún momento desde que nos conocíamos, habíamos tenido una relación profesional.

Se suponía que era lo que tenía que haber sido, pero no lo que había pasado, porque habíamos conectado.

De alguna manera, nuestras esencias, nuestras almas o nuestras personalidades habían encajado y habíamos empezado siendo amigos.

Ahora lo era todo para mí, pero no era capaz de abrir la boca para decir algo coherente.

Quizás porque ya sabía que nada lo haría cambiar de opinión, porque tenía la decisión de terminar con lo nuestro antes siquiera de que hubiera un *nosotros*.

Aun así, lo intenté. Intenté hacerle entender.

—Para mí no hay ninguna diferencia entre tú y yo —le dije lleno de convicción, porque era totalmente cierto.

Me observó con gesto dolorido, como si lo que acababa de decirle fuera difícil de escuchar para él.

—Lo sé, y ese ha sido uno de los principales motivos por los que se me había olvidado. Por el que he sido capaz de llegar tan lejos. Me haces sentir que estoy a tu mismo nivel, cuando lo cierto es que no lo hago. Eres el príncipe del reino. El futuro rey. Y yo… Yo solo soy un guardaespaldas idiota que se ha enamorado. No estoy a la altura. Eres el único que no lo ve.

Sus palabras me hicieron sufrir y ser feliz a la vez.

¿Se había enamorado de mí? ¿Cómo podía ser una sensación tan agridulce enterarte de que la persona que amabas sentía algo parecido por ti?

—Hoy es el día de la coronación.

«No puedes hacerme esto hoy» quise decirle, pero sabía que era por *ese* motivo por el que lo hacía. Porque para él hoy mi puesto se volvía más real. Porque, a partir de que tuviera la corona sobre mi cabeza, ya no podría verme de otra manera que no fuera como un príncipe.

Entendía el simbolismo que tenía para él, pero me mataba.

No traté de contener las lágrimas que se derramaron por mis mejillas. Necesitaba explotar de alguna manera.

Me quedé inmóvil, sintiéndome impotente porque era incapaz de transmitirle al hombre que amaba todo el valor que él tenía por dentro, y que nada tenía que ver con la sangre que corría por sus venas.

—Hayden… —vi cómo alargaba la mano para tocarme, pero en el último momento lo evitó—, es lo que tiene que ser. Es lo único que puede ser —dijo las palabras como si fuesen una súplica. Como si estuviera tratando de pedirme a gritos que por favor lo ayudara a separarse de mí.

Dudé, porque era egoísta y quería hacer que se quedara a mi lado, aunque le doliese. Pero luego me di cuenta de que no quería hacerle daño. Que mi amor por él era tan profundo que podía superar ese egoísmo y darle lo que necesitaba. Que no quería herirle, aunque me matara.

Asentí con la cabeza y fue entonces cuando las lágrimas cayeron de los ojos de Dante. Las vi hacerlo justo antes de que se diera la vuelta y abandonara la habitación.

Dante

El problema era que para mí siempre había sido Hayden, en vez del príncipe. Que, desde el segundo en el que lo había conocido, me había dado cuenta, por supuesto no de forma consciente, de que tenía ante mí a la persona más importante de mi vida.

Cuando habíamos empezado a relacionarnos más, no me había llevado más de un mes enamorarme hasta la médula de él. Se convirtió en todo mi mundo.

Había olvidado quién era, cosa que nunca debería haber ocurrido.

No pasaba nada porque estuviera enamorado de él, ya que era un suceso inevitable. Lo que sí que podía haber intentado era no hacer nada con ese amor, y usarlo solo para protegerlo.

Nunca debí traspasar la línea que había entre nuestras pieles, entre nuestros labios, entre nuestras almas… No debí haberlo hecho porque ahora estaba perdido y me costaba respirar sabiendo que nunca más podría tenerlo, sabiendo que no era para mí y que tendría que proteger a la persona que eligiera y a sus hijos.

Me quedaba el consuelo, y la vez la desgracia, de pasar el resto de mi vida a su lado, pero sin estar realmente en ella, porque, si algo tenía claro, era que nunca podría separarme de él.

No porque mi familia estuviera destinada a proteger a los distintos monarcas, sino porque, desde el mismo momento en el que nos habíamos conocido, mi vida se había entrelazado con la de él.

Ni quería ni podría vivir sin él, y por eso me dolía tanto tener que separarme.

Pero encontraría la fuerza.

Era lo mejor para todos.

Lo más lógico y decente.

Quería lo mejor para Hayden y nuestro reino.

Hayden

Mientras caminaba por la plaza de piedra hacia la iglesia, tenía la estúpida sensación de que el acto se parecía demasiado a una boda.

Ese pensamiento me partía en dos el corazón, porque hasta hacía unas horas tenía a mi lado al hombre al que amaba, pero en ese momento caminaba hacia la decisión, hacia el destino que nos iba a separar para siempre. Porque, para Dante, que yo fuera el príncipe de Estein era una distancia que no podía salvar entre nosotros.

Ojalá hubiera podido decir algo para hacerle cambiar de opinión.

Ojalá hubiera podido hacer algo para no ser el príncipe.

Pero ninguna de las dos cuestiones estaba en mi mano.

No podía cambiar las convicciones de Dante, ya que formaban parte de él, y yo no tenía ese derecho. Debía respetarlo por mucho que no lo compartiera y me matara. Así como tampoco podía cambiar ser hijo de mi padre, ni tampoco quería hacerlo.

En el tiempo que llevaba allí había llegado a amarlo a él y al reino. Y, después de la breve pero esclarecedora conversación con mi tío tenía claro que no podía dejar a Estein en las manos equivocadas.

Aunque sabía que tenía muchísimo que aprender, lo iba a dar todo.

Iba a esforzarme al máximo por ello: por estar a la altura de mi puesto para darle lo mejor a todos los habitantes.

Era mi deber, mi destino y mi placer hacerlo.

Así que, caminé con el corazón roto, pero con el alma llena de convicción sobre a donde me dirigía, porque, con el acto de coronación, estaba sellando mi destino y el de miles de personas.

Me concentré solo en sonreír y en avanzar, esforzándome al máximo por no tropezarme.

Las calles estaban adornadas con las banderas y el escudo real de Estein, vestidas de gala para la ocasión.

La ciudad entera tenía un aura de celebración.

Saludé a la gente que se amontonaba detrás de las vallas para verme entrar y convertirme en príncipe.

En la puerta de la iglesia me esperaba mi padre, que se puso a mi lado tras mirarme con los ojos brillantes por la emoción.

Se me apretó el corazón. No había tenido un solo segundo de duda conmigo y siempre me había demostrado lo importante que era para él. Estaba muy agradecido de tenerlo.

Atravesamos el pasillo hasta el altar, con los bancos de la enorme iglesia abarrotados.

Hoy era un día muy especial.

Cuando paré frente al púlpito, antes de mirar al cura que oficiaría la ceremonia, observé a Dante, que había caminado a mi derecha por la parte exterior de la iglesia y había parado justo antes de llegar al altillo.

Me observaba con los ojos llenos de emoción. Con una mezcla de sentimientos tan visible: amor, duda, dolor, felicidad, orgullo... que solo pude sostenerle la mirada unos segundos, porque sabía que, si lo hacía durante más tiempo, terminaría llorando.

La ceremonia marcaba un antes y un después en nuestra relación.

Habíamos pasado de ser desconocidos a amigos, para luego convertirnos en amantes, y por fin terminar como lo que habíamos sido desde un principio: un príncipe y su guardaespaldas.

El problema era que mi corazón se rebelaba contra ello.

Desvié la mirada hacia el cura y me centré en el acto.

Escuché con atención todas las palabras, la explicación metafórica de lo que significaba ser príncipe, de las obligaciones morales que conllevaba.

Cuando llegó el momento en el que se acometería la coronación en sí, repetí después del cura las frases que me había aprendido de memoria y que decían que aceptaba mi cargo y que lo representaría con honor.

No aparté los ojos de Dante.

Fue casi como si solo le estuviera haciendo la promesa a él.

Como si le estuviera diciendo que aceptaba mi parte del trato, que nos mantendría unidos para siempre y separados a la vez.

Cuando terminé de pronunciarlas, mi padre se puso frente a mí.

Esperé sin moverme un solo centímetro, sin respirar, a que el cura le acercara un cojín de terciopelo azul sobre el que descansaba una corona dorada con el escudo de Estein grabado en el centro. Era la mitad de pequeña que la que mi padre lucía con orgullo. Cosa que agradecía, pues no quería pensar en el momento en el que su corona tuviera que reposar sobre mi cabeza. Me daba vértigo. Daba gracias de que quedaran muchísimos años para eso.

Lo vi cogerla con cuidado, como quien sabe que tiene entre sus manos un tesoro de valor incalculable.

—Hijo —dijo con la voz cargada de emoción y los ojos tan brillantes que dudé que las lágrimas no terminaran derramándose por sus mejillas.

Me arrodillé frente a él con la garganta cerrada por la emoción y lo miré.

Se acercó y colocó la corona sobre mi cabeza.

Luego, deslizó sus manos por mi pelo y orejas hasta llegar a mi barbilla y agarrármela.

Fue una caricia que ablandó todo mi ser.

Con ese contacto me transmitió muchas más cosas de las que se podían decir con simples palabras.

Me levanté con el corazón hinchado y me lancé hacia delante para abrazarlo.

La acción estaba fuera de protocolo, pero mi padre se limitó a apretarme fuerte contra él, porque ese era nuestro momento.

Sentí sobre la cara sus lágrimas de emoción mezcladas con las mías.

—No me cabe duda de que vas a ser el mejor príncipe que ha conocido Estein —susurró en mi oído.

—Voy a esforzarme por serlo, papá.

Ese sábado, justo en ese mismo instante, frente a cientos de personas, no solo nacía oficialmente un nuevo príncipe en Estein, sino también la relación de padre e hijo entre nosotros.

Era un día que sabía que nunca olvidaría. No por ser el más bonito, lo habría sido si Dante no sintiera que no podíamos estar juntos, sino por ser uno de los más emotivos.

No quise pensar mucho en mi madre. En su falta, en el vacío que había dejado dentro de mí. No podía soportar una sola emoción más en ese momento.

Así fue como dejé de ser un aprendiz de príncipe para convertirme en uno de verdad. Así pasé a convertirme en el príncipe de Estein.

Capítulo 25
¿Cómo iba a soportar estar sin él?

Hayden

Aunque parecía algo imposible, después de mi coronación todavía tenía más obligaciones. Cosa que agradecía, ya que no era agradable tener el corazón roto y me costaba mucho mantener la compostura cuando estaba junto a Dante.

Compaginar los estudios con los deberes como príncipe era como tratar de hacer malabares con cuatro naranjas; algo que a todas luces era casi imposible para mí.

Después de tanto ajetreo, caía todas las noches rendido en la cama y apenas tenía tiempo de pensar en lo mucho que mejorarían mis días si pudiera compartirlos con Dante.

Una de las primeras cosas que tuve que hacer como príncipe fue ir a conocer al Consejo. Por la composición de la monarquía de Estein, eran ellos los que decidían, junto a mi padre, el destino del reino.

Acudí a la primera reunión que se realizó tras mi coronación.

La sala en la que se celebraban las reuniones era pequeña.

En uno de los laterales estaban los asientos elevados de los doce consejeros y frente a ellos el lugar reservado para el rey.

Me coloqué a su lado, y escuché en silencio y con atención cada uno de los puntos de la jornada. Fue muy interesante y mucho más instructivo que nada de lo que había aprendido en las clases hasta el momento.

Las cosas continuaron cambiando.

Empecé a tomar el té todas las tardes con mi padre y la reina.

Eran pequeñas reuniones en las que nos poníamos al día de los sucesos. Momentos en los que mis ojos traicioneros solían posarse sobre mi guardaespaldas.

Lo echaba muchísimo de menos.

Era horrible tenerlo tan cerca y tan lejos a la vez.

Las pocas veces que nuestras miradas se encontraban, podía ver la contención en la de él, la lucha por reprimirse, y eso me enfadaba.

Odiaba que pensara que estar juntos era algo malo.

Estaba muy enfadado con él por haberme roto el corazón y por haber elegido el deber antes que el amor.

Durante las siguientes semanas hicimos todo tipo de visitas oficiales.

Fuimos a hospitales, bibliotecas, museos... A un sinfín de lugares que se me antojaban grises y tristes. O quizás fuera yo, que esos días apenas sacaba fuerzas para disfrutar de la vida.

El poco tiempo que tenía para dibujar solo era capaz de hacer dos tipos de creaciones: retratos de Dante, que me hacían querer llorar cuando los terminaba por lo mucho que lo extrañaba, o paisajes tan tristes que cualquiera que los viera le daría ganas de tirarse por la ventana.

Era una pena que no fuera cantautor, porque tenía el corazón tan roto que habría compuesto el mejor álbum de ruptura de la historia.

Dante

Nunca habría pensado que me costaría tantísimo estar lejos de una persona, pero, claro, ese pensamiento lo había tenido antes de conocer a Hayden.

Después de hacerlo, toda mi vida se había vuelto patas arriba. Cada una de mis convicciones se tambaleaban y apenas recordaba cómo era antes de que entrara en mi vida.

Me costaba mucho volver a mi existencia gris y sin mucha emoción, ya que yo no era especialmente divertido. Hayden había sido la persona que había traído alegría a todo y ahora estaba demasiado lejos como para calentarme e iluminarme con su luz.

Volver a mi forma de vida anterior me costaba casi tanto como estar cerca de él y no poder tocarlo. No poder mantener una conversación.

Me sentía agradecido de verlo todos los días, pero la distancia que había entre nosotros me mataba.

Cada noche lo acompañaba a su cuarto y solo cruzábamos un saludo de despedida. Luego, lo veía meterse en su dormitorio y cerrar la puerta para alejarme de su mundo.

Lo odiaba.

Odiaba la distancia, pero, sobre todo, odiaba no ser capaz de conformarme con ella.

Era lo que tenía que ser, pero no dejaba de preguntarme si quizás podríamos ser amigos, disfrutar de la compañía del otro sin que la relación evolucionara a más.

Esa idea, la de que fuéramos amigos, no dejó de rondar por mi cabeza desde el momento en el que apareció, acompañándome en cada pequeña cosa que hacía.

Tardé una semana en atreverme a decirle algo, dudando de si era lo correcto o no, pero ver sus ojos cargados de tristeza una noche fue el impulso que necesité, porque pensé que quizás no era el único que sufría.

—¿Podemos hablar un momento? —le pregunté a Hayden cuando se dio la vuelta para abrir la puerta de su dormitorio.

Lo vi tensarse con la mano en el pomo y me quedó claro por su postura corporal que no le apetecía mucho.

—Sí, dime —respondió, girándose hacia mí de nuevo.

Cuando nuestros ojos se encontraron, el estómago me dio un vuelco. Era tan guapo y me gustaba tanto… Joder. ¿Cómo iba a soportar estar sin él? Pero tenía que hacerlo. Estaba seguro de que si fuéramos amigos, todo me resultaría mucho más sencillo de aguantar. Hubiera dado cualquier cosa por volver a oírle reír. Algo que llevaba sin suceder desde hacía semanas y que, por consiguiente, yo tampoco lograba.

—He pensado que quizás te gustaría que viéramos una película juntos.

—¿Qué? —preguntó, pareciendo sorprendido.

—He pensado que podríamos ver una película juntos. Pasar un rato como amigos.

—No, no podemos —dijo con enfado—. No quiero ser tu amigo. No puedo soportarlo. ¿Lo entiendes?

Me miró con los ojos brillantes, como si la sola propuesta le hiciera daño.

—Lo siento.

—Quizás tú puedas seguir actuando como si no hubiera pasado nada entre nosotros. O quizás te dé igual, pero para mí ha sido muy especial. No puedo ser tu amigo.

Sin esperar a que le respondiera, se dio la vuelta, tropezando con la alfombra, pero, antes de que pudiera hacer nada, apoyó la mano sobre la pared para equilibrarse. Segundos después, abría la puerta de su dormitorio y desaparecía dentro.

Me quedé allí de pie durante unos minutos con el corazón encogido; sufriendo por el daño que le había hecho. Dudé sobre si debía insistir y mandar a la mierda las normas, pero en el último segundo fui capaz de contenerme y alejarme de la habitación.

Hacía lo correcto.

Capítulo 26
Tenemos otro amor trágico bajo el techo del palacio de Estein

Dante

El temor más grande de mi vida se vio cumplido cuando uno de mis compañeros puso frente a mí un periódico en el que se apreciaba claramente una foto de Hayden y de mí, besándonos, tumbados en el jardín de palacio.

Recordaba ese momento como si hubiera sucedido ayer mismo.

Fue el día en el que me hizo el dibujo en el pecho.

El día que quise estar fuera para que no se nos fuera de las manos y acabáramos acostándonos juntos. ¡Era tan estúpido, joder! Sobre todo, cuando al final habíamos terminado cruzando la línea, aunque no hubiéramos podido llegar a hacerlo del todo.

Propiné un puñetazo a la mesa y comencé a sangrar, pero el dolor no me tranquilizó. Solo hizo que me sintiera más idiota. Estábamos así porque yo no supe controlarme y seguía sin saber hacerlo.

Todo había sido un auténtico desastre.

No pude ver nada más allá del amor y nos había hecho daño a ambos.

Traté de mantener nuestra relación oculta para no dañar su imagen y al final dio igual porque había visto la luz.

Salí corriendo de la habitación sin preocuparme por estar medio presentable. Llevaba un chándal viejo, ya que todavía no me había preparado para comenzar mi turno.

Cuando estaba a un piso de la planta de Hayden, un agente del equipo de mi padre se paró frente a mí.

—Tienes que acompañarme. Te esperan en el despacho del rey.

Durante unos segundos sopesé la idea de pasar de él y continuar mi camino hasta la habitación de Hayden, pero me di cuenta de que no sería una buena idea dejarme llevar por la impulsividad en ese momento. Seguir esa emoción era lo que me había llevado hasta ahí. Así que, decidí obedecer.

—Joder…, vamos —le respondí y no esperé a ver si me acompañaba cuando me dirigí hacia el despacho del rey.

Hablaría con él y pronto podría ir con Hayden.

Necesitaba… pedirle perdón por haber complicado su vida.

Dios…, era una mierda de persona.

Con ese sentimiento apretándome muy fuerte la boca del estómago, entré al despacho y descubrí que Hayden también se encontraba allí.

Y me odié.

Me odié por no haber estado a su lado cuando más me necesitaba, porque sabía que era un momento horrible para él. Había dejado claro que no quería que siguiéramos siendo a amigos, pero eso no hacía que dejara de amarlo.

Nunca dejaría de hacerlo.

Apenas presté atención al resto de las personas. Ni siquiera me importó la mirada furiosa que me dedicó mi padre, porque solo tenía ojos para Hayden. Deseaba poder recorrer la distancia que nos separaba y abrazarlo, pero debía estar quieto por su propio bien. Necesitaba parecer profesional.

La puerta del despacho se abrió de nuevo y esta vez fue Dante el que entró.

Lo miré y me dolió el corazón por la preocupación que vi en su rostro. Lo tenía desencajado.

Cuando me desperté con la noticia, había estado más preocupado por cómo se lo tomaría él, que por mí mismo.

No me arrepentía de haber estado con Dante, pero sabía que él se sentiría mal por ello.

A mí me daba igual lo que la gente pensara.

Esperaba que mi padre lo entendiera. Nunca habíamos hablado de ello, pero no podía ser tan cerrado de mente. No pegaba con su forma de ser.

Un pensamiento molesto dentro de mí me decía que, si era tan abierto, por qué no había terminado con mi madre, pero acallé esa molesta voz.

—Gracias por venir, Dante —dijo mi padre con educación, pero, por su forma de hablar, se veía que no estaba nada contento—. Tenemos que solucionar este asunto.

—Por supuesto. Lo siento, señor —le escuché responder.

Me mordí la lengua para no decir que no veía ni un solo problema a que hubiéramos estado juntos, pero no quería molestar a nadie y mucho menos deseaba hacerlo delante de mi tío.

—¿Cómo de grave es, Marco? —preguntó mi padre y todos aguardamos expectantes su respuesta.

—Pues, como era de esperar, es otro escándalo. Todos los medios se han hecho eco de la noticia y las revistas de prensa rosa están ardiendo con la exclusiva del nuevo príncipe que se ha enamorado de su guardaespaldas.

—Vamos de escándalo en escándalo desde que llegó el muchacho —dijo mi tío, levantando muy molesto la voz.

—Estás exagerando, Massimo —le indicó mi padre, cruzando las manos sobre el escritorio en un claro gesto de contención.

—¿Ah, sí? Porque yo creo que no. Creo que no podemos permitir que este chico tome las riendas del reino.

—Cuidado con lo que dices. Ese *chico*, como tú lo llamas, es mi hijo. Harías bien en no olvidarlo —dijo mi padre con un tono de voz cargado de amenaza que hizo que se me abrieran mucho los ojos por la sorpresa.

Un tono de voz que no pareció hacer mella en su hermano.

—Quizás no deba ser yo quien lo decida, pero sí que creo que alguien que no tenga relación con él debería hacerlo.

—¿Qué estás insinuando? —preguntó mi padre, dando un golpe con la mano sobre la mesa.

—No insinúo nada, Estefan. Estoy exigiendo. Quiero que se haga una votación en el Consejo para dictaminar si es el mejor sucesor.

—¡Fuera de aquí! —gritó mi padre, levantándose de su asiento.

El aire alrededor de nosotros se volvió tan denso que era irrespirable.

Nadie en toda la sala hizo un solo movimiento. No se oía ni siquiera una respiración.

En el aire flotaban las palabras de mi padre.

—Está bien. Me marcharé. No quiero alterarte —comentó Massimo mirando a mi padre con soberbia, como si se creyera mejor que él por haber hecho que perdiera los nervios—, pero quiero anunciarte que mañana, en la reunión del Consejo, voy a pedir la votación.

—Haz lo que debas, y, ahora, largo de aquí —le ordenó con el pecho subiendo y bajando con rapidez.

Massimo se levantó con tranquilidad y abandonó el despacho.

Mi padre cerró los ojos cuando lo hizo la puerta.

Nadie dijo nada mientras se veía que trataba de ponerse bajo control.

Lo observé levantarse y caminar por el espacio detrás de su escritorio.

Después de unos segundos, se volvió a sentar en la silla.

—Tenemos que pensar en el mejor plan para cuando Massimo presente mañana la petición —indicó mi padre a Marco.

—Estoy en ello —respondió este con el teléfono móvil en la mano, mientras tecleaba a una velocidad vertiginosa.

—En cuanto a vosotros, ¿cómo habéis podido hacer algo así? —preguntó con voz suave. Se veía a leguas que se estaba controlando.

Su pregunta me sorprendió y me hizo daño. Enfurecí.

—¿El qué? ¿Besarnos? ¿Desearnos? ¿Es que no puedo querer a quien me dé la gana? —pregunté molesto.

—Eres el príncipe —dijo y, por primera vez desde que nos conocíamos, lo vi enfadado conmigo.

—¿Y qué?

—Que tienes que estar con gente de sangre noble.

—¡No me puedo creer que hayas dicho eso! —solté, llevándome la mano al pecho muy ofendido y dolido—. ¿Es que estamos en la Edad Media?

—Lo siento, hijo, pero en la posición en la que estamos no puedes elegir a la persona con la que te casas. O, mejor dicho, tienes que elegirla entre unas pocas.

—¿Quieres decir que, por ser príncipe, tengo que prescindir del amor? —le pregunté incrédulo—. ¿Eso es lo que quieres para mí? ¿Que me pase anhelando durante toda la vida a alguien que no puedo tener? Igual que haces tú. Igual que hace la reina. ¿Solo por no plantarme y tomar la decisión correcta?

Los ojos de mi padre se posaron durante unos instantes sobre Marco. Muy poco tiempo, pero el suficiente para que me diera cuenta de todo.

Lo comprendí como si acabara de confesarlo.

—Lo sabes, ¿verdad? Sabes que ellos están juntos —lo acusé.

Tuvo la decencia de no negarlo.

—La reina y yo no nos queremos de esa manera —dijo como si aquello lo explicara todo.

—Por supuesto que no. Os habéis visto obligados a casaros con quien se os ha impuesto. No por amor.

—Tienes razón, pero eso no quiere decir que no sea una buena decisión. Es lo mejor para el reino.

—¿Lo mejor para el reino? —repetí, porque no comprendía cómo era posible que no se diera cuenta de lo ridículo que era su argumento—. ¿Lo mejor para el reino es que estuvieras enamorado de mi madre y no pudieras estar con ella?

—Fue duro, pero sí —respondió con la mandíbula apretada y nada feliz porque lo hubiera sacado a relucir.

—¿Lo mejor para el reino fue que no pudieras estar en su funeral? —pregunté, notando cómo un torrente de lágrimas comenzaba a caer por mis mejillas—. ¿Que no descubrieras que el amor de tu vida había muerto hasta un año después? —grité con rabia—. ¿Eso es lo que quieres para mí? —pregunté en bajo, incrédulo por la situación. Incrédulo por estar siendo tan cruel.

Pero me sentía furioso con todos ellos. Por estar tan ciegos a lo que de verdad importaba.

Mi padre recibió mis palabras como si acabara de asestarle un golpe y no me sorprendió cuando vi el llanto asomarse a sus ojos.

Solo consiguió que me enfadara más con él. Con toda la situación.

No dijo nada, así que volví a hablar con rabia:

—No te preocupes por Dante y por mí. Le habéis metido tan dentro que está mal amar a quien quieras, si no pertenece a tu *clase*, que ya no estamos juntos. Podéis estar tranquilos. Tenemos otro amor trágico bajo el techo del palacio de Estein —dije con sarcasmo, impregnando cada palabra de dureza—. Ahora, si me disculpáis, tengo muchas cosas mejores que hacer que estar aquí con vosotros.

Me levanté de la butaca y caminé hacia la puerta.

Agradecí que ninguno de ellos me contestara nada. Estaba demasiado fuera de mí en ese momento como para hablar con alguien.

—Una última cosa —añadí, dándome la vuelta antes de marcharme—, quiero que sepáis lo equivocados que estáis todos con vuestra creencia de merecer gobernar por la sangre. Incluido tú —dije señalando a Dante, que estaba sentado muy recto en la silla y me miraba con los ojos llenos de dolor—. Estás muchísimo más preparado que yo para ser rey. Lo harías infinitamente mejor. Nunca en la vida he conocido a nadie que ame más este reino, ni que sea la mitad de valiente, noble e inteligente que tú. Es una gran pena que ninguno os hayáis dado cuenta de ello.

Salí de la habitación a grandes zancadas, lleno de rabia y dolor. Lleno de impotencia y frustración. ¿Por qué tenían que ser así las cosas? ¿Por qué, por reinar en un país, tenías que elegir entre el amor y el deber? No tenía ningún sentido. No creía que ser un rey amargado te hiciera mejor mandatario.

Cuando cerré la puerta de mi habitación tras despedirme de Leonardo, que me había seguido desde que había abandonado el despacho de mi padre, me sentí como el ser humano más cruel del mundo.

Quizás lo fuera…, pero alguien tenía que sacar a relucir todo lo que a mi juicio eran equivocaciones y que, en el caso de mi padre y mi madre, ya no tenían solución.

Dante

Las palabras de Hayden todavía resonaban en la sala cuando se marchó dando un portazo y siguieron haciéndolo mucho tiempo después de que hubiera abandonado el despacho.

Todavía continuaron haciéndolo mientras realizaba mi guardia de ese día, durante la cual él no abandonó su habitación para nada, y también mientras me cepillaba los dientes.

Cuando me tumbé con los ojos abiertos e incapaz de dormir, fue cuando sus palabras comenzaron a gritarme y ya no pude dejar de pensar en lo que había dicho.

Capítulo 27
Me gustaría hablar contigo

Hayden

Me pasé la semana siguiente saliendo de mi habitación solo para lo estrictamente necesario.

El resto del tiempo, que no era mucho, ya que estuve en interminables reuniones sobre todos los asuntos de la Corona, lo pasé dibujando.

No dejé de pensar un solo minuto en Dante.

Durante ese tiempo, pasé por un millón de estados de ánimo.

Había días en los que me sentía la peor persona del mundo, días en los que estaba triste y otros en los que lo único que deseaba era salir al pasillo y pedirle a Dante que me abrazara fuerte. Cosa que por supuesto no hice.

Quería que las aguas estuvieran lo más tranquilas posible durante la votación y, sobre todo, yo mismo quería estar relajado.

El Consejo se reunía una vez por semana.

En la última ocasión, mi tío había solicitado que se valorara si yo era la persona más adecuada o no para ser el sucesor.

Hoy era el día.

No tardé mucho en darme cuenta de que había sido mi tío el que divulgó las fotos, pero cuando lo hice, no sentí rabia, sino que había sido lo mejor que podía pasarme.

Necesitaba sacar de mi interior todo ese dolor que tenía dentro porque, aunque una parte de mí culpaba a mi madre por no haberle dicho nada a mi padre, otra parte lo culpaba a él, por no haber sido lo suficiente valiente como para luchar por su amor.

Sabía que no habría sido fácil, a lo mejor incluso imposible, pero desde luego no lo había intentado, y eso era lo más triste de todo.

Si Dante quisiera estar a mi lado, haría cualquier cosa.

En nuestro caso todo era diferente.

Una parte de mí quería odiar a Dante por no permitirnos ser, pero otra sentía pena por él, porque había crecido en un ambiente en el que le habían dicho constantemente lo que tenía que ser, cómo debía comportarse e incluso con quién tenía que relacionarse.

Era horrible e injusto.

Lo era para él, lo era para mi padre, que quizás también había sido una víctima de esa educación, pero la cuestión es que yo no pensaba quedarme callado por eso y, si creían oportuno que dejara de ser el heredero, debería aceptarlo. Aunque seguiría luchando por conseguir ganarme mi posición para poder cambiar las cosas desde el puesto de rey.

Me había dado cuenta de que había mucho que cambiar y modernizar en Estein, y quería ser parte de ello.

Después de la votación, hablaría con mi padre.

Había estado demasiado enfadado durante la semana siguiente a la discusión como para poder ponerme frente a él y mantener una conversación civilizada.

Sabía que tenía que disculparme, que había sido malo, y que no debería haberle echado en cara todas esas cosas horribles.

No de esa manera.

Se podía decir lo mismo sin hacerle daño.

Ahora lo veía claro, una vez que estaba más calmado.

Me sentía avergonzado por mi forma de comportarme, cuando mi padre solo había tenido buenos gestos y preocupación hacia mí.

También tenía pensado hablar con Dante.

Iba a pedirle que me perdonara por cerrarme tanto sobre mí mismo y alejarlo. Por no querer ser su amigo.

Si eso era todo lo que podía tener de él, lo cogería.

Estaba seguro de que, a lo largo de los años, sería capaz de hacerle entender, que no había ninguna diferencia entre nosotros.

No se podía luchar contra años de convicciones en unos pocos meses.

Lo amaba.

Lo amaba con todo mi corazón y no debería haber renunciado a él tan fácilmente.

Iba a ser una guerra silenciosa y lenta para conquistar su corazón, pero una guerra que iba a continuar por el resto de mi vida, durante todo el tiempo que hiciera falta.

Puede que esa mañana mi vida estuviera hecha una mierda, que todo se hubiera salido de su sitio, pero había aprendido una gran lección: había que luchar por lo que se creía correcto; por lo que era correcto. Y, cuando tenías el poder de cambiar las cosas, tu responsabilidad era incluso mayor.

Creía que el amor movía el mundo y hacía que todo valiera la pena, e iba a luchar por ello. Para empezar, entrando en la sala del Consejo para explicarles a todos por qué merecía ser el sucesor del rey.

Luego arreglaría las cosas con Dante y con mi padre.

Tenía mucho trabajo por delante.

Una hora antes de que tuviera que marcharme para acudir a la sala del Consejo, llamaron a la puerta de mi habitación.

Di permiso para que entraran, sin prestar demasiada atención, ya que sabía que Alessia llegaría pronto para ayudarme a prepararme.

Tenía el saludo preparado en la punta de la lengua, pero no fui capaz de pronunciarlo, ya que la figura de Dante entrando en mi dormitorio y cerrando la puerta detrás de sí me dejó mudo.

—Buenos días —dijo, pareciendo muy nervioso y guapo.

—Hola —respondí sin saber muy bien cómo comportarme.

Una vez que había decidido luchar por nosotros, solo sentía ganas de levantarme de la cama, donde estaba sentado con las piernas cruzadas y la tableta sobre ellas, y acercarme a él para besarlo, decirle lo mucho que lo quería y lo tonto que era por no verlo.

—Me gustaría hablar contigo —comentó después de unos segundos, cuando vio que no iba a añadir nada más.

—La votación es enseguida. Mejor lo hacemos más tarde —le dije, ya que ahora no teníamos tiempo para hablar tranquilos.

Necesitaba hacerle comprender y Dante era demasiado cabezón como para que fuera una tarea fácil, y mucho menos rápida.

Me lanzó una mirada de pánico que me dejó descolocado.

—Necesito que sea ahora, Hayden. Por favor —pidió, acercándose a la cama con cara de desesperación.

La angustia que vi en sus facciones me hizo aceptar.

Podíamos tener una pequeña charla y luego lo convencería.

—Claro.

—Verás, yo es que quiero decirte… —comenzó mientras caminaba hacia la cama, dudando. Su lenguaje corporal era una mezcla de emociones que me desconcertó. Cuando por fin se paró frente a mí, en el lateral derecho del colchón, noté que en sus ojos brillaba una chispa de decisión. Iba a soltarme una bomba. Lo sabía—. Antes de que vayas a la votación quiero decirte que te quiero.

—¿Qué? —No podía haber escuchado bien.

—Te quiero, Hayden.

Me dejó tan sorprendido que abrí la boca para decir algo, pero no salió nada. Ni un simple sonido. Tenía todos los pensamientos y todas las emociones mezcladas, como si fuesen un ovillo de lana enredado. Cientos de mariposas comenzaron a bailar dentro de mi estómago.

—Nunca me había planteado demasiado en serio lo que era el amor. Desde luego, enamorarme no entraba dentro de mis prioridades, pero lo que sí que te puedo decir es que nunca me había imaginado que sería esto: un sentimiento tan poderoso que nubla el resto de las cosas, que las hace palidecer. Eres lo más importante de mi vida. El motivo por el que me levanto todos los días. Respiro por cada una de tus sonrisas, de tus palabras, de tus caricias... Jamás pensé que el amor te pudiera consumir de esta manera. Siento que si no estoy cerca de ti, podría morir, y necesitaba que lo supieras antes de la votación, porque voy a estar a tu lado pase lo que pase. Tanto si vas a seguir siendo el heredero como si no. —Me miró durante unos segundos, poniéndose muy rojo. Supuse que desnudar tus sentimientos delante de otra persona te hacía eso—. Quiero decir... si sigues queriendo que estemos juntos. Y, claro, si tú también me quieres, porque no habría estado de más preguntártelo. —Se encontraba tan distraído divagando que no se dio cuenta de que yo me había levantado de la cama—. Esto está siendo todavía más desastroso de lo que me imaginaba —comentó, pasándose la mano por la cabeza.

Cuando vio lo cerca que estaba de él abrió mucho los ojos.

—Está siendo perfecto —indiqué antes de tirarme sobre él.

Cogí a Dante desprevenido y noté cómo se tambaleaba para evitar que ambos cayéramos al suelo.

Agarró mi culo cuando le rodeé la cintura con las piernas.

Comencé a besarlo, disfrutando de sus labios, que hacía demasiado tiempo que no podía saborear. Eran deliciosos, dulces y exigentes. Igual que él.

—Eres tonto. Muy tonto —le dije entre pico y pico.

—Lo soy —confirmó, tratando de atrapar mis labios.

—No sé qué es peor, que pensaras que eras poco para mí o que se te haya pasado por la cabeza que yo no te quiera. Te amo. Te amo con cada poro de mi cuerpo. Te amaba incluso antes de darme cuenta. Eres la mejor persona que he conocido en la vida y encima estás muy bueno.

La risa de Dante vibró sobre mis labios y me hizo el hombre más feliz del mundo.

—Tenemos mucho de qué hablar. Mucho que organizar, porque no va a ser fácil.

—Te dejo la parte de planificación a ti, que se te da mejor —comenté mordiendo su cuello.

Si uno no era feliz cuando el hombre del que estaba enamorado le decía que lo quería y que iba a luchar por su relación, ¿cuándo iba a estarlo?

—Hayden, tenemos que ser serios.

—Dante, ahora mismo lo que tienes que hacer es quitarte la ropa —le ordené metiendo las manos dentro de su americana para deshacerme de ella.

—Joder, cariño —dijo y, antes de saber si habría cedido o no, llamaron a la puerta de la habitación.

Ahora sí que sería Alessia.

—Pasa —le indiqué y Dante me miró como si estuviera loco, pero no me soltó, por lo que, cuando ella entró, me encontró en brazos de mi guardaespaldas.

Había llegado el momento de dejar de esconderse.

Por unos minutos, en la habitación de Hayden, donde había sido el hombre más feliz del mundo al descubrir que no lo había perdido y que él también estaba enamorado de mí, había olvidado que ese día era la votación.

La decisión que se tomara en esa sala marcaría un antes y un después en la vida de Hayden. Fuera cual fuera.

Si decidían que no era la persona más adecuada para suceder a su padre, a pesar de que seguiría siendo el príncipe, no tendría ni voto ni participación en las decisiones del reino; y, si lo aceptaban, por fin todo el mundo dejaría de plantearse a la primera de cambio si era adecuado o no. El Consejo estaría reconociendo su aceptación ante todo el pueblo de Estein.

Cuando llegamos a la sala, todos los miembros ocupaban sus respectivos asientos en la tribuna.

Vi a Hayden acomodarse frente a ellos, al lado de su padre.

Odié verlo allí y no poder estar a su lado, aunque, por otra parte, si no hubiera sido su guardaespaldas personal, no habría podido estar ni siquiera presente en la votación.

Así que, en ese momento en concreto, ocuparme de su seguridad era todo un alivio.

Me molestaba que estuviera allí sentado, porque parecía que estaba acusado de un delito.

No había hecho nada malo.

Por el contrario, lo que había hecho era dejar de lado su vida entera para dedicársela a un reino que ahora ponía en entredicho su valía.

El inicio de la sesión no se hizo esperar.

Primero se trataron unos temas de reformas de leyes que en última instancia aprobó el rey. Lo que no duró más de media hora, pero se me hizo eterno.

—Bien, ahora ha llegado el turno de la petición solicitada por Massimo Varano en la pasada reunión del Consejo —dijo el portavoz mirando la agenda del día que tenía colocada sobre la mesa, haciendo que el estómago se me cerrase de angustia—, sobre si el príncipe Hayden está o no cualificado para suceder a su padre, el actual rey de Estein.

—Quería agradecer al Consejo por la pronta votación —intervino Massimo, levantándose de su silla con una sonrisa en la boca que deseé borrarle de un puñetazo—. Entiendo que han visto la importancia de proteger nuestro futuro.

—Hemos decidido abordar el tema lo más rápidamente posible para que la sombra de la duda se disipara cuanto antes. No podemos permitir que haya inseguridades sobre la Corona.

—Tampoco podemos permitir que un futuro gobernante salpique nuestro reino de escándalos —replicó Massimo.

—Si el Consejo hubiese tenido que decidir si ustedes estaban o no cualificados cuando eran jóvenes, no hubiéramos salido de esta sala —señaló el portavoz con cara agria y por las gradas se extendió un coro de risas—. Bien..., votemos. Quienes estén en contra de que el príncipe Hayden Varano I de Estein sea el sucesor del actual rey Estefan Varano III, que levanten la mano. —Contuve el aliento y casi grité de pura emoción cuando ni un solo brazo se elevó en el aire—. Ahora, levanten la mano los que estén a favor.

Las veinte manos, incluidas la del portavoz, se alzaron.

La sonrisa, que hasta ese momento tenía en la cara, se volvió gigantesca. Me dieron ganas de gritar de emoción en medio de la sala, pero me contuve. Necesitaba guardar las formas si quería que alguna vez esas personas me respetaran como la pareja de Hayden.

Lo miré y, cuando nuestros ojos se encontraron, vi que estos brillaban, llenos de felicidad y alivio.

Su padre lo observaba con amor.

Era el último asunto de la reunión, por lo que, una vez que estuvo terminado, la asamblea se disolvió.

Esperé allí de pie mientras se formaban grupos entre la gente del Consejo.

También vi al tío de Hayden irse muy enfadado.

Esperaba que hubiera aprendido la lección.

Se me hizo eterno el tiempo que tardó en comenzar a vaciarse la sala, pero, por fin, llegó.

El rey fue uno de los últimos en salir.

Hayden se quedó a un lado de la puerta, observándome, mientras el resto de los integrantes de la cámara se marchaban del lugar.

Se veía a leguas que estaba emocionado.

Puede que al principio tuviera miedo de convertirse en el príncipe, de no amar al reino, pero sabía que todo había cambiado para él. Se había dado cuenta de la importancia que tenía su figura y la obligación moral que su puesto acarreaba.

Cuando todo el mundo estuvo fuera, me acerqué.

—Dante... —dijo emocionado, lanzándose hacia mí y rodeando mi cuello con sus brazos. Apoyó la cabeza en el hueco de mi hombro.

—Estoy tan feliz de que todo haya salido bien a la primera —le indiqué, depositando besos sobre su pelo marrón ondulado que olía a todo lo bueno en el mundo—. Como muy bien te he dicho con anterioridad, es imposible no quererte. No darse cuenta de lo especial que eres.

—Para, que me pongo colorado—pidió con una voz encantada, que contradecía sus palabras.

Me enterneció tanto que no pude evitar buscar sus labios con los míos para besarlos.

—Chicos... —dijo la voz del rey, entrando por la puerta y mirándonos con el ceño ligeramente fruncido. Me obligué a estar quieto. No me avergonzaba de estar con Hayden e iba a seguir fiel a mi promesa, pero, después de tanto tiempo pensando que aquello no estaba bien, no era fácil que enorgullecerme fuera mi primera reacción—, me gustaría hablar con vosotros en el despacho.

Hayden se separó de mí para encarar a su padre y no me pasó por alto lo nervioso que estaba. De hecho, en ese momento, lo parecía mucho más que cuando se había plantado delante del Consejo.

—Ahora mismo vamos —respondió.

El rey dudó durante unos segundos en el umbral de la puerta antes de hacer un asentimiento con la cabeza. Cerró la boca y apretó los labios como si se estuviera controlando para no añadir nada más. Luego, se dio la vuelta y salió de la sala.

—Parece que no vamos a tener tiempo para preparar a la gente antes de que sepan que estamos juntos de nuevo —dije con la voz tensa.

No era lo que habíamos previsto, pero lo encararíamos igual.

—Tal vez sea lo mejor. De todas maneras, necesitaba hablar con él. Tenía que haberlo hecho antes, pero no ha sido una buena semana.

—Ni para ti ni para nadie, pero no te preocupes. Estoy aquí para ti. Ahora y siempre.

—Dante… —dijo Hayden antes de besarme.

Capítulo 28
Ya es hora de que nos modernicemos

Hayden

Era increíble cómo había cambiado todo en solo unas pocas horas. Cómo había cambiado mi visión. Ahora, sabiendo que Dante estaba en el mismo equipo que yo, que estaba dispuesto a luchar por nosotros, me sentía prácticamente invencible. Su cálida presencia tras de mí ya no escocía. Volvía a ser el acompañamiento perfecto. Siempre un poco por detrás, pero más cerca que cualquier otro guardaespaldas.

Tenía que esforzarme para contener la necesidad de alargar los dedos y entrelazarlos con los de él.

Sería algo que nos habría relajado a los dos.

Podía ver la tensión en sus hombros mientras caminaba, pero, además de tensión, también vi determinación. Había tomado la decisión de estar a mi lado y sabía que no la cambiaría por nada del mundo. Porque así era Dante. Leal hasta la médula, y firme en sus decisiones. Perfecto.

Cuando llegamos al despacho de mi padre, nos abrieron las puertas.

En la habitación sobrevolaba un aire festivo. El ambiente tenía un regusto dulce a triunfo, pero, sobre todo, a alivio.

Así era como me sentía yo en gran medida.

Aliviado.

Porque, pese a que había tenido el convencimiento, antes de la votación, de luchar igualmente por ser el sucesor y por estar con

271

Dante, que las cosas hubieran salido bien sin tener que batallar por ellas, me facilitaba mucho la vida.

Sobre todo, porque nos quedaba por delante el punto más difícil de todos: convencer a mi padre de que queríamos estar juntos. De que el amor y las obligaciones eran compatibles.

Sabía que no sería sencillo, pero también sabía que estaba dispuesto a hacer lo que hiciera falta.

No pensaba ceder ante la presión.

Estaba un poco preocupado porque nos hubiera visto en la sala juntos, en vez de haber sido yo el que se lo contara, pero, bueno, salvaríamos también ese obstáculo.

—Hoy es un día para celebrar —dijo mi padre cuando me senté frente a él.

—La verdad es que nos hemos quitado un montón de problemas de encima, Estefan —dijo Marco, sentándose en la silla que había a mi lado con los brazos y piernas extendidas, como si estuviera muy cómodo—. Parece que tu chico tiene al Consejo de su parte. Ni un solo voto en contra.

—Yo, sobre todo, me siento aliviado —comenté.

—Así nos sentimos todos, hijo. —Su forma de llamarme fue tan tierna que me apretujó un poco el estómago de tristeza. Me daba pena estar a punto de decepcionarlo—. Nada me alegra más que saber que el Consejo está de nuestro lado.

La sonrisa que hasta ese momento había dibujada en su rostro, se borró y adquirió un gesto serio.

Tragué saliva y tuve que controlarme con gran esfuerzo para no removerme en la silla bajo su atenta mirada.

—Quería hablar contigo después de la votación para que trazáramos el mejor plan para tu futuro —dijo, mientras le escuchaba con total atención. Sin apenas respirar—. Como una de las cuestiones está totalmente resuelta, lo que nos ocupa ahora es tu relación con Dante.

—¿De qué estás hablando, Estefan? —preguntó Marco, incorporándose en la butaca, abandonando del todo su postura relajada.

—Hablo de la vida sentimental de mi hijo.

—Creo que quedó claro que no pueden estar juntos.

—A mí lo que me quedó claro fue que no podíamos volver a cometer el mismo error otra vez.

—No me jodas, Estefan —dijo Marco, levantándose de la butaca muy alterado—. No puedes ir en serio.

Sentí cómo Dante se colocaba justo a mi lado y miraba a Marco como si fuera una amenaza. Era como si lo estuviera evaluando. Su gesto me enterneció.

—Por supuesto que sí. Me preocupo por lo que es mejor para mi hijo.

—Deberías preocuparte por lo que es mejor para *tu* reino —indicó, recalcando mucho las palabras.

—Y tú deberías, ya que nos reprochas tanto nuestra actitud a todos, recordar cuál es tu lugar y función.

Había tanta tensión en la sala que se habría podido cortar con un cuchillo.

Yo apenas era capaz de hablar por culpa de los nervios.

—Hoy iba a preguntarte si seguíais queriendo estar juntos pero, después de lo que he visto hace un momento en la sala del Consejo, no me queda ninguna duda.

—Joder... —Se escuchó un juramento salir de la boca del padre de Dante, que estaba colocado de pie tras el escritorio del rey.

Levanté la vista para mirarlo y, como había imaginado, no parecía nada contento.

—Lo siento. No lo estábamos ocultando. Hemos tomado hoy mismo la decisión de estar juntos —expliqué.

Mi padre asintió con la cabeza. Parecía reflexivo, pero no enfadado, y, en el centro de mi pecho, empezó a brillar una pequeña llama de esperanza.

—¿Cómo de seria es vuestra relación? —preguntó mi padre, pasando la mirada de Dante a mí.

El estómago se me apretó de preocupación. ¿Cómo íbamos a contestar a eso si apenas habíamos tenido tiempo entre nosotros para hablarlo?

Podía notar el sudor acumulándose sobre mis sienes por la tensión.

—Muy seria, señor —respondió Dante y el corazón comenzó a latirme desbocado en el pecho por la emoción. No sabía que un ser humano era capaz de experimentar tantas emociones intensas y tan diferentes entre sí en un periodo tan corto de tiempo. Ese sería un buen día si no me daba un infarto—. Estoy en esta relación para siempre.

Si no nos encontráramos en un despacho rodeados de gente, me habría lanzado a sus brazos para exigirle que me hiciera el amor.

—Era todo lo que necesitaba saber. Tenéis mi bendición. Haremos todo lo que esté en nuestras manos para que esto salga adelante —expuso mi padre y mi corazón explotó de felicidad y amor.

Me sentía tan agradecido y feliz que sabía que la enorme sonrisa que se había dibujado en mi cara no se borraría en todo el día.

—¿Cómo lo vamos a explicar a nuestro pueblo? Vale que a ti te parezca perfecto porque eres su padre, pero hay unas leyes…

—Me parece estupendo lo que dices, Marco. Ya es hora de que nos modernicemos —lo interrumpió mi padre en un tono que, pese a no ser duro, dejaba muy claro que no iba a cambiar de idea.

—Pero nunca se ha hecho —volvió Marco a insistir.

—Pues seremos los primeros.

—Quieres matarme a trabajar, Estefan. Sacar esto adelante no va a ser fácil.

—Bueno, todos sabemos que eres el mejor, Marco —le devolvió mi padre y, por primera vez desde que los había visto juntos, noté lo mucho que se querían. Lo unidos que estaban. Tenían una relación extraña.

¿Podría ser que todas las quejas de Marco fueran porque estaba preocupado por mi padre y por el reino? Lo observé, pero tuve que hacerlo bajo un nuevo prisma. Un prisma desde el cual me imaginaba colaborando con él.

—Vosotros dos, muchachos —dijo señalándonos, con una clara advertencia escrita tanto en la voz como en la cara—, más os vale que seáis buenos para el reino o yo mismo me encargaré de hundiros.

—Por supuesto. Lo tenemos claro —contesté.

—Queremos lo mejor para Estein—añadió Dante, haciendo que la mirada evaluadora de Marco cayera sobre él.

—Es cierto que tenemos de nuestro lado el gran arraigo de tu familia con la Corona —dijo Marco, que parecía estar pensado en alto, como si estuviera ya trazando el plan en su cabeza.

—Estoy seguro de que va a ser mucho más fácil de lo que nos haces creer —señaló mi padre, al que miré con una sonrisa agradecida.

Por todo.

Por haber cambiado de idea, por comprender la situación... Por arriesgarse a permitir nuestra relación, y estar dispuesto a modificar las cosas solo porque era lo correcto.

Por no elegir lo fácil.

En cuanto tuviera la oportunidad, se lo agradecería todo en privado.

—Por ahora, debéis mantener vuestra relación lejos de los medios hasta que tengamos trazado el plan de cómo incluir a Dante. Hasta que hayamos trabajado en la aceptación de la opinión pública y del Consejo.

—Lo entendemos —respondí.

—Más os vale seguir mis instrucciones al pie de la letra.

—Sí, señor —respondió Dante, arrancándome una sonrisa por lo serio y profesional que era. Estaba seguro de que con solo unos segundos sería capaz de ganarse a cualquier persona. Nadie que lo mirara con atención podría perderse lo fuerte, educado y determinado que era.

Sabía que no era solo el amor el que hablaba.

Si no estuviese enamorado de él, también sería capaz de ver aquellas cualidades en cada una de sus acciones.

Me sentía muy orgulloso de la pareja tan íntegra y disciplinada que tenía.

No podía imaginarme un mejor compañero de vida que él.

—Comprendes que esto os va a cambiar la vida a los dos, ¿verdad? —me preguntó Marco.

—Lo entiendo —dije, asintiendo con la cabeza en un gesto respetuoso.

—Vas a tener que dejar de ser guardaespaldas y empezar a formarte para tu futuro puesto como príncipe. Eres consciente, ¿verdad?

Tragué saliva acojonado. No por tener que hacerlo, sino por el pánico a no estar a la altura.

—Lo soy y estoy dispuesto a dar lo mejor de mí.

—Vais a matarme. Lo sé desde ya mismo —señaló Marco, haciendo que Hayden se riera divertido.

—Yo no le veo la gracia, príncipe. Has venido a este reino para volverme loco, y darme más trabajo.

—Y para hacerlo más bonito también —añadió el rey con los ojos brillantes por la emoción, ganándose un poco más mi respeto.

No creo que a nadie le hubiera pasado inadvertido lo mucho que quería a su hijo, ya que estaba dispuesto a arriesgar cualquier cosa por él. Por hacerlo feliz, y no repetir los errores que él mismo había cometido.

—Entiendo que tu amor de padre te ciegue, pero ha sido un montón de problemas desde que ha llegado.

El rey lanzó una carcajada.

—Estoy seguro de que, si no tuvieras estos pequeños escándalos, estarías tan aburrido que los crearías tú mismo solo para poder quejarte.

Y, por primera vez desde que lo conocía, vi a Marco sonreír. Una sonrisa completa y sincera que me hizo humanizarlo un poco. Una sonrisa que me hizo ver que el rey lo conocía muy bien.

No quería ni imaginarme la clase de planes que habían tramado juntos.

—Puede ser... —respondió divertido. Al segundo siguiente, se giró hacia nosotros y su rostro estaba serio y profesional de nuevo—. Ahora, a trabajar. Los dos vais a tener que ir a clases desde hoy mismo —ordenó Marco, dando unas palmadas al aire—. Venga —dijo saliendo del despacho—. Tengo un montón de cosas que cuadrar. Hacer una nueva agenda —comenzó a decir, pensando en voz alta.

Lo observé sacar su teléfono móvil y apuntar cosas, con los dedos volando sobre la pantalla.

—Mucha suerte —dijo el rey con una sonrisa afable que me hizo relajarme un poco más. Apenas podía creer que hubiera aceptado nuestra relación de forma tan sencilla. Aunque, después de la bronca que Hayden nos había echado a todos en ese mismo despacho una semana atrás, parecía que la mía no era la única conciencia que se había removido—. Os veo a los dos esta tarde a la hora del té —añadió.

—Por supuesto, papá —respondió Hayden con una sonrisa gigante antes de acercarse a su padre y darle un abrazo.

El rey se quedó petrificado durante unas décimas de segundo, pero enseguida se recuperó y le devolvió a su hijo el gesto con fuerza y la cara llena de emoción.

Era algo hermoso de ver: el hombre del que estaba locamente enamorado, crear un vínculo precioso con su padre. Me calentaba el corazón.

Después de unos minutos, Hayden regresó a mi lado y salimos del despacho.

Alargó la mano y entrelazamos los dedos durante unos segundos, pero luego nos soltamos.

Teníamos que ser prudentes hasta que pudiéramos hacerlo público con seguridad. Por una vez en nuestra historia, debíamos de hacer caso a Marco para que todo fuera más fácil. Sabía, sin haberlo hablado con Hayden, que también estaba de acuerdo con eso.

—¿Estás preparado para entrar en mi locura de vida? —preguntó, esbozando una enorme sonrisa de medio lado muy juguetona.

Me paré de golpe y me giré para que quedáramos frente a frente y no tuviera ninguna duda acerca de la respuesta.

—¿Por ti? Por ti estoy dispuesto a cualquier cosa. Te amo, Hayden.

Lo siguiente que supe es que estábamos besándonos dentro de la habitación más cercana.

Desde luego teníamos mucho que mejorar en eso de ser discretos. ¿Pero quién podía culparme por sucumbir cuando tenía a semejante hombre dispuesto a amarme?

Capítulo 29
Estoy en esto para toda la vida

Un mes después

Hayden

La tensión se podía respirar en el ambiente.

Mi padre, Marco, Dante y yo estábamos sentados en una de las salas de té esperando a que llegara Massimo y, a pesar de que a simple vista parecía una situación muy cotidiana, escondía mucho más.

Cuando la puerta se abrió diez minutos después, mi tío entró como si fuera el dueño del lugar, aunque viniera acompañado de la Guardia Real.

Se acercó hasta nosotros y se quedó de pie observándonos. Estaba molesto por haber sido llamado.

Estaba claro que odiaba cualquier gesto que le recordara que mi padre era el rey y él un simple miembro más de la familia real.

—¿Qué quieres? —preguntó con tono duro.

—Buenas tardes, hermano —lo saludó mi padre con calma, haciendo caso omiso a sus malas formas—. Por favor, toma asiento —le pidió con amabilidad, señalando la butaca que tenía a su espalda.

—No pienso hacerlo. Estoy muy a gusto así. Además, no voy a tardar nada en dejaros. Tengo muchas cosas que hacer —comentó cabezón.

—Massimo, deja de hacer el ridículo de una vez y siéntate. Te aseguro que Estefan está siendo muy amable contigo por tener esta conversación aquí —dijo Marco con voz firme, pero sin perder ni un gramo de elegancia.

Me asombraba que pudiera ser tan duro con las palabras y, aun así, parecer todo un caballero.

Mi tío lo observó durante unos segundos con odio, pero luego le hizo caso y se sentó.

—¿Qué quieres? —preguntó de nuevo.

—Te he llamado para enseñarte unos documentos muy interesantes —dijo mi padre, alargando la mano hacia Marco, que le tendió una carpeta marrón.

El rey la colocó sobre la mesa y la deslizó por la superficie hasta dejarla frente a su hermano.

Miré con curiosidad la carpeta, que en la parte superior derecha tenía el logo de Estein y, en el centro, se podía leer con claridad la palabra «confidencial» en letras mayúsculas y rojas.

Massimo la miró durante unos segundos con cara de horror, para finalmente cogerla y descubrir lo que había dentro.

Empezó a leer y a remover las hojas, y su cara se puso cada vez más blanca.

No dijo nada, pero no hacía falta.

Saltaba a la vista que lo que ponía en esos documentos no era nada bueno. No para él.

Después de unos minutos, cerró la carpeta, apretándola sobre sus rodillas, y miró a mi padre.

—¿Qué quieres? —preguntó y, pese a que su tono de voz era duro, toda la chulería con la que había entrado a la sala había desaparecido por completo de su cuerpo.

—Quiero que dejes a mi hijo en paz de una vez. Va a ser mi sucesor y no hay nada que puedas hacer para evitarlo —indicó de forma controlada, pero impregnando de advertencia cada una de sus palabras—. Como puedes ver, tengo material suficiente para que el Consejo y cada uno de los ciudadanos del reino dejen de considerarte válido como rey. Así que, basta de hacer el ridículo.

—De acuerdo, Estefan —respondió mi tío, pasando con dificultad las palabras a través de su garganta.

—No quiero que te quede ninguna duda, Massimo. O abandonas tu estúpida cruzada o pagarás las consecuencias. Esta es la única advertencia que te doy. No hay nada que no sea capaz de hacer por mi hijo. Te aconsejo que no me pongas a prueba —le dijo, fulminándolo con la mirada antes de inclinarse hacia delante y coger su taza de té de la mesa como si no acabara de amenazar a su hermano.

—Me ha quedado totalmente claro —aseguró mi tío, sin rastro de soberbia en la voz.

—También te aconsejo que le digas a tu hija que no hace falta que haga más fotos a los futuros reyes. No tengas la menor duda de que también tengo información suficiente para hacer su vida muy incómoda.

Mi tío lo observó preocupado antes de hablar.

—Me aseguraré de que esté tranquila y que comprenda la situación.

—Estupendo. Ahora puedes marcharte —le indicó.

Massimo no dudó un segundo en hacerlo.

Lo vi abandonar la sala con un sentimiento de seguridad extendiéndose por mi pecho.

Mi padre era una persona muy fuerte que no había parado de demostrar lo mucho que me amaba desde el mismo instante en el que nos habíamos conocido. No me quedaba ninguna duda de que haría lo que hiciera falta para protegerme.

Estaba rodeado de hombres maravillosos.

Sabía que era muy afortunado.

Apreté la mano de Dante con amor, antes de cruzar una mirada con mi padre en la que le agradecía todo lo que estaba haciendo por mí.

—No me puedo creer que hoy Marco haya hablado de matrimonio —comenté, entrando a la habitación de Dante.

Juro que quise morirme cuando lo había dejado caer en medio de la reunión, como si fuera un asunto del reino.

Lo escuché cerrar la puerta y reírse divertido.

—Es que las cosas en palacio van muy rápido —me dijo como si le pareciera lo más normal del mundo.

—No sé cómo no has huido despavorido —comenté avergonzado.

—¿Por qué iba a hacerlo? —preguntó, dejándome completamente descolocado.

—¿No te parece muy pronto para hablar de eso? Había dado por hecho que te asustarías.

—¿Por qué? Estoy en esto para toda la vida —respondió, agarrándome por la cintura y empujándome contra la cama.

Dejé escapar un gemido cuando nos colocó en el centro y se tumbó sobre mí.

—¿Qué más da que sea ahora o dentro de unos años? ¿O es que te has cansado ya de mí, cariño?

—Nunca. Nunca me voy a cansar de ti —dije, retorciéndome debajo de él por los mordiscos que me daba en la oreja.

Sabía que estaba a punto de perder la cabeza. Dante tenía ese enorme poder sobre mí.

—Me alegro, porque yo cada día te quiero más. Te necesito más —indicó en un tono bajo y sensual, mientras adelantaba su erección para frotarse contra la mía.

—¿Por fin te has dado cuenta de que me mereces?

—Oh..., para nada. No te merezco, pero, antes de que me mates —añadió con una sonrisa gigante al ver cómo abría la boca para decirle algo con el ceño fruncido—, da igual. He decidido luchar por nosotros incluso contra mis convicciones más profundas, porque te amo. Te amo como no he amado a nadie antes y como sé que no amaré jamás —me confesó, mordiendo juguetón mi labio inferior—. Además, no hay ningún hombre sobre la tierra que se merezca a alguien tan perfecto como tú. Así que, seré yo el afortunado de pasar el resto de mi vida adorándote.

—Dante… —dije con un gemido encantado—, vas a conseguir que me derrita.

—Esta noche espero conseguir mucho más que eso. Espero conseguir entrar dentro de ti. ¿Me dejarás?

—Sí —le respondí de nuevo con un monosílabo, que parecía más un gemido que otra cosa, porque en ese momento no era capaz de hacer mucho más. Me había convertido en un charco de baba por Dante—. Hoy va a ser el día en que lo consigamos.

Justo en el instante en el que empecé a desnudarlo, dejamos de hablar. Dejamos de pensar y comenzamos a sentir.

Adoré el cuerpo de Hayden, tomándome el tiempo que me pareció necesario.

Acaricié, lamí y mordí toda la piel que tuve al alcance y, cuando estuvo al borde del clímax, me introduje en su cuerpo, sintiendo que estaba en casa. Sintiendo que lo que estábamos haciendo era correcto.

Estábamos hechos el uno para el otro.

No había barrera que no pudiera salvar el amor y, sobre todo, éramos iguales.

Así era como me hacía sentir Hayden: como su igual.

Después de terminar una vez, volvimos a empezar.

Sabía que me esperaba toda una vida con él y estaba ansioso por disfrutarla.

Había encontrado al mejor hombre del mundo para hacerlo.

Exclusiva:

Los príncipes de Estein se casan.

Desde que, unos meses atrás, saltase la noticia de que el príncipe heredero de Estein salía con su guardaespaldas, la exclusiva había dado la vuelta a medio mundo.

¿Era por fin el momento de que la monarquía se modernizara y permitiera la sangre nueva y no azul entre sus integrantes? Esta reportera dice: ¡Sí!

Hemos acompañado a los príncipes a lo largo de su relación amorosa. Desde que salieran a la luz unas fotografías en el jardín de palacio, donde se los veía en una actitud «muy cariñosa», que hacían subir la temperatura, hasta el momento que anunciaron su compromiso oficial.

«Los príncipes», como se les ha apodado por sus miles de seguidores en las redes sociales, han sabido ganarse los corazones de todo el mundo. Incluso de aquellas personas de su propio reino que estaban en contra de la modernización de la Corona.

Los hemos visto acudir a multitud de eventos. Desde actos de recaudación de fondos a fiestas de la realeza, y siempre consiguen demostrar lo preparadísimos que están para reinar.

Una servidora ha tenido la oportunidad de cubrir su fiesta de compromiso en el palacio de Estein y solo puedo decir que, en persona, ¡son todavía más adorables!

Todas sus miradas parecían llenas de complicidad.

Ojalá cada uno de nosotros tuviéramos una pareja que estuviera la mitad de pendiente, que el futuro príncipe Dante lo está de su prometido.

No cabe duda de que les espera un hermoso futuro al mando del reino.

Espero tener la fortuna de cubrir su boda.

¡Nos leemos!

Capítulo 30
No quería volver a estar cuerdo nunca más

Pasado

Estefan

Me había probado cada prenda del armario, pero ninguna me terminaba de convencer porque, cuando habías quedado, por fin, con la chica más maravillosa del mundo, nada de lo que pudieras ponerte iba a estar a la altura.

Por no hablar del restaurante.

Me pasé toda la semana buscando el sito más elegante y sofisticado.

Me había costado muchísimo decidirme, porque todos me parecían poco para ella.

No quería estropearlo. No ahora, cuando por fin había conseguido que dejara atrás la desconfianza por ser un príncipe, y había comprendido que no estaba cada día en una cama.

—Sabes que esto no es una buena idea, ¿verdad? —me preguntó Marco, entrando a mi habitación y sacándome de mis pensamientos.

—Sabes que no me has acompañado a la universidad para estar diciéndome todo el día lo mal que te parecen las cosas que hago, ¿verdad?

—Eso es lo que tú te crees —me dijo, mirándome con dureza.

—Te lo pido por favor, recuérdame cómo hemos llegado a ser mejores amigos. Es que se me olvida. Pareces un hombre de ochenta años encerrado en el cuerpo de un chico de veinte.

—Muy fácil, porque soy la única persona que te aleja de tus disparatados ideales.

—No te has planteado cómo suena eso desde fuera, ¿verdad? —le pregunté, poniendo cara de incredulidad.

Marco era la persona que más quería en el mundo, mi mayor apoyo, pero a veces era demasiado tradicional, por decirlo de una manera suave.

—¿Y tú sabes que no eres un ciudadano normal, que tiene unas obligaciones? —preguntó pareciendo muy preocupado.

Supe que tenía miedo de que saliera herido. De que hiciera algo que me perjudicase.

Pero, no por eso, podía dejar de vivir.

Nadie me había gustado tanto como Cath y no pensaba dejar pasar la oportunidad de estar con ella.

—Además, soy tu consejero —añadió.

—Todavía no lo eres. Gracias al cielo —indiqué, alzando las manos al aire para restarle un poco de tensión al momento.

—Siempre lo he sido.

—No has empezado —le recordé riendo—. No hasta que regrese a Estein y asuma mis obligaciones, y, para eso, queda algún tiempo.

—Pero no lo puedes perder de vista, Estefan. Además, llevo ejerciendo como tal desde que teníamos dos años y corríamos por los pasillos de palacio.

—No creo que tú hayas corrido nunca.

—Y ese es el motivo por el que soy tu consejero. He nacido mucho más listo que tú —dijo, poniendo una cara de canalla que hizo que no pudiera evitar reírme.

—¿Ya estáis discutiendo, chicos? —preguntó Carolo, entrando también en la habitación, atraído por nuestras voces.

—Pues sí, porque aquí el señor príncipe va a salir con Catheryn.

—Y a él por supuesto le parece mal —añadí, poniendo los ojos en blanco—. Piensa que voy a dejar de estudiar, abandonar mis obligaciones con el reino y el buen camino, por disfrutar un poco de la vida.

La risa de Carolo llenó el ambiente.

—Marco, hombre, deja al principito en paz. Está enamorado.

—Ese es el problema. Si no lo estuviera, no me preocuparía tanto. No quiero que se olvide de la realidad.

—Eso no va a suceder. Relájate —lo tranquilicé, dándome la vuelta y mirándolo directamente.

—Además, ella le está poniendo las cosas difíciles —añadió Carolo divertido por mi sufrimiento. Sabía lo mucho que me había costado llegar a Cath.

—Está interesada en mí. Lo noto —dije esbozando una sonrisa mientras me miraba en el espejo de la habitación—. Me ha costado traspasar su barrera, pero tenemos una conexión perfecta.

—Amigo, llevas tres meses tratando de convencerla para que salga contigo.

—Como te haga esperar el mismo tiempo para todo, vas a morir por una gangrena en los huevos de aguantarte las ganas —señaló Marco, que siempre era el más burro y sincero de todos, haciendo que Carolo se riera a carcajadas.

—No pensaba que vería el día en el que el gran príncipe Estefan de Estein se colgaría de una mujer de una manera tan patética —añadió mi guardaespaldas.

—Podéis reíros todo lo que queráis pero, mientras vosotros os quedáis viendo la televisión aburridos, yo voy a tener una cita con la chica más preciosa del mundo.

—Ojalá pudiera quedarme en casa y no tener que ir a ver cómo babeas sobre ti mismo cuando estás hablando con ella.

—Y ahora es cuando me siento más que afortunado por ser tu consejero y no tu guardaespaldas —indicó Marco.

—Sois los peores amigos del planeta. No sé cómo os aguanto —dije, dándoles la espalda para terminar de prepararme, lo que solo consiguió que se rieran todavía con más ganas.

Cuando acabé, salí de casa con Carolo, y sus chicos vigilando de lejos.

Nos montamos en el coche y fuimos hasta la residencia de Cath.

Me bajé con las piernas temblando, veinte minutos antes de que fuera la hora en la que habíamos quedado.

Me quedé esperando en la calle, deseando que llegara la hora para poder estar por fin con ella.

Me costaba estar quieto.

Había asistido a multitud de actos oficiales y nunca me había puesto tan nervioso como en este momento.

—Hola —me saludó Cath desde algún lugar a mi espalda.

Me di la vuelta sobresaltado. No estaba acostumbrado a que me pillaran por sorpresa.

—Hola —le dije con una sonrisa, encantado de que se encontrara allí—. Pensaba que estabas en la residencia.

—He decidido que hacía demasiado bueno como para no dar un paseo. Además, estaba nerviosa —añadió con una sonrisa enorme y preciosa que me paralizó el corazón, e hizo que un millón de mariposas alzaran el vuelo en mi estómago.

—Espero que no sea por mí —comenté bromeando.

—Oh…, es por ti —respondió riendo—. Si no me pusieras nerviosa, no habría quedado contigo —indicó, y yo solo pude pensar en que me moría de ganas de besarla, de absorber toda su alegría dentro de mí.

—¿Estás ya preparada o tienes que coger algo? —pregunté señalando hacia la residencia, porque si estaba allí de pie delante de ella un solo segundo más iba a terminar besándola.

—Estoy lista —respondió abriendo los brazos para que pudiera verla.

Llevaba un bonito vestido blanco con girasoles dibujados que la hacía parecer todavía más preciosa. Le daba un aire de hada.

Todo su ser desprendía magia.

Un pequeño bolso de punto, que ella misma había hecho a mano la semana anterior, colgaba de su hombro, y en los pies calzaba unas sandalias marrones de cuña que la elevaban unos cuantos centímetros del suelo, pero que todavía la dejaban muy lejos de mi altura.

—Perfecto. Tengo el coche esperando allí.

—¿El coche? —preguntó, moviendo la cabeza ligeramente hacia la derecha, como si de esa forma pudiera comprenderme mejor—. ¿Adónde vamos, Esty?

El ridículo apodo que me había puesto me hacía sonreír como un tonto cada vez que lo utilizaba. No se parecía en nada a la abreviatura de mi nombre y nadie comprendía por qué lo había acortado ella así, pero a mí me encantaba.

—He reservado mesa en Ember.

—Ese sitio es muy caro, Estefan. No quiero ir a un sitio caro. Solo quiero pasar un buen rato contigo.

Tragué visiblemente. Yo quería lo mismo.

Me miró durante unos segundos, observando mi vestimenta.

Luego se acercó mucho a mí, tanto que el bajo de su vestido rozó mis pantalones. Alargó las manos y las deslizó apenas unos centímetros sobre mi pecho, haciendo que contuviera el aliento. Deshizo el nudo de mi corbata, y, cuando terminó de quitármela, me la tendió.

—Así estás mucho mejor —dijo con una enorme sonrisa—. Ven, que te voy a enseñar cómo es la cita perfecta para nosotros.

Me agarró la mano y tiró de mí hacia el parque.

Yo, por supuesto, me dejé llevar.

Adoraba su espontaneidad y seguridad. Nadie que la viera con ese aspecto tan delicado y despistado, diría que era una mujer con tanto carácter.

Me sentía afortunado por haber llegado a descubrirlo.

El problema era que, cuanto más conocía, más quería. Estaba loco por ella.

Cath me llevó hasta un puesto de perritos calientes y compró dos para cada uno, que se encargó de pagar, y luego me guio por el interior del parque hasta un trozo de hierba muy grande. Cerca de un árbol que proporcionaba algo de sombra.

Estuvimos horas hablando y compartiendo un montón de vivencias, pero a mí la tarde se me pasó como si solo hubieran transcurrido unos pocos minutos.

Cath tenía ese efecto en mí: que no fuera consciente del paso del tiempo, o que solo quisiera que se congelara y dejara de correr.

—No te parece, Estefan... —dijo poniéndose de rodillas y acercándose a mí. El tono sugerente de su voz me puso alerta al instante. Mi corazón empezó a tronar tan alto, que tuve miedo de no ser capaz de escucharla por encima del ruido que emitía—, ¿que ya es hora de que me beses? ¿O tenías pensado hacerlo cuando me llevases a la residencia? —preguntó con una enorme sonrisa mientras se subía a horcajadas sobre mis piernas, haciendo que mi cerebro cortocircuitase.

Puff... Se apagó para siempre.

—Sí. No. No lo sé —respondí sin ni siquiera tener claro qué era lo que me había preguntado.

Su cara estaba tan cerca, que habría sido capaz de contar sus pestañas, si hubiera podido concentrarme en otra cosa que no fuera el peso y el calor de su cuerpo contra el mío.

El sonido de su risa golpeó contra mis labios, volviéndome loco.

Desvié la vista de sus hermosos y dulces ojos verdes, a sus increíbles labios rosados, deseándolos.

—¿Vas a besarme?

Casi no le dejé terminar la pregunta.

Recorrí los escasos centímetros que nos separaban disfrutando del momento, tratando de quedarme con cada detalle, y absorber su esencia dentro de mí.

Estaba loco por ella.

No quería volver a estar cuerdo nunca más.

En el mismo segundo en que nuestros labios hicieron contacto, un millón de fuegos artificiales estallaron dentro de mí.

Gemí por lo suave que era la piel de su boca. Por lo bien que olía..., a margaritas.

La besé una y otra vez. Pequeños picos que solo me hacían anhelar más, hasta que abrí la boca para profundizar el beso.

Al contacto de nuestras lenguas, Cath gimió y nos di la vuelta para poder estar sobre ella. Para poder saborearla. Para poder demostrarle cuánto me gustaba. Lo loco que me volvía.

El anochecer nos encontró en los brazos del otro.

Si hubiera podido elegir, hubiera vivido en ese instante durante el resto de mi vida.

Epílogo
Esta vez he hecho lo correcto, cariño

Presente

Rey Estefan III de Estein

Salí por una de las puertas traseras del palacio y caminé por el sendero de piedra marrón despacio, tratando de disfrutar de la paz.

Hacía ya muchos años que me había dado cuenta de que debía saborear esos instantes de tranquilidad al máximo, ya que eran raros y escasos. Necesitaba sentir armonía para después, en los momentos más difíciles, ser capaz de aguantar la presión y el estrés.

Ojalá me hubiera dado cuenta de otras cosas antes, cuando Cath estaba viva, pero había hecho falta que conociera a mi hijo para que removiera todos los cimientos y convicciones de mi vida.

Para comprender que el amor era lo primero.

Si tenías eso, un amor de verdad, serías capaz de luchar por cualquier cosa.

Abrí la verja de metal ornamentado y accedí al interior del cementerio.

Sentí que Carolo se quedaba fuera, lo que agradecí. Una de las cosas que más valoraba en esas visitas era la privacidad.

Cuando llegué a su tumba, acaricié el lateral con las yemas de los dedos y sonreí con tristeza. Desgarrado porque ya no estuviera con nosotros y feliz de que hubiera existido.

Como cada vez que la visitaba, mi pecho se apretó de dolor.

Siempre que iba, sentía como si la pérdida se hiciera todavía más latente y real.

Estaba muy agradecido con Hayden por mostrarse tan de acuerdo cuando le había propuesto que trasladáramos los restos de su madre al cementerio familiar del palacio.

Si Cath pudiera decir algo sobre ello, nos hubiera estrangulado a los dos.

No pude evitar sonreír al imaginarlo.

—Esta vez he hecho lo correcto, cariño —le dije sin parar de acariciar la fría piedra. Soñando que fuera ella. Su cuerpo, su piel...

Sacar por fin aquellas palabras de mi interior fue liberador.

Mis ojos se inundaron de lágrimas, que cayeron por mis mejillas, purificando mi alma.

Había necesitado tanto esto, aunque me había costado un tiempo llegar a mi actual situación mental.

Un tiempo de mucho trabajo interior.

Un tiempo en el que al principio la había odiado por ocultarme la existencia de nuestro hijo.

Después, había comprendido que tenía que respetar su decisión y que podía haber hecho muchas cosas para cambiar su percepción sobre mí. Quizás, de esa manera, su decisión habría sido otra.

Me había dejado al margen de sus vidas porque, cuando yo me marché, entendió que había elegido al reino antes que a ella.

Antes que al amor.

Fui tan culpable como ella.

En esos momentos solo sentía gratitud y amor. Un amor tan fuerte que ni su pérdida había podido mitigar.

Había aprendido la lección demasiado tarde para nosotros, pero no demasiado tarde para nuestro hijo.

Estaba muy agradecido por ello.

Me senté durante mucho tiempo en el banco que había ordenado construir frente a su tumba, soñando con su compañía, y rememorando todos los momentos que habíamos vivido juntos.

Me sumí en un estado casi de meditación, hasta que escuché pasos que se acercaban a mí.

—Papá —me llamó Hayden, y moví la cabeza para mirarlo.

Si solo supiera lo que me hacía sentir cada vez que me llamaba de esa forma.

—Señor —saludó Dante con una ligera reverencia.

Ambos iban agarrados de la mano y consiguieron que sonriera.

Me hacía feliz que pudieran disfrutar de su amor. Toda persona se lo merecía, por muchas obligaciones que tuviera.

Observé a Hayden mientras se sentaba a mi lado en el banco.

Dante lo hizo a su izquierda y los tres miramos hacia la tumba en silencio.

—La echo mucho de menos —dijo Hayden después de unos minutos, con la voz afectada por la emoción.

—Y yo, hijo. Cada día de mi vida.

AGRADECIMIENTOS

Estoy muy feliz y agradecida de estar aquí de nuevo, escribiendo estas líneas para vosotros.

Lo primero que quiero hacer es dar las gracias a todas las personas que habéis llegado hasta aquí y que me apoyáis en cada novela. Cada mensaje que me enviáis hablando de una de mis historias o con vuestras muestras de cariño, que hacen que todo merezca la pena. Gracias.

A Teresa, por un millón de cosas. Entre ellas por coger esta historia y hacerla más bonita. Por esas escenas que redondean a los personajes. Por apostar por mí y ayudarme a cumplir mis sueños. Y por muchas más cosas de las que puedo poner en los agradecimientos de un libro (Kinn). Gracias.

A Lander, por ser el hijo más maravilloso que nadie puede desear. Es un regalo verte crecer, mientras te conviertes en el hombre maravilloso que eres. Te quiero con locura. Más de lo que se puede querer a nadie en el mundo.

A Alain, por estar en cada paso del camino. Por preocuparse por mí, por ayudarme a crecer como persona, por tenderme la mano cada vez que lo necesito, por hacerme sentir especial, valiosa y querida. Y, aunque me fastidie reconocerlo, por ser tan divertido y gruñón. Te quiero.

A Judith, porque no hay un solo día de mi vida que no te recuerde. Por ser tan cariñosa, divertida y especial. Dejaste un hueco que jamás voy a ser capaz de llenar, pero que ha merecido la pena solo por el placer de haber compartido el mundo contigo. Te quiero.

A mi madre, por todos los momentos magníficos que hemos pasado juntas. Por el amor por la lectura y por estar siempre ahí. Gracias.

A Silvia, porque no hay mejor cazadora de «llenos de» de la historia. Por decirme siempre la verdad, por ser muy divertida, por apuntarte a cada locura, por crear *Silvianne* conmigo. Porque pese a que dices que eres una seca, a mí siempre me cae algún cariño. Por un millón de historias a tu lado. Tanto tuyas como mías. Resumiendo, que te quiero un huevo. Gracias.

A Maru, por estar siempre ahí, apoyándome, dándome cariño y aliento para que continúe. Me gustaría poder devolverte tanto cariño. Todo esto es mucho más bonito a tu lado. Por mil años juntas.

A Fransy, por creer en mí desde el principio, por apoyarme en cada paso. Es un placer poder llamarte amigo. Por muchísimos años juntos.

A mis amigas, Nieves, Noe, Irene, Vicky, Nani, Cristy, Gemma y Toñi, por tantos momentos maravillosos. Me lo paso de maravilla con vosotras. Me siento muy afortunada de haberos conocido.